벗을 보내다　送友人

푸른 산은 북쪽 마을에 가로누워 있고
흰 물살은 동쪽 성을 감아 흐른다
여기서 한 번 이별하면
외로운 다북쑥처럼 만 리를 떠돌 테지
떠가는 저 구름은 나그네 마음
지는 이 해는 오랜 벗의 정
손을 흔들며 이제 떠나가니
쓸쓸하다 외로운 말의 울음소리여

靑山橫北郭, 白水遶東城
比地一爲別, 孤蓬萬里征
浮雲遊子意, 落日故人情
揮手白玆去, 蕭蕭班馬鳴

Fantastic Oriental Heroes

호화
군림보

호화군림보 5

고명윤 新무협 판타지소설

초판 1쇄 찍은 날 § 2006년 2월 20일
초판 1쇄 펴낸 날 § 2006년 2월 28일

지은이 § 고명윤
펴낸이 § 서경석

편집장 § 문혜영
편집 § 이재권 · 서지현

펴낸곳 § 도서출판 청어람
등록번호 § 제1081-1-89호
등록일자 § 1999. 5. 31
어람번호 § 제2-0842호

주소 § 경기도 부천시 원미구 심곡1동 350-1 남성B/D 3F (우) 420-011
전화 § 032-656-4452 팩스 § 032-656-4453
http://www.chungeoram.com
E-mail § eoram99@chollian.net

ISBN 89-5831-999-2 04810
ISBN 89-5831-697-7 (세트)

고명윤 新武俠 판타지 소설

戀心
연심

Fantastic Oriental Heroes

5

청어람
도서출판

목차

第一章
受難

受難

콰앙!

그 커다란 배가 형체도 알아볼 수 없을 정도로 터졌다. 동굴 안의 물이 들썩, 몸부림을 치며 위로 솟구쳤다. 사람이 내지른 비명 소리는 폭음에 묻혀 들리지도 않았다.

퍽!

무엇이 등을 후려쳤는지 알 수가 없었다. 강력한 폭음으로 이미 정신이 빠진 상태였다. 고통조차 느껴지지 않았다. 철무극은 다만 혜명을 가슴에 품은 채 최대한 몸을 웅크릴 뿐이었다.

폭발은 한순간에 지나지 않았지만 그 여파는 실로 굉장했다. 배를 조각 내고 물만 뒤집어놓은 것이 아니었다.

우르릉!

동굴 전체를 뒤흔들어 벽을 무너뜨렸다. 배와 가까운 동굴 벽은 폭발의 직접적인 충격을 받고 커다란 바위 조각들을 떨구었다. 산사태를 만난 듯 동굴이 무너진 것이다.

거칠게 휩쓸리는 파도에 밀리고, 무너지는 바윗덩이에 부딪치는 것도 느끼지 못했다. 숨이 막혀 더 이상 참을 수 없게 되었을 때에야 정신을 차릴 수가 있었다.

꼬르륵!

"벌컥벌컥!"

꽤 깊은 물밑으로 가라앉으면서 몇 번이나 물을 먹었는지 알 수 없었다. 철무극은 힘을 짜내어 바닥을 차며 솟구쳤다.

촤악!

물을 박차고 올라왔지만 눈에 보이는 것은 아무것도 없었다. 캄캄절벽이라 코끝도 보이지 않았던 것이다. 철무극은 자유로운 왼손을 마구 휘저어 손에 잡히는 것을 찾았다. 잡히는 것은 살을 에일 듯한 차가운 물밖에 없었다.

철무극은 손을 저어 앞으로 헤엄쳐 나갔다. 등뼈가 당장이라도 꺾어질 듯 통증이 몰려왔다. 맥이 탁 풀려 하마터면 그대로 가라앉을 뻔했다. 이를 악물고 버티며 계속 움직였다.

턱!

무엇인가 손에 잡혔다. 동굴 벽이었다.

철무극은 그것을 와락 움켜쥐고 몸을 끌었다. 올라설 수 있는 공간이 없다. 계속 벽을 잡고 옆으로 이동하며 올라설 곳을 찾았다. 등과 어깨에 가해지는 통증이 극심해서 마음대로 움직이기 힘들었다.

삼사 장가량 벽을 잡고 헤엄친 후에야 제법 널찍한 공간을 찾아낼 수 있었다.

"끙."

오른팔에 안긴 혜명을 먼저 올리려던 철무극은 그만 비명을 흘리고 말았다. 어깨가 끊어져 나갈 듯한 통증이 몰려왔던 것이다. 왼손으로 더듬어보니 어깨의 살이 한 움큼이나 뜯겨져 나가고 없었다. 감각조차 흐릿했다.

"허……."

탄식이 절로 흘러나왔다.

이토록 심각한 상태인데도 돌아볼 시간이 없었던 것이다. 붙잡고 있는 혜명을 놓치지 않은 것이 신기할 지경이었다.

"끄응."

기합 대신 비명을 내지르며 겨우 혜명을 끌어 올렸다. 그리고는 잠시 쉰 후에야 그 자신도 물 밖으로 나갈 수 있었다.

"지존보 신세가 완전 물에 빠진 생쥐로구나."

그동안 몇 번 함정에 빠져 곤란을 겪긴 했지만 이번처럼 움직이기도 힘들 정도의 상처를 입어본 적은 없었다. 물에 빠진 생쥐 꼴이 아니라 살아서 나갈 수 있을지도 알 수 없는 험악한 상황에 빠진 것이다.

"얼어 죽지 않으려면 몸부터 따뜻하게 해야겠다."

막강한 공력을 이용한다면 한겨울의 차가운 물일지라도 전혀 신경 쓰지 않을 테지만 지금은 달랐다. 상처가 너무 깊어 공력조차 마음대로 운용하기 힘들었다.

철무극은 먼저 혜명의 숨부터 살폈다. 기절해 있은 지 오래되었고, 물도 마음껏 마셨으니 숨이 막혔을 것이 분명했기 때문이다.

역시 그랬다. 숨을 쉬지 않은 지 꽤 된 것 같았다. 몸은 얼음처럼 차가웠다.

"망할……."

평소 같았으면 막강한 공력을 주입하여 단번에 숨통을 터놓았을 텐데 그것조차 마음대로 할 수 없으니 죽을 맛이었다. 전신이 뜯겨 나가는 고통을 참아가며 혜명을 바로 눕히고 가슴을 주무르거나 눌러주었다.

"숨을 쉬어라, 숨을 쉬어!"

한참을 주무르고 눌렀을 때에야 혜명은 겨우 숨을 내쉬었다.

"콜록콜록!"

마신 물을 모조리 토해내는 데도 한참이나 걸렸다.

"으으으, 덜덜덜……."

숨이 트이자 추위를 느끼는지 신음을 흘리며 마구 떨기 시작했다. 철무극 역시 추위를 참기 어려웠다. 물 밖으로 나온 지 얼마 되지 않았는데 벌써 옷깃이 얼기 시작했다.

"크흠."

철무극은 편하게 앉아서 공력을 운용해 보았다. 배의 파편이나 돌덩이에 등을 얻어맞았는지 근육이 움직이지도 않았다. 어깨의 상처로 인해 몇 군데 혈도가 막혀 기를 거의 통과시키지 못하고 있었다.

극심한 통증을 꾹 눌러 참고 조금씩 기를 모아 손바닥에 뭉쳐 두었다. 숨이 막히고 현기증을 느낄 때가 돼서야 기의 운용을 멈추었다. 그리고는 자신의 가슴과 혜명의 가슴에 손을 얹고 일장을 격출했다.

픽! 파르르르!

격출된 일장은 안으로 침투하지 않고 옷자락을 따라 퍼져 나갔다. 강력한 기운이 순식간에 옷자락을 타고 몰아치며 물기를 떨쳐 냈다.

"끄응."

털썩!

일장을 격출해 옷의 물기는 떨어냈지만 철무극은 그만 기력을 잃고 쓰러져 버렸다. 완전히 맥이 빠져 물먹은 솜처럼 몸이 무겁고, 세상이 빙빙 도는 현기증이 몰려왔다.

"헉헉!"

오뉴월 삼복 더위에 지친 강아지처럼 숨을 헐떡거렸다.

"으음……."

철무극이 기절할 지경에 이르자 혜명이 정신을 차렸다.

"여긴, 여긴 어디죠?"

겁에 질린 목소리로 사방을 둘러보는지 부스럭거렸다.

"너무 어두워서 아무것도 볼 수 없어요. 누구 없나요? 누가 저 좀 도와주세요!"

더듬더듬 주위를 더듬으며 길을 찾던 혜명이 철무극의 다리를 만졌다.

"누구……? 누구세요?"

"나다. 말할 힘도 없으니까 얌전히 있어. 우린 좋지 않은 상황에 빠졌다."

기운이 없어 기어들어 가는 목소리였지만 상대가 철무극임을 알아들은 혜명은 크게 기뻐했다.

"아, 그대……. 지존보로군요. 그대가 또 저를 구했어요? 그런데, 그런데 여긴 어디죠? 왜 그렇게 힘들어 해요? 혹시 크게 다쳤나요?"

"응, 힘드니까 말 시키지 말라고!"

"네, 알았어요. 이제부터 말 시키지 않을게요. 근데 이건, 이건 무슨 소리죠? 무슨 커다란 괴물이 으르렁거리고 있어요!"

호수의 물이 밀려와 동굴 벽에 부딪치는 소리를 괴물의 울부짖음인 줄 아는 것 같았다.

"나, 난 무서워요!"

두려움을 느낀 혜명이 자기도 모르게 와락 철무극을 끌어안았다.

"어이쿠, 아파라!"

철무극은 그만 비명을 지르고 말았다. 어깨와 등을 칼로 찌르고 망치로 두들겨 패는 것 같았다.

"어머, 어머! 정말로 크게 다쳤군요? 어디를 다쳤나요? 내가 봐줄게요."

"헉헉! 알았으니까 그냥 그대로 좀 있어라! 조금만 쉬면 된다니까!"

"네……."

돕고 싶은 마음을 거절당한 혜명은 금방 시무룩해져 철무극에게서 떨어졌다.

"으으, 나 기절한다."

견디기 힘들어진 철무극은 말을 끝내고 정말 푹 고꾸라졌다. 쓰러지는 소리를 들은 혜명이 깜짝 놀라 철무극을 붙잡았다.

"어머, 이봐요! 지존보! 지존보!"

몇 번 흔들어보아도 전혀 반응이 없었다. 혜명은 어쩔 줄 모르고 당황해했다. 이럴 때는 어떻게 행동해야 하는지 배운 바가 없고, 경험도 없었던 것이다.

"이를 어째? 어를 어쩐담……?"

주위를 더듬어 보아도 도움될 만한 것이 없고, 파도 소리는 괴물의 울부짖음 같아 두려움만 몰려왔다. 너무 무서워서 그냥 울어버리고 싶은 마음뿐이었다.

손을 잡아 흔들고 얼굴을 더듬어 가볍게 때려보아도 마찬가지였다. 차갑게 식어가는 것만 느껴질 뿐이었다.

"이봐요! 이봐요……."

더욱 겁에 질린 혜명은 급기야 울음을 터뜨리고 말았다. 철무극이 이대로 죽을 것만 같았다.

"몇 번이고 나를 구해주었는데 나는 어떻게 해야 할 줄을 모르겠어요. 엉엉!"

두렵고 급한 나머지 축 늘어진 철무극을 끌어안고 서럽게 울었다. 눈물이 뚝뚝 떨어져 얼어가는 철무극의 볼을 적셔주었다.

한동안 정신없이 울기만 하던 혜명은 문득 가슴이 따뜻해짐을 느끼고 는 울음을 그쳤다. 더듬더듬 만져 보니 철무극의 볼과 가슴이 따뜻했다. 꼭 끌어안고 있었는지라 체온이 전해졌던 것이다.

"아……!"

혜명은 문득 깨우침을 얻었다. 그녀는 재빨리 철무극의 손과 발을 주무르고 비비기 시작했다.

정신없이 주무르다 보니 차츰 얼었던 몸이 풀리고 온기를 찾기 시작했다. 오른쪽 어깨와 등을 만질 때에는 칼에 찔린 듯 몸을 떨었다. 상처를 만졌기 때문이다.

온기가 퍼지면서 헐떡이는 숨소리도 조금이나마 부드러워졌다.

"아, 다행이다. 정말 다행이야."

변화를 느낀 혜명은 일단 안도의 한숨을 내쉬었다.

"하지만 당장 상처에 바를 약도 없는걸?"

철무극이 정신을 잃은 것은 어깨의 상처와 등에 가해진 충격 때문임이 분명했다. 두 군데의 상처를 치료하지 못한다면 결국 깨어나지 못할 것이다.

"운기행공으로 내상을 치료할 수 있다고 했는데, 그것이 될까?"

그러한 교육을 받기는 했지만 실행에 옮겨본 적은 없다. 잘못해서 더욱 위험한 상황으로 변해 버리면 어떨지 두려워 함부로 행할 수도 없었다.

"그래도 다른 방법이 없는걸."

잠시 망설이던 혜명은 마음을 굳게 먹고 철무극을 바로 앉혔다. 하지만 축 늘어진 몸을 바로 세우기가 쉽지 않다. 혜명은 할 수 없이 철무극을 끌어안은 채 똑바로 앉혔다.

등이 가슴에 닿자 혜명은 저도 모르게 얼굴을 붉혔다. 조금 전에 끌어 안고 울었지만 그때는 정신이 없었는지라 부끄럽다는 생각도 할 수 없었 다. 정신을 차리자 남녀가 유별함을 느낀 것이다.

더욱이 혜명은 요즘 들어 급격하게 남녀의 일에 대해 예민해진 상태 다. 철무극과의 접촉 이후 사소한 감각만으로도 쉽게 흥분하곤 했다.

혜명은 이를 악물었다. 지금은 그러한 것을 떠올릴 때가 아니라고 마음을 다잡았다. 재빨리 운기를 시작했다.

현문정종의 지순한 공력이 휘돌기 시작하자 두근거리던 가슴이 가라 앉기 시작했다. 기문혈(氣門穴)에 손바닥을 밀착시켜 천천히 공력을 주 입해 보았다.

부르르.

철무극의 몸이 진동을 일으켰다.

혜명은 흠칫 놀라며 급히 손을 떼려 했다. 그런데 철무극의 내부에서 오히려 혜명의 공력을 빨아들이기 시작했다. 혜명은 또 한 번 놀랐지만 일단 자신의 공력을 받아들인다는 사실을 기뻐하며 더욱 공력을 불어넣 었다.

일단 혜명의 공력에 반응하기 시작한 철무극은 놀라운 힘으로 공력을 빨아들이기 시작했다.

쿵!

대추혈(大椎穴)에 이른 공력이 장벽에 부딪치며 충격이 전해졌다.

부르르.

철무극의 몸이 격렬한 반응을 일으키며 떨었다.

혜명이 크게 놀라며 다급히 손을 떼려 했다. 하지만 그것은 이미 불가 능했다. 강력한 자력에 이끌리듯 혜명의 손바닥은 철무극의 늑골 아래 기문혈에 붙어 떨어지지 않았다. 그러는 동안에도 공력은 밀물처럼 빠져

나갔다.

'악!'

너무 놀란 혜명은 비명을 내질렀다. 하지만 소리는 입 밖으로 나오지 못했다. 소리가 새어 나오지 못할 정도로 강하게 기운이 빠져나가고 있었던 것이다.

쿵!

또 한 번 강한 충격이 느껴졌다.

풀썩!

철무극의 몸이 들썩거릴 정도였다.

쏴아!

거센 물결이 갑자기 뚫린 곳으로 빠져나가는 것 같았다. 그와 함께 철무극의 몸에서 일던 경련도 가라앉았다.

"휴우……!"

혜명은 안도의 한숨을 내쉬며 손을 뗐다. 이번에는 쉽게 떨어졌다.

숨을 고른 혜명은 철무극의 몸을 더듬으며 낮게 말했다.

"전 더 이상 공력을 끌어올릴 수가 없어요."

철무극이 빨아들인 공력이 워낙 급하고 격렬해서 혜명은 단숨에 기운을 잃고 만 것이다. 물먹은 솜처럼 늘어졌다.

"내가 괜한 짓을 해서 상황을 더욱 악화시킨 건 아닌지 몰라?"

지쳐 쓰러질 것 같았지만 혜명은 걱정을 떨쳐 버리지 못하고 철무극의 몸을 더듬거렸다.

"어머!"

하마터면 놀라서 뒤로 나뒹굴 뻔했다. 철무극의 몸에 강력한 반탄지기가 형성되어 있었던 것이다. 방금 전만 해도 곧 죽을 것처럼 늘어져 있던 사람의 몸에서 일어난 현상이라고는 믿기 힘들 정도였다.

철무극의 몸에서 공력이 휘도는 것을 안 혜명은 안도의 한숨을 쉬었다. 그리고는 자신도 기운을 차리기 위해 조심스럽게 운기행공을 시작했다.

갸릉.

문득 낮게 울부짖는 짐승의 소리가 들려왔다.

번쩍.

미동도 없이 운기행공에 빠져 있던 철무극이 문득 눈을 떴다. 반사광조차 없는데 푸른 안광이 번쩍거리다 사라졌다.

"아, 젠장. 내가 반쯤은 죽었던 모양이다. 천하의 지존보가 이 무슨 꼴이란 말이냐? 망신이다, 망신이야!"

혜명이 크게 기뻐하며 행공을 멈추었다.

"어머, 지존보! 깨어났군요? 나는 지존보가 잘못된 줄 알고 크게 걱정했단 말이에요! 이젠 괜찮은 건가요?"

"으이그, 너는 내가 괜찮은 것처럼 보이냐?"

"안 보여요."

"당연히 안 괜찮아 보이지. 나는 반쯤은 죽었다 살아났단 말이다. 어깨뼈에 금이 갔고, 살점이 한 움큼이나 뜯겨 나갔다. 그뿐이냐? 등짝의 두 군데 혈도를 얻어맞는 바람에 기혈이 막혀서 숨도 제대로 못 쉬었단 말이다. 자, 여기 좀 봐라. 이놈의 상처 때문에 피를 너무 많이 흘려서 현기증까지 난단 말이다."

"안 보인다고요."

"안 보여? 아참, 그렇지. 이처럼 어두우니 보일 리가 없지. 아, 어찌 됐든 지존보가 오늘 개망신당했다. 가만, 좀 전에 백아 녀석 울음소리가 들린 것 같은데?"

"백아도 왔나요?"

"응, 네 사부도 왔었다만 폭약이 터지는 바람에 아마도 죽었을 게다. 망할 것들이 얼마나 독하게 폭약을 썼는지 콩가루가 안 됐으면 다행일 게다."

"악! 사부님이, 사부님이 그럼……?"

"내가 기절해 있던 시간이 얼마나 됐지?"

"난 몰라요. 우리 사부님이……?"

"사부 걱정할 때가 아니다. 당장 이곳을 빠져나가지 못하면 우리도 죽어. 늦기 전에 방법을 찾아야 해. 얼마나 됐지?"

"몰라요. 너무 어둡고 무서워서 얼마나 됐는지 알 수가 없어요. 우리 사부님은……?"

혜명이 깨어난 것은 기껏해야 일각 전이었다. 하지만 너무 경황이 없었는지라 시간 관념이 없었다. 두려움이 가득하여 하루도 더 지난 것 같은 느낌이었다.

철무극은 고개를 내둘렀다.

"너한테 묻는 내가 바보지. 그나저나 이놈은 정말 죽은 건가? 분명 소리를 들은 것 같은데? 야! 백아! 백아!"

캥!

"어라, 저 녀석? 정말 살아 있네? 야, 이놈아! 살아 있는데 왜 소리만 지르고 난리야? 너도 다쳤냐?"

크릉!

"성한 놈이 없구나. 위험은 귀신 뺨 치게 잘 알아채는 녀석이 제 몸 하나 간수 못하고 다치냐? 뭐가 보여야 일을 해먹지. 그나저나 구슬이 봤냐? 네놈 도망칠 때 그쪽으로 갔잖아?"

캥! 그릉!

"거기 있다고? 죽었냐?"

갸릉!

"살았어? 거참, 용하구나. 잘된 일이야. 잠깐 기다려라. 내가 기운 좀 차린 다음에 그리로 가마."

캥캥!

백아가 갑자기 급박한 소리로 울부짖었다. 또 다른 어떤 위험을 감지한 것이 분명했다.

"또 무슨 일……?"

쿵!

말이 끝나기도 전에 또 한 번 강력한 충격파가 전해졌다.

꽈앙!

맹렬한 폭음과 함께 눈부신 섬광이 멀지 않은 곳에서 솟구쳤다.

"저런!"

극히 일순간에 지나지 않았지만 철무극은 분명히 볼 수 있었다. 폭음과 함께 동굴 입구가 무너졌다.

꽈르르르!

뒤 이어 폭발의 여파가 밀려들었다. 뜨거운 열기가 폭풍처럼 밀려왔으며, 물이 뒤집혀 해일처럼 밀려왔다.

"으이그!"

철무극은 또 한 번 욕을 내뱉으며 혜명을 와락 끌어안은 채 벽에 붙었다.

철썩!

억센 파도가 동굴 벽을 후려치고 지나갔다. 철무극은 파도에 휩쓸리지 않으려고 돌 벽을 움켜잡았다.

쏴아아!

넘친 물은 이내 쓸려갔다.

그토록 어렵게 공력을 모아 물기를 제거한 옷이 다시 흠뻑 젖어버렸다.

"물에 빠진 생쥐 꼴을 못 면하는구나. 이것들이 아예 생매장을 시키려드네?"

탄식이 절로 흘러나왔다.

배를 폭파시킨 것으로는 모자라다 생각하여 아예 동굴의 입구를 폭발시켜 막아버린 것이다.

철무극은 혀를 내두르며 공력을 운용했다. 아직도 어깨와 등에 무리가 생기고 통증이 극심했지만 아쉬운 대로 의지에 따라 기운이 움직여 주었다.

잠시 공력을 운기하던 철무극이 혜명을 살폈다. 두려움 때문인지 가슴에 꼭 매달려 떨어질 생각을 하지 않았다.

"괜찮아?"

"네."

"다행이다."

철무극은 대수롭지 않게 여기며 손끝에 모아둔 공력을 퉁겼다.

팍! 파르르르!

혜명의 옷자락에 적중된 지력은 즉시 전신으로 퍼져 나가며 물기를 떨쳐 냈다. 철무극은 자신의 옷자락도 퉁겨 물기를 없앴다.

"헉헉! 손가락 두 번 퉁겼을 뿐인데 이토록 숨이 차다니, 나도 이젠 다 된 모양이다!"

"그토록 중한 내, 외상을 당하고도 공력을 쓸 수 있다는 사실이 놀랍기만 한걸요!"

"지존보니까 그렇지. 하지만 겨우 돌덩이 몇 개에 얻어맞았다고 기절까지 하다니. 망신은 망신이다."

고개를 내두르던 철무극이 어둠을 향해 소리쳤다.

"백아!"

크룽!

전보다 더욱 미약한 소리로 대답하는 것을 보면 꽤나 힘든 모양이다.

"얼마나 다쳤어? 이거야 원, 성한 놈이 없으니 어찌할 바를 모르겠구나. 좀만 기다려라. 일단 기운 먼저 차려야겠다."

철무극은 즉시 혜명을 떨쳐 놓고 어깨의 상처를 대충 싸맨 후 운기행공에 들어갔다.

역혈수라공의 강력한 기운이 전신으로 치달리며 내상을 어루만지고 충격으로 인해 뒤틀린 혈로를 뚫고 나갔다. 그 열기가 몸 밖으로 솟구쳐 남아 있는 물기마저 수증기로 만들어 날려 버렸다.

혜명은 운기삼매에 빠져드는 철무극을 보며 안도의 한숨을 쉬면서도 걱정을 떨쳐 버리지 못했다.

"백아! 백아! 너, 괜찮니? 우리 사부님도 거기 계셔? 무사한 거니?"

캬웅!

백아는 신경질적으로 한 번 울부짖더니 더 이상 대꾸하지 않았다. 백아 역시 나름대로 기운을 차리기 위해 공력을 쓰는 것 같았다.

"아, 대답조차 없는 것을 보면 우리 사부님께서 크게 다치신 모양인데, 가서 볼 수가 없으니 답답하구나. 대체 얼마나 다치셨을까?"

백아의 목소리를 들어보면 대강 사오 장 정도의 거리에 불과했지만 한 치 앞도 보이지 않으니 천 리보다 멀게 느껴졌다.

"사부님! 사부님……!"

몇 번이고 불러보지만 대답이 없다. 입구가 매몰되어 파도 소리조차 들리지 않았다. 무덤처럼 조용했다. 답답하고 무서워서 눈물만 흘러내렸다.

철무극의 운기삼매는 오래가지 않았다. 순식간에 십이 주천을 완료하고 멈추었다. 지금의 상태라면 몇 날, 며칠을 두고 운기해야만 내상을 완치할 수 있겠지만 시간이 없다. 려봉옥의 상태를 확인하는 일이 급했던 것이다.

첫 번째 폭발 이후 흘러간 시간을 정확히 계산할 수는 없지만 이미 차한 잔 마실 시간은 지났을 것이다. 보통 사람이라면 차가운 물 때문에 벌써 얼어 죽었을 판이다.

백아가 죽지 않았다는 사실은 전해주었지만 얼마나 다쳤는지, 상태가 어떤지 서둘러 확인해야만 한다.

"이 어둠이 문제로구나. 반사광조차 없으니 제아무리 시력이 좋은들 무엇하랴."

"어머, 벌써 운기를 마쳤군요?"

혜명이 기뻐하는 소리를 들으면서도 철무극은 인상만 잔뜩 찌푸렸다. 주섬주섬 근처를 더듬어 돌멩이라도 찾아보았지만 손에 잡히는 것이 없다. 강한 파도가 모조리 쓸어간 것이다.

"너, 내 꽁무니 잡고 조심조심 따라와라."

"네."

철무극이 네 발로 기다시피 조심스럽게 움직였다. 혜명은 철무극의 발 끝을 잡고 뒤를 쫓았다.

"백아, 소리 좀 내봐라!"

갸릉!

바로 앞쪽 사 장 거리다.

철무극은 동굴 벽에 바짝 붙어 사방을 더듬거렸다. 바로 옆이 물이었고, 겨우 움직일 수 있는 난간이 있을 뿐이다. 들어온 바로 그 길이다.

"그나마 여기라도 멀쩡하니 다행이다."

조심조심 기어서 백아의 목소리가 들려온 곳에 이르러 보니 움푹 패인 벽이 있었다. 백아와 려봉옥은 바로 그 좁은 공간에 몸을 숨긴 채 폭발을 이겨냈던 것이다.

"곧 죽겠다고 엄살을 부리더니만 이런 요술을 부리고 있구먼. 거참, 용하다."

물에 빠진 생쥐 꼴이 되어 얼어 죽었으면 어쩌나 싶었건만 좁은 공간은 의외로 훈훈했다. 한겨울 물속에 있는 것이 아니라 봄볕처럼 따사로운 기운이 흐르고 있었다. 물론 백아가 요술을 부려놓은 것이다.

더듬더듬 바닥을 찾아보니 주먹만한 돌멩이 하나가 손에 잡혔다.

카라락!

돌멩이를 벽에 대고 힘껏 긁어내리자 새파란 불똥이 사방으로 튀었다. 그 한순간에 좁은 구석을 살필 수 있었다.

"어이쿠! 저 녀석이 내단을 토하고 있구나!"

좁은 구석 안쪽에 웅크리고 있는 백아는 밤톨만한 푸른 구슬을 입에 물고 있었으며, 그것을 삼켰다 토해내기를 반복하고 있었다. 그 내단이 좁은 공간을 훈훈하게 만든 것이 분명했다.

"공력을 운용하는 방법도 사람과는 사뭇 다르군. 그런 모습 함부로 보이지 마라. 욕심 많은 놈이 본다면 무슨 수를 써서라도 너를 잡아 죽이고 내단을 차지하려 들 것이다."

철무극이 주의를 주는 데도 백아는 미동도 없이 내단을 희롱하는 데 열중했다.

철무극은 다시 돌멩이를 벽에 긁었다.

"이런, 다리가 부러진 모양이다."

"어머, 사부님!"

혜명이 놀랍고 반가운 마음에 서둘러 사부에게 달려들었다.

"함부로 만지지 말아라. 다친 곳부터 확인해야지. 죽지 않았으니 걱정할 것 없다."

"네."

"불똥이 튈 때마다 살살 뒤집어서 다친 곳을 살펴봐라."

"네."

철무극은 계속해서 돌멩이를 벽에 긁어댔고, 혜명은 조심스럽게 사부의 몸을 살폈다.

"정강이가, 사부님의 정강이가 부러졌어요! 뼈가 튀어나왔어요! 옆구리에 나뭇가지가 박혀 있어요! 이를 어째!"

자세히 살펴 치료하지 않으면 영영 불구가 될 수도 있는 중상이다.

"상처 만지지 말고 다른 곳이나 주물러 줘라. 뭘 좀 찾아봐야겠어."

철무극이 돌멩이로 마구 벽을 긁어대며 사방을 살피는 동안 혜명은 사부 려봉옥의 몸을 조심스럽게 주물러 주었다.

"이것 봐요! 사부님께서 행낭을 지니고 계세요!"

철무극처럼 모든 것을 남을 통해 조달하는 사람이 아니라면 누구나 여행에 필요한 행낭을 지니고 다닌다. 먼 곳으로 갈수록 행낭은 커질 수밖에 없는데, 그럴 때는 별도로 꼭 필요한 것들만 따로 챙겨두는 작은 행낭을 마련하여 허리에 차고 다닌다.

승려와 도인들 역시 늘 이런 비상용 행낭을 지니고 다니기 마련이다.

"옳지! 그거 잘됐다! 분명 불씨도 있을 거야!"

손바닥 두 개만한 행낭에는 생각보다 많은 것들이 담겨 있었다.

한 뼘 길이의 대나무 통에는 두 개의 화섭자가 들어 있었으며, 기름종이에 잘 싸여진 물건은 다름 아닌 상처를 소독하는 가루약과 바르는 금창약이었다. 손가락 두 개만한 작은 주머니에는 소금이 들어 있었다. 그 외에도 약간의 은자와 바늘과 실, 작은 칼까지 들어 있었다.

"보물 주머니가 따로 없구나!"

당장 필요한 것들이 모두 들어 있었다.

철무극은 당장 돌멩이를 집어던지고 대나무 통에서 화섭자를 꺼내 들었다. 마개가 있기 때문에 물에 젖지도 않았다. 화섭자의 뚜껑을 열자 곧바로 불씨가 보였다.

"혹."

입김을 불어넣자 빨간 불꽃이 타오르기 시작했다. 본래 하루를 버티는 화섭자인데 이미 거의 다 타버리고 끝만 남았다. 하지만 문제없다. 다른 한 개는 불씨를 당겨두지 않은 것이다. 그것을 사용한다면 하루는 버틸 수 있다.

"들고 있어. 마지막까지 타면 다른 것으로 바꿔."

"네. 이토록 작은 불꽃인데 이처럼 밝네요. 참 고마운 불이에요."

철무극은 옷을 훌훌 벗었다. 좌측 어깨를 살피니 살이 뭉개져 너덜거릴 정도로 상처가 깊다.

철무극은 먼저 속옷을 잘게 찢어낸 후 소독하는 가루약을 뿌리고 물로 씻어낸 후 금창약을 발랐다. 그리고는 찢어낸 속옷으로 상처를 감았다.

자기부터 치료한 철무극은 곧 약과 칼, 바늘과 실까지 준비해 두고 려봉옥의 상처를 살폈다. 옷을 벗길 수 없어 다소 불편한 것 빼고는 치료하는 데 지장은 없었다.

옆구리에 박힌 나뭇조각부터 빼냈다. 미동도 없던 려봉옥이 기절한 중에도 고통을 느끼는지 파들파들 떨었다. 내장까지 다치지 않은 것이 다행이었다.

철무극은 재빨리 흐르는 피를 닦아내고 소독한 후 벌어진 상처를 바늘로 꿰맸다. 그런 후 찢어둔 속옷으로 상처를 싸맸다.

옆구리의 상처는 대충 치료했지만 부러진 다리는 대충 맞출 수 있는 부상이 아니다. 뼈가 어긋난다면 상처가 나아도 절름발이가 되고 만다. 집중이 필요했다.

"뼈를 맞추고 고정시킬 것이 있어야 할 텐데……."

화섭자를 받아 들고 주위를 살폈다. 다행히 물에 떠 있는 조각난 배의 파편이 널려 있었다. 철무극은 물에 떠 있는 나뭇조각들을 모조리 주워 모았다. 먼 곳에 떠다니는 것들까지 주워 오느라 또 한 번 물로 뛰어들기도 했다.

나무의 물기를 공력으로 제거한 후 조그맣게 모닥불까지 피웠다. 기름 칠한 파편들은 일단 불이 붙자 잘 타 들어갔다. 준비를 끝낸 철무극은 혜명에게 화섭자를 넘겨주었다.

"잘 비춰라."

"네."

혜명은 화섭자를 새로 갈아서 더욱 가까이 비춰주었다.

철무극은 상처를 잘 살피고 삐죽 튀어나온 뼈의 위치를 정확히 가늠했다. 찢겨진 살을 잘 벌여놓은 후 힘껏 뼈를 제자리로 눌러 넣었다.

"까악!"

기절해 있던 려봉옥이 살을 찢는 고통을 참지 못하고 깨어나 비명을 내질렀다. 철무극이 려봉옥의 이마를 향해 지풍을 날렸다.

"그냥 기절해 있어."

픽!

적당한 타격을 가하자 려봉옥은 이내 눈을 뒤집으며 기절했다.

철무극은 뼈가 제대로 맞춰졌는지 세심히 살핀 후 재빨리 바늘을 들어 살을 꿰맸다. 그리고는 상처를 소독하고 금창약을 발라주었다. 준비된 부목으로 정강이 양쪽을 고정시키고 붕대로 친친 동여맸다.

"휴, 이거 생각보다 쉽지 않구면."

치료를 끝내고야 겨우 한숨을 내쉬었다. 혜명이 철무극의 이마에 흐르는 땀을 닦아주며 말했다.

"그대 어깨에서 또 피가 나요."

잔뜩 긴장한 상태로 힘을 썼는지라 어깨의 상처가 다시 터진 것이다.

"허허, 내가 땀을 흘리다니, 이거 완전 약골이 다 되었구나."

공력이 지극하여 한서불침의 경지가 된 지 오래건만 땀이 흐르는 것을 보면 폭발로 인해 입은 내상이 결코 가볍지 않다는 뜻이다.

혜명은 무슨 뜻인지 모르면서도 붕대를 풀고 소독을 한 후 약을 발라주었다.

"나는 아무래도 하루 정도는 쉬어야겠다. 그 정도는 혼자 버틸 수 있겠지? 나무가 많지 않으니 불은 조금씩만 지펴라. 네 사부 깨어나면 상처를 봐주고. 얼지 않도록 조심해야 한다."

"네."

뒷일을 혜명에게 맡긴 철무극은 백아 옆의 구석진 곳에 자리잡고 운기조식에 들어갔다. 공력과 체력이 바닥 상태였는지라 내식의 흐름도 거칠고 요란했다.

철무극은 한 가닥 의지만을 남겨두고 모든 의식의 흐름을 중단했다. 진기가 의지에 매달려 정해진 길을 따라 흐르기 시작했다. 거칠게 날뛰던 기혈이 차츰 안정되었다.

혜명은 화섭자의 불씨를 꺼버리고 모닥불을 잘 간수하며 시간을 보냈다.

부상당해 기절해 있는 사부의 안위와 깊은 내상을 당한 철무극의 상태가 걱정되어 수시로 돌아보았지만 시간이 갈수록 그녀는 혼자만의 상념으로 빠져들었다.

혜명은 여태까지 단 한 번도 스스로의 의지에 따라 행동한 적이 없었다.

아주 어렸을 때 고아로 버려진 것을 관일문의 장로가 데려다 길렀으며, 어른들의 눈에 띄어 태산신녀의 제자가 되었다.

도가의 철학과 사상을 공부하고 무공을 수련했지만 남다른 성취를 이루지는 못했다. 천성이 온순하여 남 앞에 나서는 것을 좋아하지 않았다. 그렇게 있는 듯 없는 듯 조용하게 생활했다.

나쁜 도사들과 승려들이 왜 사저들을 해치고 자신을 납치했는지 그 이유조차 알지 못했다. 다만 너무도 두려워서 매일 눈물을 흘리며 사부인 려봉옥을 그리워했을 뿐이다.

납치되어 끌려 다니는 동안 보았던 도사와 승려들의 이상한 눈빛과 행동은 혐오감을 일으킬 뿐, 전혀 호기심을 유발시키지 못했다. 그때까지는 자신 안에 어떤 특별한 것이 존재하고 있는지도 알 수 없었다.

이상한 사람, 스스로를 지존보라고 떠벌리는 철무극을 만난 이후에 변화가 찾아들었다.

그동안 억눌러 오던 감정이 폭죽 터지듯 솟구치기 시작했다. 세상의 모든 것들이 새롭게 보여지기 시작했으며, 호기심을 불러일으켰다. 스스로 생각해도 이상할 정도로 강한 호기심이 꿈틀거리기 시작한 것이다. 그리고 그 모든 호기심은 마지막 한 가지로 압축되었다. 성적 욕망이다.

관일문에서는 물론 인간의 오욕칠정을 애써 억누르며 마음의 청정을 추구한다. 그에 반한 것들은 철저할 만큼 숨겨졌으며 생각마저도 통제되었다.

욕정과 관계된 어떤 것도 그녀에게 보여지지 않았다. 잠을 잘 때면 언제나 이중으로 된 이불을 덮어야 했는데, 양손은 이불 중간에 놓아야 했다. 잠결에라도 자위를 할까 경계했던 것이다.

그러한 엄격한 생활을 철무극이 깨버렸다.

농담처럼 들려주는 남녀 간의 즐거움, 간혹 보여주는 이상하고 야릇한 눈빛, 대담하게 몸을 만지는 행동들이 그녀의 감각을 일깨우기 시작했다. 그리고 몽정 이후 찾아온 전율과 입맞춤은 그녀가 지니고 있던 생각들을 한꺼번에 허물어 버렸다.

그녀는 그 후, 한 번도 철무극과의 입맞춤을 잊어본 적이 없었다. 다시 한 번 하고 싶었고, 그 다음에는 어떤 일이 벌어질까 궁금해했다. 그 충동이 너무 강해서 잠깐 동안 함께 있었던 황보존일이나 악독한 마음으로 납치한 복면인들에게까지 그러한 감정을 느꼈다.

그럴 때마다 깜짝깜짝 놀라 스스로를 나무라곤 했지만 충동은 가라앉지 않았다. 명상을 행하고 운기조식을 해봐도 마찬가지였다. 그 강렬했던 입맞춤, 그리고…….

"해보고 싶어. 다음에 일어날 그 어떤 일을 경험하고 싶어."

그것만 머리 속에 오락가락했다.

"하나도 즐겁지 않아."

그동안 배우고 익혀왔던 모든 것들은 전혀 떠오르지 않았다. 재미있게 읽었던 장자와 뒷동산의 동물 친구들을 생각해도 전혀 즐겁지 않았다.

고개를 내두르며 생각을 그만두려던 혜명은 자신도 모르게 힐끗 철무극을 바라보았다.

철무극은 웃옷조차 걸치지 않은 상태였다. 추운 날씨임에도 불구하고 그의 근육은 단단했으며, 부드러워 보였다. 비단결처럼 매끄러워서 만져보지 않고는 견딜 수 없을 지경이다.

침이 절로 넘어간다. 가슴이 두근거리고 온몸의 솜털이 곤두서며 간지럽다. 신경은 극도로 예민해지고 근육이 경직된다. 힘을 쓴 것도 아닌데 땀이 흐르고 흥분이 솟구친다. 몸이 배배 꼬여 주체할 길이 없다. 당장에라도 달려들어 철무극의 몸을 만지고 입을 맞추고만 싶었다.

자기도 모르고 몸을 일으키던 그녀는 또 흠칫 놀라며 스스로를 나무랐다.

"내가 왜 이럴까? 왜 자꾸 이런 생각만 할까?"

안 되는 줄 알면서도 그녀는 또 철무극을 힐끔거렸다.

"으음……."

사부인 려봉옥이 신음을 흘리지 않았다면 혜명은 참지 못하고 철무극에게 다가갔을 것이다.

"어머, 사부님!"

크게 기뻐하며 사부를 살피려던 혜명은 인상부터 찡그렸다. 모닥불이 꺼지려 하고 있었던 것이다.

"어머, 내 정신 좀 봐! 언제 이렇게 타버렸지?"

잠깐 동안 딴 생각을 한 것 같은데 모닥불이 꺼지고 불씨까지 사그라지려 한다. 시간이 꽤 흘렀다는 뜻이다. 사부 려봉옥이 추위를 느끼고 신음을 토한 것이 분명했다.

혜명은 다급히 나무 파편을 올려놓고 입김을 불어 불씨를 살렸다.

"으음, 물, 물 좀……."

목이 마르고 답답한지 려봉옥이 몸을 움직이려 했다. 혜명이 깜짝 놀라며 급히 려봉옥을 움직이지 못하도록 부축했다.

"사부님, 사부님, 정신이 좀 드세요? 제자 혜명이에요."

"음음, 혜명이구나. 물 좀 주렴."

"네, 네. 알았으니까 움직이면 안 돼요. 사부님은 깊은 상처를 입었어요. 움직이면 큰일나요."

"내가? 윽……."

문득 정신을 차린 려봉옥이 제자의 손을 뿌리치며 몸을 일으키려다 비명을 질렀다. 옆구리가 찢어질 듯 당겼던 것이다.

"움직이면 안 된다니까요! 다리가 부러졌단 말이에요!"

"다리가?"

그리고 보니 옆구리만 당기는 것이 아니었다. 왼쪽 다리가 말을 듣지 않는다.

"아, 그 폭발……!"

너무 갑작스럽고도 순식간에 벌어진 일이라 어떻게 된 일인지 기억나지도 않았다. 철무극의 다급한 호통을 듣고 반사적으로 몸을 피했을 뿐이다. 다리가 부러지고 나뭇조각이 옆구리에 박히는 것도 느끼지 못했다.

"너는 괜찮느냐? 그는……?"

"잠깐만요."

혜명은 재빨리 움직여 바로 옆에 출렁이는 물을 양손으로 떠서 려봉옥의 입에 대주었다. 목이 타던 려봉옥은 서둘러 물을 받아 마셨다.

"저는 다친 곳이 없어요. 대신 그가 많이 다쳤어요. 사부님을 치료한 후 곧바로 운기조식에 들어갔어요."

목을 축인 려봉옥은 몸을 반쯤 일으키며 고개를 돌렸다.

"아……!"

그것은 정말 놀라운 장관이었다.

운기삼매에 빠져 있는 철무극은 완전히 다른 사람으로 변해 있었다.

찬란한 광채가 전신을 감싼 채 휘돌고 있었으며, 머리 꼭대기에는 기로 만들어진 세 개의 꽃 모양이 떠올라 있었다. 공력을 연마한 사람이라면 꿈에서라도 그리는 삼화취정의 경지가 바로 그것이었다. 유체이탈을 행할 때의 놀라움보다 훨씬 더한 경이로움을 보고 있는 것이다.

사람만 경이로운 것이 아니었다.

그 옆에 있는 조그만 백여우의 모습도 철무극의 모습만큼 놀랍고 신비로웠다.

입 안을 들락날락하는 푸른 구슬은 영물의 내단이 분명했으며, 백여우를 두르고 있는 푸른 빛의 광휘는 철무극이 뿜어내는 호체진기와 다르지 않았다.

사람과 동물이 너무도 신비롭고 놀라워서 입을 다물 수가 없었다.

"정말 재미있죠, 사부님? 저 여우는 천 년 묵은 백여우예요. 고소산에 나타났다던 그 영물이래요."

"응."

기의 흐름을 인식하지 못하는 혜명은 단지 백아가 희롱하는 내단만 보고 신기하게 여길 뿐이다. 철무극과 백아가 뿜어내는 광휘를 보고 느낄 수 있으려면 그만한 공력과 예민한 감각, 뛰어난 시력을 갖춰야 하는 것이다.

"대체 무슨 수련을 통해 어떤 깨달음을 얻었기에 저와 같은 경지에 이르렀단 말인가? 놀랍고도 두렵구나!"

강호에서 천외천이라 경외하는 구파일방의 몇몇 기인이사가 저와 같은 경지에 들어섰다는 말을 전해 듣긴 했지만 눈으로 본 적은 없다. 마도의 고수에게서 그러한 경지를 직접 보게 될 줄은 상상조차 못했던 일이다. 너무도 뜻밖이라 믿을 수가 없었다.

려봉옥은 옆구리와 다리가 아픈 줄도 모르고 그 신비로운 광경에서 눈을 떼지 못했다.

"사부님, 너무 걱정하지 마세요. 그는 하루면 깨어날 것이래요. 사부님 상처도 잘 치료했으니 크게 걱정할 것 없다고 했어요. 이거 깔고 편히 쉬세요."

혜명은 철무극의 장포를 려봉옥의 자리에 깔아주었다. 이미 뽀송뽀송하게 말라 있어 한결 편할 것이다.

려봉옥은 제자가 깔아준 장포 위에 누우면서 씁쓸하게 웃었다.

"이 려봉옥이 마도의 고수에게 목숨을 구함받을 줄은 몰랐다. 세상 일이라는 것이 확실히 정해진 대로 흐르는 것만은 아니로구나. 너에 대해서도 다시 한 번 생각해 봐야겠다."

"네? 무슨 말씀이에요?"

"아니다. 내가 피곤하구나."

려봉옥은 피곤함을 이기지 못하고 눈을 감았다.

"네. 쉬세요, 사부님."

혜명은 깔고 남은 부분으로 사부의 몸을 덮어주었다.

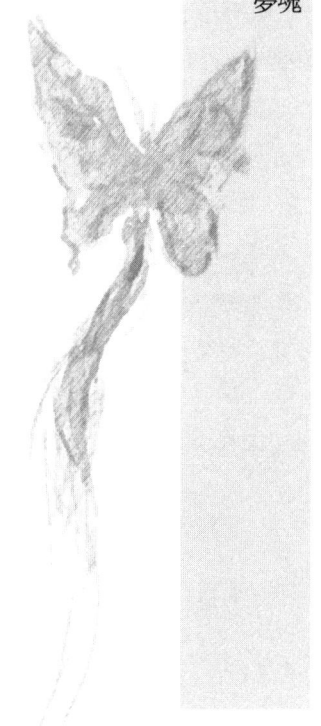

第二章

夢魂

夢魂

　머리 위에 떠 있던 세 개의 꽃 모양이 한줄기 기로 화하여 머리 꼭대기의 백회혈을 통해 빨려들었다. 몸을 감싼 채 휘돌고 있던 광휘도 스르르 빛을 잃고 사라졌다.

　번쩍.

　강렬한 신광이 눈을 통해 발산된 후에야 철무극은 운기조식을 끝냈다. 심신이 가뿐하여 날아갈 듯했다. 기분이 상쾌하고 힘이 넘쳐 났다.

　놀랍고 신기한 눈빛으로 바라보는 려봉옥과 혜명을 발견한 철무극은 빙그레 웃어주었다.

　"다행히 모두 죽지는 않았다. 괜찮느냐?"

　"네, 덕분에……."

　"배가 고파요."

　려봉옥의 쑥스러워하는 대답과 혜명의 철없는 말이 동시에 흘러나왔다. 철무극은 대뜸 기분이 좋아졌다.

"므흐흐흐, 천하제일미녀 둘이 나만 바라보고 있으니 기분이 참 좋다. 이것이 바로 지존보의 참된 기쁨이로다!"

"쳇."

려봉옥은 대뜸 혀를 차며 고개를 돌렸다. 혜명은 방글방글 웃으며 철무극만 바라보았다.

철무극은 히죽히죽 음흉하게 웃어대며 혜명과 려봉옥을 번갈아 바라보았다.

캥!

보다못한 백아가 한마디 쏘아주었다. 철무극이 껄껄 웃었다.

"오, 너도 있구나! 그래, 상처는 다 나았냐? 설마 질투하는 건 아니지?"

캥!

"므흐흐, 그리고 보니 너도 여자 아니냐? 질투없는 여자는 재미가 없지."

혜명이 물었다.

"그대의 상처는 다 나은 건가요?"

"내상은 대충이나마 아문 것 같다. 어깨는… 좀 더 기다려야겠어."

"네. 치료하지 않아도 돼요?"

"괜찮다. 아흠, 그나저나 좀 움직여 봐야겠다. 오래 앉아 있었더니 지루해."

"모닥불을 피울 나무도 다 떨어졌어요."

"구해보자."

철무극은 먼저 려봉옥의 상처를 살펴보았다.

"난 괜찮아요. 잘 치료해 줘서 고마워요. 이젠 스스로 돌볼 수 있어요."

"그럼 쉬고 있어."

철무극은 불이 붙은 나뭇조각 하나를 들고 일어섰다.

모닥불을 피울 나뭇조각은 아직도 많았다. 배의 파편이 그대로 물 위에 떠 있었다.

들어온 길도 그대로였다. 몇 군데 파손되긴 했지만 입구까지는 갈 수 있었다.

입구는 완전히 막혀 버렸다. 폭약을 다루는 기술이 대단한 자가 있는지 정확하게 입구 주변만 무너뜨린 것이다.

안쪽도 마찬가지다.

어딘가에 있었을 비밀 통로도 배와 함께 무너져 버린 것이 분명했다.

사방이 막혀 버렸다.

"숨을 쉴 수 있는 걸 보면 어딘가 틈이 있다는 소린데……?"

세심히 돌아보았지만 찾을 수 없었다. 불이 약해서 더 찾아볼 수도 없었다.

철무극은 물로 뛰어들어 나뭇조각을 전부 끌어 모아 한쪽으로 옮겨두었다. 당분간 모닥불 걱정은 하지 않아도 될 것이다.

공력이 회복된 이상 추위를 걱정할 것은 없었다. 물기는 지풍으로 날려 버리고 남은 것은 몸에 열을 내어 흩어버리면 그만이다. 어깨의 상처도 이미 아물기 시작하여 덧날 염려가 없다.

철무극은 제법 커다란 횃불을 만들어 다시 한 번 동굴을 탐사했다. 이번에는 백아를 동행시켰다.

"여기 어딘가에 출구가 있어. 무너졌지만 너라면 분명 찾을 수 있을 게다."

캥!

수고로운 것을 질색하는 백아는 신경질을 부렸다. 하지만 출구를 찾지 못하면 그 자신도 나갈 길이 없는지라 움직이지 않을 수 없었다.

쿵쿵!

이리저리 냄새를 맡아보더니 이내 한쪽으로 달렸다.

안쪽으로 조금 꺾어 들어가자 커다란 바위들이 무너져 내린 곳이 있었다. 불을 가까이 대자 불꽃이 파르르 떨었다. 바람이 통하는 것이다.

"얼마나 길지 그것이 문제로다."

길이 있었다면 뚫으면 그만이다. 시간이 문제일 뿐이다.

철무극은 횃불을 벽 틈에 끼워놓고 돌덩이를 빼내기 시작했다. 제법 커다란 바위들로 막혀 있었지만 천 근의 무게도 철무극에게는 대수로운 일이 아니었다. 하나씩 빼내어 물로 던져 버렸다. 혜명까지 달려와서 도와주었다.

"혜명아."

"네?"

"재밌냐?"

"네."

"관일문에서 살 때보다도?"

"음, 음… 잘 모르겠어요. 관일문에서 살 때는 조용하고 편했어요. 밖으로 나온 후로는 너무 번거롭고 아슬아슬해서 마음이 편치 않았어요. 하지만 그것이 아주 나쁘지만은 않았어요."

"어떤 것들이 나쁘지 않았지?"

"그냥… 사람들을 만나서 이야기하는 것이 즐거워요. 호기심이 일고 흥분이 돼요."

"관일문으로 돌아가고 싶으냐?"

"……."

그것은 혜명도 아직 결정하지 못한 일이었다. 돌아가야 한다는 것은 분명 알고 있었지만 마음 한쪽에서는 너무도 강하게 거절하고 있었던 것이다. 사람들과 만나 웃고 떠들고 싶었다. 감각을 자극하는 모든 것들에 대한 호기심을 풀고 싶었다.

"네 사부도 안 보는데 우리 뽀뽀 한번 할까?"

"……."

혜명은 크게 부끄러워하며 재빨리 고개를 돌렸다. 발갛게 달아오른 얼굴을 보여주고 싶지 않았던 것이다.

"흐흐, 좋아. 너, 그 일을 잊지 않고 있구나? 너도 좋았지?"

혜명은 자기도 모르게 고개를 끄덕이다 놀라서 재빨리 가로저었다.

"여긴 좀 그렇구나. 일단 나가서 의논해 보자."

"네."

둘은 곧 본래의 자리로 돌아왔다.

자고 있던 려봉옥이 깨어 주위를 돌아보고 있었다.

"어머, 사부님!"

혜명은 쪼르르 려봉옥에게 달려갔다. 손으로 물을 떠 먹이고 상처를 살펴주었다. 철무극이 무너진 곳을 살피러 간 틈에 소대변도 처리했다.

"호호! 너무 재미있어요!"

숨박꼭질 같은 이런 생활이 혜명에게는 재미있는 놀이 같았다. 려봉옥은 철없는 제자를 보며 고개를 내저었다.

"이미 희노애락의 감정에 휘말렸으니 어찌 청정을 유지할 수 있으랴……."

"네?"

"아니다. 아직도 피곤하구나."

"그럼 좀 더 쉬세요. 제자는 그를 도와 굴을 파고 있을게요."

"그래라."

혜명은 사부를 한 번 더 살펴주고 쪼르르 철무극에게로 달려갔다. 려봉옥은 한숨을 내쉬며 눈을 감았다.

"어머, 벌써 이만큼 파냈네요? 우린 배가 고파 죽기 전에 나가야만 해요."

"물고기라도 잡아줄까?"

"싫어요. 우리 수도하는 사람들은 육식을 하지 않아요. 살아 있는 물고기는 먹지 않아요."

"그럼 빨리 파내야겠구나."

"네, 어서 파내요. 난 배가 많이 고파요."

"그러자."

하지만 무너진 굴을 파내어 통로를 여는 일은 쉽지 않았다. 통로가 길어서 이틀을 더 파내야만 했다.

"난 더 이상 못하겠어요. 지쳐서 움직일 수도 없어요."

"다 됐는데? 나가기 싫으냐?"

"정말요? 정말 다 파낸 건가요?"

"봐라."

철무극이 앞쪽을 향해 가볍게 일장을 날렸다.

우르릉!

마지막 남은 커다란 바위가 장력에 밀려 바깥으로 퉁겨 나갔다. 먼지가 가라앉으며 환한 별빛이 몰려들었다.

"야호!"

당장 주저앉을 듯 비실거리던 혜명이 환호성을 터뜨렸다.

"우리가 드디어 해냈어요! 막힌 굴을 뚫었다고요!"

철무극은 훌쩍 밖으로 뛰어나왔다. 감각을 개방하고 사방을 살폈다.

"이놈들."

역시 인기척이 감지되었다. 동굴을 무너뜨려 생매장을 시키고도 모자라 감시하는 자들까지 남겨둔 것이다. 철무극은 번개처럼 빠르게 움직였다.

"엇!"

기척을 느끼고 대응하려던 자는 눈만 멀뚱거린 채 허공에 뜬 자신을 발견했다. 다른 두 명도 마찬가지였다. 어디를 어떻게 얻어맞았는지도 모른 채 허공에 떠 있는 자신들을 보았을 뿐이다.

"어, 어, 어……!"

놀라는 사이에 아래로 곤두박질친 그자들은 곧 차가운 물속으로 처박혔다. 손발을 움직이려 했지만 혈도가 짚였는지 꼼짝도 할 수 없었다.

'난 죽었구나!'

그렇게 속으로 부르짖으며 밑으로 가라앉았다. 물론 다시는 떠오르지 않았다.

"누가 있나요?"

혜명이 나와 주위를 두리번거렸다.

"없다. 네 사부를 옮길 들것이나 만들자."

"네."

철무극과 혜명은 곧 나뭇가지를 꺾어 들것을 만들었다. 달리 엮을 줄이 없는지라 또 철무극의 장포를 찢어 대신해야만 했다. 철무극은 그야말로 발가벗은 꼴이 되어 그곳을 떠나야 했다.

"허허, 벌거벗은 지존보로다!"

"호호! 맞아요, 맞아! 그대는 벌거벗은 지존보예요. 하지만 우리 사부님과 저를 구했어요!"

혜명은 즐거워서 깔깔거렸고, 려봉옥은 철없는 제자를 보고 혀를 찼다.

"그 꼴을 당하고도 돌아가지 않겠다고? 내가 모두 해결해 준다니까!"

"그럴 순 없어요. 이것은 우리 관일문의 일이에요. 그대가 해결할 일이 아니란 말입니다."

려봉옥은 경전에 관한 일만은 철무극에게 맡기고 싶지 않았다. 그것까지 맡겨 버리면 이후 철무극이 무엇을 바라든 들어주지 않을 수 없는 입장이 될 것임을 알기 때문이다.

"좋아, 그럼 여기 있거라. 내가 가서 구름이를 데려오마. 둘이 만나서 해결하면 되겠지?"

"그런 것이라면 좋아요. 우리 사제는 여기서 기다리고 있겠어요."

"혜명이는 사부 모시고 있거라."

"네……."

혜명은 철무극과 헤어지는 것이 아쉬워서 고개를 푹 숙였다.

그 꼴을 본 려봉옥이 남몰래 탄식을 터뜨렸다.

혜명의 모습에서는 더 이상 수도하는 출가인의 모습을 찾을 수 없었다. 그토록 감추고 지켜주려던 제자가 이미 타인이 되어버린 것이다.

"이놈들, 구름이를 만난 후에는 기필코 네놈들을 찾아 대가를 치르게 해주고 말 테다!"

공연히 동굴에 매몰시켰던 자들을 향해 욕을 퍼부었다.

"그런데 또 어디로 가지?"

회북에서 잠깐 천사교의 교도들을 본 것이 전부다. 사마영문을 찾는 일은 또 처음부터 다시 시작해야 할 판이다.

그나마 다행인 것은 팔뚝에 묶어둔 조그만 책자가 무사하다는 것이었다. 벌써 몇 번째 물에 빠지며 망쳐 버린 기억이 있는지라 기름종이로 꽁

꽁 싸매둔 덕분이다.

"회북에서의 천사교 집회는 그때까지 이루어지지 않고 있었어. 지금 달려가면 어쩌면 구름이를 찾을 수도 있을 거야. 물결을 거슬러 오르려는 배를 찾기도 힘든데 또 한 번 달려볼까?"

상처가 아직 완전히 아물지 않은 관계로 무리하면 좋을 것이 없다.

"동승 마차라도 얻어 타야겠군."

회중평야에 흐르는 수많은 강 덕분에 수로가 발달하긴 했지만 한겨울에는 역시 육상 교통로가 안전하다. 곡식 등의 대규모 물량을 실어 나르는 일이 아니라면 안전한 육상 교통로를 이용하기 마련이다.

간혹 먼 길을 여행하는 사람들을 위한 동승 마차도 있다. 철무극은 그러한 동승 마차를 수소문하여 한자리 끼었다.

휘장을 두르긴 했지만 매서운 바람이 몰아치는지라 모두들 눈만 빼놓고 털가죽이나 옷 등을 뒤집어썼다. 누가 누군지 알아볼 수도 없다. 굳이 알아볼 이유도 없었다. 철무극도 바람막이 피풍의를 뒤집어쓰고 잠을 청했다.

천리길을 가야 하건만 동승 마차는 하루 백 리도 가지 못했다.

"망할, 이처럼 기어간다면 가다가 봄을 맞겠다."

밤에 눈까지 내려 마차는 출발하지 못했다. 올겨울 마지막 눈도 함박눈이니 농사에 도움이 될 것이라고 좋아하는 사람들도 있었지만 철무극은 짜증만 더 했다.

"재수없는 놈은 뒤로 자빠져도 코가 깨진다더니 바쁘다는데 눈이 오고 난리네. 에익, 걸어가는 게 백 번 낫겠다."

피풍의를 눌러쓴 철무극은 즉시 길을 나섰다.

마을을 벗어나자 사람의 그림자라고는 보이지 않았다. 경공을 전개하자 속도는 달리는 말처럼 빨라졌다. 차가운 바람과 눈발이 마구 얼굴을 때렸지만 달릴수록 시원해졌다. 피풍의까지 벗어 들고 마음껏 바람과 눈발을 맞았다.

기분이 좋아졌다.

달릴수록 심신이 가뿐해져 좀 더 속도를 내고 싶었지만 참았다. 어깨의 상처가 터지면 그게 더 골치 아프다. 적당한 속도를 유지하며 눈 내리는 허허벌판을 마음껏 달려나갔다.

하루 삼백 리를 달렸다. 눈과 상처만 아니었다면 내처 회북까지 달렸을 것이다. 다음날도 똑같이 달렸다. 상처에서는 벌써 새살이 돋고 있었다.

눈은 그쳤지만 여행지는 보이지 않았다. 발목까지 빠지는 눈밭이지만 철무극은 발자국조차 남기지 않았다.

저 앞에 보이는 까만 점이 사람이라는 것은 알았지만 멈추고 싶지 않았다. 그대로 내처 달렸다.

앞서가던 자를 스쳐 지날 때 그가 깜짝 놀라는 것이 느껴졌다. 잠시 망설이던 그자가 속도를 내어 쫓아오기 시작했다. 경공술이 대단한지 거리가 점점 좁혀지기 시작했다.

"요놈 봐라?"

철무극은 허허벌판에서 만난 고수를 신기하게 여기며 좀 더 속력을 냈다. 그런데도 상대는 여전히 일정한 거리를 유지한 채 쫓아왔다.

"제법인데?"

이왕지사 이렇게 된 일, 좀 더 속력을 냈다. 이백 리를 주파하자 상대의 호흡이 가빠지기 시작했다.

"그럼 그렇지. 겨우 구슬이 수준에 불과하구먼."

명문정파의 제자라면 려봉옥만한 고수가 제법 많다. 바쁘지만 않다면 분명 누군지 확인할 겸 장난을 걸어봤을 것이다.

"어라?"

속도가 줄었다고 여긴 순간 상대가 갑자기 힘을 내기 시작했다. 금방 십여 장 뒤로 따라붙었다. 지쳐서 떨어질 줄 알았는데 오히려 힘을 내는 것이다.

철무극은 속도를 내어 거리를 유지했다. 백 리 안에서 떨어져 나갈 것이라는 생각도 빗나갔다. 지친 것이 분명한데도 줄기차게 따라붙었다.

"자존심이 센 녀석이군."

분명 누구에게도 지기 싫어하는 성격이다.

사백 리를 주파했을 때 상대의 호흡은 성난 황소처럼 거칠어져 있었다. 그런데도 멈추려 하지 않았다. 오히려 마지막 힘을 짜내어 기필코 추월하려고 시도했다.

"제법이다만, 이 녀석아, 세상이 그토록 만만한 줄 알면 큰일난다."

철무극은 갑자기 속도를 높였다.

씽!

바람 소리가 일 정도로 빠른 속도였다. 발밑의 눈발이 바람에 휩쓸려 위로 딸려 올라왔다.

철무극의 무시무시한 속도에 질렸는지 상대는 걸음을 멈추고 망연자실 사라져 가는 철무극의 뒷모습만 바라보았다. 크게 낙담한 것이 분명했다.

허허벌판에서 벌어진 난데없는 경공 시합 때문에 생각보다 일찍 목적지에 도착했다.

철무극은 홀로 낄낄거리며 쉴 곳을 찾았다. 성내로 들어가지 않고 장령포 선착장의 객잔으로 들어섰다.

늦은 저녁을 먹은 철무극은 객방에 들기 전에 점소이를 불렀다.

"자네, 이 지방 토박이지?"

"그렇습죠. 여기서 태어났는걸요. 점소이만 벌써 십 년째 하고 있습니다."

"그럼 여러 가지 일들을 많이 알고 있겠군?"

철무극은 슬그머니 열 냥짜리 은원보 하나를 내밀었다. 지난날 천가보에서 빼앗아온 것인데 모두 쓰고 달랑 하나 남은 것이다. 철무극의 목소리가 은근해졌다.

"몇 가지 대답만 잘해주면 이 은원보는 네 주머니 속으로 들어갈 수 있는데, 알고 있는 것이 많은지 모르겠는걸?"

열 냥짜리 은원보를 본 점소이가 눈을 크게 뜨고 침을 삼켰다.

"당연합죠. 제가 바로 이 동네에서만 이십오 년을 살았는걸요. 우리 동네에 대해 알아보고 싶은 것이 있다면 저를 부른 것은 정말로 잘하신 겁니다. 저만큼 우리 동네에 대해 잘 아는 사람이 없다니까요."

"오라, 그렇구먼. 내가 역시 사람을 잘 본다니까. 그럼 물어보겠다. 요즘 이 지방에 오두미교(五斗米教)가 퍼지고 있다는데, 맞나?"

"오두미교 말입니까?"

"맞아, 병자를 아주 잘 고친다고 하는 그 오두미교 말이야. 어쩌면 이름을 바꿨는지도 모르지. 천사교라고 하던가?"

"집안에 병자가 계십니까?"

"백약이 무효인 병자가 한 명 있지. 돈을 싸 들고 전국의 의원을 불러 모았지만 도통 효과를 보지 못했어. 그래서 마지막 수단으로 오두미교를 찾아 치유의 기적을 얻어보고 싶어한다네."

"아, 그러셨군요. 참 안타깝습니다. 사실 저도 오두미교에 대해 들어보긴 했습니다. 예로부터 미적(米敵)이라 하여 사파로 규정되고 탄압을 받지 않았습니까. 하지만 실제에 있어서는 가난한 사람들을 돕고 새로운 세상을 건설하자는 그들의 교리는 비밀리에 많은 교도들을 포섭해 왔다지요."

"오, 잘 아는구나. 그들의 기공 치료는 어떤 의원보다 효과가 있다지?"

"그렇다고 들었습니다. 하지만 저는 그들을 한 번도 본 적이 없는걸요. 우리 동네에도 들어왔다면 틀림없이 보았을 텐데 말입니다. 죄송합니다."

"죄송할 것까지야 없지. 그건 그냥 넣어두게. 혹시 그런 얘기를 듣게 되면 내게 알려주고 말이야."

"열 냥짜리 은원보를 거저 주시다니, 공자님께서는 대단한 부자이신 모양입니다요."

"쓸 만큼은 있지. 가보게."

"네."

점소이는 철무극의 눈치를 살피며 물러갔다. 철무극은 모르는 척 차를 홀짝거렸다.

점소이들은 강호를 흘러다니는 정보 수집에 능했다. 가장 하층민에 속하며, 객잔을 드나드는 상류층 사람들과도 접촉하기 때문에 양쪽의 정보를 늘 주워듣기 마련이다. 상당한 양의 돈을 받아 챙겼으니 분명 그만한 값을 해낼 것이다.

철무극은 밤새 수고해 줄 점소이를 믿고 객방으로 들어가 쉬었다.

점소이는 과연 철무극을 실망시키지 않았다. 아침 일찍 찾아와 밤새 뛰어다닌 결과를 말해주었다.

"오두미교나 천사교에 관해서는 아직 듣지 못했습니다만 요즘 우리 동네 인근에는 많은 무림인들이 횡행하고 있습니다. 그들 역시 누군가를 찾고 있는데, 사람을 마구 쳐죽이고 집을 불태우는 마도의 악당이라더군요. 벌써 여러 명이 죽거나 다쳤답니다."

"그래? 그거 참 끔찍하구나."

"그래서 정파의 협객들이 대거 출동하여 그 악당을 쫓고 있다 합니다."

황보존일을 주축으로 움직이는 정파의 청년들이 아직도 근처를 배회하고 있는 모양이다. 철무극은 관심없다는 표정을 지으며 천사교에 대해서만 물었다.

"내가 그동안 여러 마을을 돌며 알아본 것이다만, 오두미교는 분명 이 근처에 와 있다는 거야. 잘 찾아보게."

"좀 더 알아보겠습니다."

점소이를 내보낸 철무극은 곧 아침을 시켜 먹고 객잔을 나섰다.

동네 골목을 이리저리 돌며 강호를 떠도는 무림인들이 있는지 살펴보았다. 오후에는 장령포를 나와 인근 마을도 돌아보았다.

몇몇 눈에 띄는 자들은 황보존일을 따르는 청년들이었다. 그들 역시 누군가를 찾는지 이리저리 기웃거리며 다녔다. 상관 않고 지나치려던 철무극은 청년 둘이 나누는 대화에 솔깃하여 잠시 뒤를 쫓았다.

"어제 도착했다는 사천당문(四川唐門)의 당청청이 누군가를 찾아 헤맨다던데 혹시 천사교의 요녀가 아니겠나? 천사교의 요녀라면 당청청이 일전을 겨루고자 욕심낼 만하잖아?"

"그럴 수도 있지. 하지만 내가 들으니 그녀가 찾는 자는 남자라더군. 말은 안 하지만 누군가에게 곤욕을 치렀던 것 같더라고."

"으잉, 당청청 같은 여걸이 곤욕을 치러? 지고는 못 산다는 당청청이 누군가에게 당하고도 그토록 조용했단 말인가? 길길이 날뛰며 천하를 이 잡듯 뒤지려고 했을 텐데?"

"그러니까 이상한 일이란 게지. 몇몇 사람에게만 조용히 어떤 자를 찾아달라고 부탁했다는 게야."

"별일이군. 누군데, 그자는?"

"몰라. 경공술이 신비할 정도로 높은 자라는 것밖에 모른대."

"경공의 고수란 말인가? 당청청 같은 고수가 찾을 정도면 강호사대경공술의 고수쯤 되겠는데? 소림이나 무당의 고수가 강호에 나왔을 리 없고……."

"자네, 소식이 영 느리구먼?"

"내가 뭘?"

"요즘 천외천 고수들의 강호 출입이 심심찮게 목격됐다는 사실을 모르나? 벌써 천산파와 청성파의 고수가 목격되었고, 무당파 도복을 보았다는 사람도 생겼어. 그걸 모른단 말인가?"

"무당까지 나서고 있단 말인가? 무엇 때문에? 설마 그 지존보라는 악도 때문이란 말인가?"

"그럴지도 모르지. 강호가 워낙 시끄러우니 원인이나 살펴보자고 나섰는지도 모르고."

"흐으, 어째 으스스해지는데? 그런 자들까지 나서고 있다면 어떤 일이 벌어질지 추측할 수도 없지 않은가 말이야."

"잘못하면 크고 무시무시한 피의 폭풍이 몰아칠지도 모른다고 다들 조심하는 판일세."

"그런 사람들이 나선다면 우리 정파에게 지극히 유리한 일인데 왜 조심을 해? 이럴 때일수록 한데 뭉쳐 마도사파의 악적들을 일시에 제거해야지."

"자네 의협심이야 모르는 바 아니지. 아무튼 우리야 천사교의 잡것들이나 찾아보세. 지존보란 자와 한통속이 되었다면 그냥 둘 수 없는 일이지."

"당연하지. 그동안 우리 정파는 너무 기죽어 살았어. 마도사파가 날뛰도록 방치한 면이 없지 않단 말이지. 이럴 때 몰아쳐서 악의 싹을 제거해야만 한다니까."

"가세."

청년들은 서둘러 길을 걸었다.

철무극은 잔뜩 이맛살을 찌푸린 채 생각에 잠겼다.

"무당의 도사까지 나섰단 말이지? 거참, 재미있어지는걸. 어떤 녀석인지 한번 만나볼까? 아니, 아니지. 급한 건 구름이란 말이야? 저놈들까지 그 아이에게 해코지를 하려는 판이니 그냥 두면 큰일나겠어. 잡아서 족쳐 볼까?"

철무극은 고개를 저으며 멀리서 청년들을 쫓았다.

가까운 마을 두 곳을 들러 살펴본 청년들은 날이 어두워질 무렵 장령포로 접어들었다.

"공자님! 공자님!"

거리를 기웃거릴 때 객잔의 점소이가 달려왔다.

"알아냈습니다! 알아냈어요!"

"뭘?"

"오두미교, 천사교 말입니다!"

"뭐야? 어디?"

점소이는 철무극을 잡아끌어 으슥한 곳으로 향했다.

"다른 객잔에서 일하는 녀석이 하나 있는데 알고 보니 그 녀석이 바로 오두미교의 교도였지 뭡니까. 그래서 살살 달래고 얼러보았더니 결국 입을 열더군요."

"그래서?"

"오두미교, 천사교는 본래 이곳에서 법회를 열 계획이었답니다. 하지만 그들을 노리는 자들이 워낙 많아서 결국에는 포기하고 말았대요. 다른 지방으로 옮겨서 법회를 열 생각이랍니다. 그 점소이 녀석은 교주가 주관하는 법회를 못 보게 되었다고 남몰래 눈물까지 질질 짜더라니까요."

"어디로 간다는 것이냐?"

"남쪽 어디라는 것밖에는 모른답니다. 그 녀석이 교도라고 해봐야 가입한 지도 얼마 되지 않아서 속사정은 모른답니다."

"남쪽이라……?"

고개를 갸웃거리며 골목을 나서는데 급박한 말발굽 소리가 울려 퍼졌다. 힐끗 바라보니 정파의 청년들이 떼 지어 몰려가고 있었다. 달리는 말에 채찍질을 가하는 것을 보니 무척이나 바쁜 일이 터진 것 같았다.

"옳지, 저놈들이 뭔가 찾아낸 모양이다."

철무극은 점소이를 아랑곳 않고 정파의 청년들을 쫓기 시작했다. 마을을 빠져나온 즉시 경공술을 펼쳐 달리는 말들을 추격했다.

얼마 후, 또 다른 몇 필의 말이 합류했다. 냉매산장의 장호명도 끼어 있었다.

"천사교 요녀의 행방이 드러났다는데, 사실이오?"

장호명이 말을 달리면서 물었다. 다른 자가 대답했다.

"이백 리 아래쪽에서 꼬리를 잡았답니다. 전서구가 날아왔어요."

"잘됐군. 천사교가 그 악도의 하수인임이 드러났으니 요녀를 잡아 족치면 악도의 행방도 알 수 있을 것이오. 서둘러 갑시다."

장호명 등은 더욱 빨리 말을 몰아 치달렸다.

철무극은 경공술을 발휘하여 그들을 쫓았다. 생각 같아서는 앞서 달리고 싶지만 목적지가 어딘지 확실히 모르니 그럴 수는 없었다.

밤이 깊어서 도착한 곳은 위하 강변의 포구 마을이었다. 말이 지쳐서 달릴 수 없어 더 가지 못하는 것이다.

"백 리만 더 가면 목적지인데, 아쉽다."

장호명의 탄식을 들은 철무극은 그대로 내처 달렸다. 이미 한 번 와본 길인지라 백 리 앞에 어떤 마을이 있는지 알고 있었기 때문이다. 밤길을 마다하지 않고 이동했다면 몰라도 그렇지 않다면 아직 그곳에 남아 있을 것이다.

삼경 야밤에 도착한 곳은 작은 규모의 포구 마을이었다. 위하를 오르내리는 배들이 잠시 쉬어 가는 그런 마을이다. 선착장 인근에 옹기종기 모인 집들은 모두 해봐야 삼십여 호에 지나지 않았다.

숨을 곳조차 없을 것 같지만 그렇지 않았다. 마을은 쥐 죽은 듯 조용하여 누가 어디로 숨어들었는지 찾아내기가 쉽지 않을 듯했다. 교인들의 집이라면 더욱 그렇다. 죽는 한이 있더라도 교주를 먼저 지키려 할 것이다.

철무극은 찾는 것을 포기하고 조그만 객잔을 찾아 쉬었다. 이곳에 머물 것이 아니라면 어차피 날이 밝으면 움직일 것이다.

찰랑거리는 물소리를 듣고 눈을 떴다.

창밖을 내다보니 한 척의 중형 범선이 은밀하게 포구에 닿고 있었다. 닻을 내리지도 않았는데 기다리고 있던 자들이 서둘러 배에 올랐다.

"누군지 급하기도 하구나."

한 명의 여인을 호위하며 배에 오른 사내들은 즉시 배를 몰아 선착장을 떠났다.

그때 하나의 그림자가 빠르게 달려와 선착장에 도착했다.

"잠깐 기다려!"

그림자가 떠나는 배를 향해 몸을 날리려 하자 불쑥 두 개의 그림자가 나서며 앞을 막았다.

촤악!

뱀처럼 날렵한 기다란 채찍이 허공을 가르며 호통친 자를 노렸다. 동시에 두 자루의 단검이 함께 뻗어나갔다.

"흥!"

배를 향해 호통쳤던 자가 코웃음을 치며 손을 휘둘렀다.

"앗?"

채찍과 단검으로 공격하던 두 명이 놀라 부르짖으며 다급히 뒤로 물러섰다. 재빨리 손목을 살펴보니 작은 멍울이 져 있다.

두 사람은 놀란 눈으로 바닥을 내려다보았다. 손가락 마디만한 돌멩이 두 개가 떨어져 있었다.

나타난 자가 한 발 더 나서며 냉랭한 목소리로 말했다.

"해치려는 것이 아니에요. 다만 천사교주를 만나 진위를 따져 보고 싶을 뿐이외다!"

물러선 자들이 놀라 부르짖었다.

"너는? 그대는 몽혼?"

꿈처럼 달콤한 모습에 홀리면 혼을 잃는다는 사천당문의 여걸이 바로 몽혼 당청청이다.

두려움에 겨워 창백하게 질려 버린 두 사내가 쥐어짜듯 입을 열었다.

"몽혼 소저께서 무엇 때문에 우리를⋯⋯? 우리 천사교는 당문과 교분조차 없는 사이다!"

싸울 일도 없고 교주를 만날 이유도 없다고 강변했지만 몽혼 당청청은 전혀 개의치 않았다.

"내가 사람을 만나는 이유는 오직 한 가지뿐이에요."

겨룰 만한 상대를 찾아 자신의 기량을 시험하는 것, 그것이 몽혼 당청청이 상대를 찾는 이유였다.

두 사내는 연신 마른침을 삼키면서도 비켜주지 않았다.

"불가하오. 교주님께서는 다른 일로 바쁘셔서 몽혼 소저를 만날 여유가 없단 말이외다."

"나는 군이 다른 이유를 대고 싶지 않아요. 내가 그대들의 소행을 들고 나서면 필히 목숨을 취해야만 할 테니까요. 그러니 순순히 비켜주세요."

천사교는 이미 지존보의 하수인이 되어 정파를 함정에 빠뜨려 몰살시켰다는 혐의를 받고 있다. 태산신녀 려봉옥과의 협상 장소에서 벌어진 일을 천사교가 꾸민 함정이라고 본 것이다.

천사교의 사내가 호통을 내질렀다.

"터무니없는 소리! 교주께서는 단지 태산신녀와의 협상을 원했을 뿐, 다른 자들과 정파와의 관계는 알 바 아니란 말이오!"

"그러니 비켜서요. 계속 막아선다면 실수를 쓰겠어요."

당청청은 힐끗 떠나는 배를 바라보았다. 벌써 삼 장 밖으로 밀려나고 있다. 오 장 이상 벌어지면 뛰어오를 수도 없다. 그녀는 양손에 슬그머니 힘을 주며 두 교도를 바라보았다.

"더 지체하면 배를 놓치고 말겠어요. 날 원망 마시길."

"앗! 막앗!"

당청청이 몸을 움직이자 두 사내는 제풀에 놀라 채찍과 단검을 휘두르며 달려들었다.

당청청은 그럴 줄 알았다는 듯 뱀처럼 영활하게 움직여 나갔다. 채찍과 단검은 공연히 허공만 갈랐다. 당청청은 어느새 물가로 달려나가 바닥을 차고 배를 향해 날아올랐다.

"막아라, 막앗! 암기를 날려!"

헛손질한 두 사내와 배 위의 사람들이 함께 호통을 내지르며 마구 암기를 날렸다.

양쪽에서 쏟아진 암기는 마치 벌 떼처럼 허공을 누볐지만 암기의 대가인 사천당문의 최고수에게는 그저 어린애들이 던지는 돌팔매보다도 못한 일이었다. 이리저리 휘둘리는 양손이 마치 강력한 자석이라도 되는 양 암기를 빨아들였다.

"돌려주지."

낮은 비웃음과 함께 양손을 휘두르자 빨아들였던 암기들이 주인을 향해 되돌아갔다.

"앗!"

"캑!"

쏘아낸 것보다 배는 빠르게 되돌아온 암기를 본 사내들은 놀라 부르짖으며 급급히 몸을 날려 피했다. 그중 두 명이 피하지 못하고 암기에 맞아 나뒹굴었다.

당청청의 몸은 어느새 배 위로 내려앉았다.

"죽여!"

암기에 놀라 물러섰던 자들이 갑판에 내려선 당청청을 보고 더욱 놀라 부르짖으며 달려들었다. 암기에 놀랐던 자들 같지 않게 결사적인 행동이었다.

자세를 바로 하며 맞받아치려던 당청청은 문득 뱃머리를 향해 고개를 돌렸다. 가벼운 진동에 불과했지만 분명 무언가 뱃머리에 내려앉는 느낌을 받았던 것이다. 하지만 뱃머리에는 아무도 없었다.

당청청은 자신도 모르게 고개를 갸웃거렸다.

이 배 안에 자신의 이목을 속이고 뱃머리로 이동할 수 있는 사람이 있다고는 생각하지 않았다. 더욱이 아무도 없는 그쪽으로 이동할 이유도 없다.

'설마?'

자신처럼 외부에서 침투한 사람이라면?

갑자기 등골이 서늘해졌다. 몽혼 당청청의 이목을 속이고 움직일 수 있는 사람이라면 지닌 바 무공이 절대로 만만치 않을 것이다.

"피식."

당청청은 문득 실소를 흘렸다.

그 정도 무공을 지닌 자라면 굳이 몸을 숨길 이유도 없다. 천사교주 사마영문은 물론 몽혼의 암기조차 두려워하지 않을 것이다.

당청청은 이내 고개를 저었다.

눈 날리는 허허벌판에서 만난 경공술의 고수 때문에 신경이 날카로워져 있었던 모양이다.

파악!

더 생각할 겨를도 없었다. 네 자루의 칼이 한꺼번에 전신을 노리고 날아들었던 것이다.

"흥!"

당청청은 문득 느꼈던 불안감을 날려 버리려는 듯 차가운 코웃음을 날리며 양손을 휘둘렀다.

쩡쩡!

짧고 강한 장력이 터지며 들이닥친 칼들을 밀어냈다.

암기의 대가라고 알려진 여인이 장력으로 칼을 물리치자 사내들은 크게 당황했다. 다급히 몸을 바로 하며 재차 공격을 가하려 했지만 이미 늦었다.

팍팍!

어느새 움직였는지 당청청의 장력이 차례로 사내들을 후려치며 지나갔다.

"끙."

치명상을 입은 사람은 없지만 일단 장력에 적중당한 자들은 신음을 토하며 풀썩 무너졌다. 당청청의 장력이 만만치 않았던 것이다.

"모두 쳐라!"

남은 여섯 명의 사내가 한꺼번에 달려들었다.

이들은 모두 천사교의 정예 고수들이고 목숨을 아끼지 않는 충성심을 지녔지만 역시 한계가 있었다. 고만고만한 무리 중에서 악명을 떨치는 것뿐이지 진정한 고수를 만나본 적이 없는 것이다.

몽혼 당청청은 사내들이 생각하고 경험해 본 상대가 아니었다.

그녀는 이미 최고수에 속해 있었으며, 더 높은 무공을 경험하기 위해 끊임없이 상대를 찾아다니며 결투를 벌이는 불타는 투혼을 지닌 여인이다. 천사교의 무공으로는 당해낼 수 없는 상대인 것이다.

꽉꽉!

미끄러지듯 갑판을 내달리며 휘두르는 장력을 피해내는 자가 없었다.

"그만 하세요!"

문득 낮은 호통이 들려왔다.

선실 문이 열리며 한 명의 여인이 걸어나왔다. 두터운 면사로 얼굴을 가린 여인이다.

장력에 맞아 나가떨어졌던 사내들이 재빨리 몸을 추스려 여인을 호위했다.

당청청은 고개를 약간 기울인 상태로 면사여인을 바라보았다.

여인이 면사를 벗었다. 예쁘장한 이십대 중반의 여인이 차가운 눈으로 당청청을 노려보았다.

"몽혼 소저의 무공은 역시 다르군요. 더 이상 사람을 해칠 필요는 없어요."

당청청의 표정이 약간 일그러졌다.

"그대는 천사교주가 아니로군."

"물론 저는 교주가 아니에요. 직접 영접치 못함을 죄송하게 생각한다는 말을 꼭 전하라고 하셨지요."

당청청의 표정이 더욱 일그러졌다. 하지만 달리 할 말이 없었다. 무턱대고 찾아온 것도 그녀 자신이고, 보기 좋게 따돌림당한 것을 이들에게 화풀이해 봐야 창피만 더할 뿐이다.

천사교주의 무공이야 다음에라도 경험해 보면 알겠지만 첫 대면에 보기 좋게 당한 것만은 분명한 사실이다.

"좋아요. 과연 일문을 이끄는 주인은 뭐가 달라도 다르군요. 몽혼이 실례를 범했어요. 이만 내려줄 수 있겠죠?"

"물론 내려드려야지요."

천사교주를 대신했던 여인도 시원하게 대답했다. 물론 막아봐야 피해만 늘어날 것을 잘 알고 있기 때문이다. 아직 실수를 쓰지 않은 당청청이 화를 터뜨리며 날뛴다면 정말 큰일이다.

여인은 즉시 사내들을 향해 명령했다.

"배를 돌려요! 몽혼 소저께서 내린답니다!"

사내들이 한결같이 소리쳤다.

"배를 돌려라! 몽혼 소저께서 하선하신단다!"

사내들의 조롱 섞인 호통 소리를 들으면서도 당청청은 할 말이 없었다.

배는 천천히 멈추어 섰다가 삐꺽삐꺽 방향을 돌렸다. 선착장으로 돌아온 시간은 반 시진이 넘은 후였다.

동녘 하늘에서 불쑥 붉은 해가 솟아올랐다.

당청청은 말없이 배에서 내렸다.

사람들이 하나둘 깨어나 일터로 나오기 시작했다.

당청청은 찌푸린 얼굴을 펴지 못하고 선착장에서 벗어났다. 부상당한 천사교의 교도들이 아직도 비웃음을 날리고 있는 것 같았다.

"흥!"

자꾸만 솟구치는 분노를 차가운 코웃음으로 흩어버리며 당청청은 바쁜 걸음으로 마을을 벗어났다.

천사교주가 마을을 떠났다면 당장 찾아내기는 힘들다. 처음부터 다시 추적한다는 마음으로 시작해야 할 것이다.

마을을 벗어난 당청청이 문득 걸음을 멈추었다. 싸늘한 전율이 벼락처럼 몸을 관통했다.

"네가 몽혼이라고?"

불쑥 들려온 낯선 목소리가 당청청의 심장을 무섭게 두들겼다. 누가 감히 몽혼의 이목을 속이고 삼 장 안으로 접근할 수 있단 말인가!

당청청은 위협을 느낀 즉시 양손을 뿌렸다. 언제 몸을 틀어 방향을 바꾸었는지 모를 정도로 빠른 일격이다.

틱틱!

암기가 적중되는 소리는 들렸지만 사람의 피부를 뚫고 들어가는 소리는 결코 아니었다.

당청청의 놀람은 더욱 커졌다. 이목을 속이고 접근할 정도의 고수라는 사실을 인식한 후 감행한 공격임에도 실패했다. 상대는 짐작했던 것보다 훨씬 강한 고수다.

"차앗!"

당청청은 물러서는 대신 오히려 더욱 억센 공격을 시도했다. 지기 싫어하는 고집이 발동한 것이다. 양손이 흔들리자 두 가닥의 기운이 소리 없이 발출되었다.

딩딩!

이번에는 중간에서 작은 쇳조각들이 부딪치는 소리가 울렸다. 당청청이 쏘아낸 암기를 상대 역시 암기를 던져 맞춘 것이다.

당청청의 놀람은 이제 경악으로 바뀌었다. 눈부신 아침 햇살 사이로 고수가 쏘아낸 암기를 도중에 쳐서 떨어뜨릴 수 있는 자가 존재한다고는 생각조차 하지 못했다.

"부드득."

극도의 긴장감이 몰아치며 절로 이가 갈렸다.

당청청은 그래도 물러서지 않았다. 그녀는 아직도 사용하지 않은 비장의 몇 수가 있다. 상대의 얼굴조차 확인하지 못하고 물러설 수는 없다. 그녀는 이를 악문 채 손바닥을 홱 뒤집었다.

텅!

강력한 용수철 튀는 소리가 울렸다. 그 탄력이 얼마나 강했는지 당청청의 몸이 휘청 뒤로 밀렸다.

"어이쿠!"

상대의 놀란 목소리를 들었지만 당청청은 오히려 휘청 몸을 비틀거렸다. 암습에 당한 것이 아니라 너무 놀라 맥이 풀려 버린 것이다. 비명이 아닌 놀라 부르짖는 소리가 들렸다는 것은 상대가 이미 암기를 피했다는 것을 의미하기 때문이다.

당청청은 연속 세 번에 걸쳐 암기를 쏘아냈다.

첫 번째는 우모침(牛毛針)이었다. 머리 터럭만큼 가늘지만 혈도를 뚫고 들어가면 곧장 혈관을 타고 심장까지 이르러 치명상을 입히는 독한 암기다. 하지만 그 정도는 일반 고수들을 상대할 때나 사용하는 암기다.

두 번째는 풍엽(風葉)이라는 암기다. 이것은 당문의 암기라기보다는 당청청이 직접 연구하여 만든 자신만의 독특한 암기다. 얇은 철판이 바람을 타고 나는지라 기척을 숨길 수 있다. 그동안 만난 여러 고수는 이

풍엽을 피하지 못하고 굴복했다.

풍엽이 실패했다는 것은 당청청의 실력으로 굴복시킬 수 없는 상대라는 얘기다. 그쯤에서 그만둬야 했건만 승부욕이 강한 그녀는 멈추지 않았다. 기어코 당문의 비밀 암기를 사용하고 말았다.

세 번째 암기가 바로 당문 비전의 암기인 만겁금침통(萬劫禁針筒)이다. 만겁의 고통을 주는 만큼 함부로 사용하지 말라는 이름이 붙을 정도로 강한 암기통이다.

강력한 탄력과 회전력을 지녀 일단 적중되면 누구도 살아남지 못한다.

적중된 부위는 보이지도 않지만 관통당한 상처는 한 뼘이 넘게 벌어진다. 그만큼 강한 회전력을 지닌 침이다. 만겁금침통을 피해낸 인물이 있다는 말은 들어보지도 못했다.

당문의 비전이 깨졌다. 정신적 충격이 너무 커서 맥이 풀려 버렸다.

스윽.

상대가 다가오는 기척이 느껴졌다.

그것은 공포 그 자체였다. 당문의 비전을 깨부순 무시무시한 자의 반격이 시작된 것이다.

"으악!"

당청청은 공포를 이겨내지 못하고 처절한 비명을 내질렀다. 그와 함께 사력을 다해 사방으로 장력을 흩뿌렸다.

쿵!

가슴이 깨져 나가는 것 같았다.

당청청은 죽음이 임박했음을 깨달았다. 심장을 압박하는 충격이 너무도 컸다. 견뎌내기 힘들었다.

"으아악!"

당청청은 다시 한 번 비명을 내지르며 하릴없이 장력을 뿌렸다.

퍽!

턱이 부서지는 충격이 몰려왔다.

뒤집어쓰고 있던 피풍의가 벗겨지며 본래의 얼굴이 드러났다. 달처럼 아름다운 얼굴이 공포에 질린 채 떨고 있었다.

"네가 제법 반반한 얼굴과 남다른 공력으로 요상스런 암기를 곧잘 다룬다는 말은 들었다만 이토록 독하고 멋대로일 줄은 몰랐다. 지금부터 너의 그 잘난 두 가지 재주를 내가 망쳐 놓을 것이니 평범하게 사는 것이 어떤 맛인지 깊이 음미해 보아라."

짝!

손바닥으로 얼굴을 맞았는데 아픈 것이 아니라 따가웠다. 마치 날카로운 칼날이 할퀴고 지나간 것 같았다.

"악!"

당청청은 자기도 모르게 비명을 내지르며 얼굴을 감쌌다. 칼날에 난자라도 당한 줄 알았던 것이다.

퍽!

이번에는 아랫배에 강력한 충격이 몰아쳤다.

"흐으……."

기운이 삽시간에 발바닥 밑으로 빨려 나간 듯했다. 서 있을 힘도 없었다.

털썩!

당청청은 그만 맥없이 주저앉고 말았다.

"단전이, 단전이……."

너무 두려워서 입 밖에 내기도 싫었다.

단전이 파괴되었다. 다시는 공력을 사용할 수 없다. 암기를 던질 힘마저 잃어버린 것이다.

얼굴마저 난자당했다. 모든 것이 한꺼번에 날아가 버렸다.

"더 이상 남자를 홀릴 만한 미모도, 사람을 해칠 만한 암기도 쓰지 못할 것이다. 그렇게 한번 살아봐라."

"으으으……."

지옥에서 들려오는 소리보다 더욱 잔인하고 공포스러운 말이었다.

"대체, 대체……?"

"이유는 없어. 네가 보기 싫어서일 뿐이다. 너도 그렇잖아? 이유가 있어서 상대를 찾아 암기를 날렸어? 아니잖아. 나도 그래."

"그대는……?"

"나, 지존보야. 잘생긴 아들 하나 얻으려고 강호를 유람하는 절세의 풍류공자!"

"지존보……!"

"내가 본래 어여쁜 여자들을 좋아라 한다만은 너처럼 독한 것들은 절대로 두고 보지 않느니라. 버릇을 고쳐 놓지 않고는 밥맛이 없거든."

"으으으……."

강호의 여걸로서 명성을 떨치던 몽혼 당청청이 이처럼 한순간에 가장 비참한 신세가 될 줄 누가 상상이나 했으랴. 당청청 본인조차도 믿을 수가 없었다.

"네 재주를 보려는 마음에 구름이를 쫓아가는 것도 미루었는데 이 무슨 실망이란 말이냐. 어, 무슨 짓이냐?"

홀로 중얼거리던 철무극이 문득 발을 들어 당청청을 걷어찼다.

"못된 것 같으니! 별 짓을 다 하는구나!"

"끙!"

당청청은 비명을 내지르며 떼굴떼굴 굴렀다. 철무극이 다른 곳에 정신을 판 사이 독 바른 암기를 꺼내 스스로를 찌르려다 매만 번 것이다.

"하는 짓거리를 보니 성질머리가 얼마나 독하고 잔인한지 알 만하다. 자기 목숨조차 이토록 가볍게 여기니 남의 목숨쯤이야 안중에도 없었겠지?"

철무극은 당청청의 몸을 마구 더듬으며 감춰둔 물건들을 모조리 찾아냈다.

"하나같이 위험하기 짝이 없는 물건들이구나."

철무극은 물건들을 챙긴 후 다시 한 번 당청청을 걷어찼다. 당청청은 견디지 못하고 떼굴떼굴 굴렀다.

이런 상황에서도 울음을 터뜨리지 않는 것만 봐도 당청청의 의지가 얼마나 굳세고 독한지 알 만했다. 물론 철무극은 전혀 개의치 않았다.

"그 꼴로 살면서 죽지 못해 사는 사람이 얼마나 많은지 깨달아보도록 해라. 에잇, 쓸데없는 짓에 시간만 낭비했구나."

말을 마친 철무극은 당청청은 돌아보지도 않고 휑하니 가버렸다.

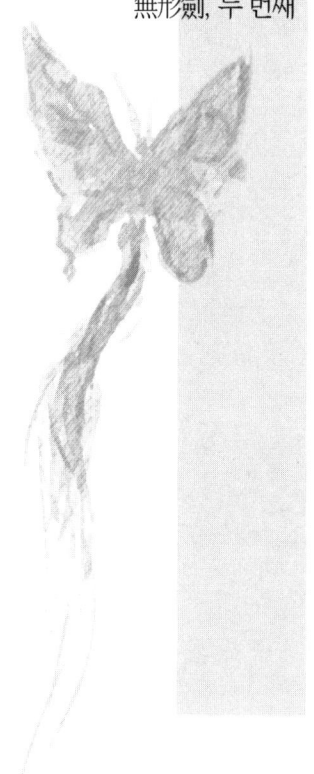

第三章

無形劍, 두 번째

無形劍, 두 번째

믿을 수가 없었다.

자신이 당한 참을 수 없는 패배를 도저히 인정할 수가 없었다. 너무도 분하고 원통해서 눈물조차 나오지 않았다. 마른하늘에서 떨어진 날벼락에 당한 것처럼 현실이 아닌 것만 같았다.

꿈이라고 소리치고 싶었다. 아니, 소리칠 힘도 없었다. 혼이 빠진 듯 정신이 멍멍해서 아무것도 생각하고 싶지 않았다. 당청청은 몸을 일으킬 생각도 못하고 바보처럼 먼 하늘만 바라보았다.

가벼운 발자국 소리와 함께 사람들이 스쳐 가는 것도 바라보지 않았다. 누군가 달리던 걸음을 멈추고 다가오는 것도 신경 쓰지 않았다.

"혹시 몽혼 당청청 소저가 아니십니까?"

당청청은 자신의 이름을 부르는 소리를 듣고서야 겨우 고개를 돌렸다.

잘생긴 청년 둘이 놀란 눈으로 내려다보고 있었다. 황보존일과 장호명이다.

당청청은 흠칫 놀라며 급히 고개를 돌렸다. 철무극에 의해 얼굴까지 훼손되었다고 여기며 수치심을 느꼈기 때문이다.

"괜찮으신 겁니까? 혹시 부상이라도……?"

장호명이 걱정스럽게 묻는 데도 당청청은 대꾸하지 않았다.

"대체 어떤 자가 감히! 어? 설마 지존보 그놈이……?"

지존보라는 이름에 반응하여 부들부들 몸을 떠는 걸 보면 설마가 사람을 잡은 것이 분명했다. 장호명의 표정이 적개심으로 벌겋게 달아올랐다.

"그 죽일 놈, 안 끼는 곳이 없군! 여자의 얼굴에 손자국까지 만들어놓다니!"

침착하게 지켜보던 황보존일이 문득 당청청에게 다가갔다.

"실례지만 잠깐 진맥을 해보겠습니다."

황보존일의 행동에 당청청은 당황했지만 워낙 갑작스럽게 손목을 잡는 바람에 뿌리칠 겨를이 없었다. 더욱이 공력조차 쓸 수 없는 상태인지라 뿌리치고 싶어도 그럴 만한 힘도 없었다. 당청청은 고스란히 손목을 잡히고 말았다.

"흠, 역시 그렇군. 실례했습니다."

잠깐 동안이었지만 황보존일은 당청청의 상태를 정확히 파악할 수 있었다.

"지존보 그자는 행동이 돌발적이고 성격이 괴팍하여 본래의 정체를 가늠하기 어려운 인물입니다. 사람을 해칠 때는 독할 정도로 무섭고, 해괴한 짓도 잘합니다. 단전이 깨진 것 같지만 사실은 폐혈 수법을 펼쳐 혈도를 막아놓은 것뿐 염려하실 정도는 아닙니다."

당청청이 놀란 표정으로 황보존일을 돌아보았다.

"무슨 뜻이죠?"

당청청은 한 번도 자신의 무공을 의심해 본 적이 없었다.

가장 자신있는 무공은 가문의 비전인 암기이지만 내공은 물론 각종 무공과 병장기를 다루는 기술도 남 못지 않다고 자부하고 있었다. 그런 그녀가 스스로 당한 부상에 대해 잘못 판단할 리가 없다.

황보존일이 홀로 의미심장한 미소를 흘리며 말했다.

"소생은 지존보라는 자가 강호에 나와 명성을 떨치기 시작할 때부터의 행적을 조사하면서 그의 무공 또한 세세히 연구한 바가 있습니다. 소저께서 허락하신다면 그자의 폐혈 수법을 풀어낼 수 있을 것 같은데, 어떻습니까?"

"……."

당청청은 대답을 미룬 채 물끄러미 황보존일을 바라보았다.

천산파의 무공이 남다르고 황보존일이란 청년의 명성도 들어보긴 했지만 이토록 자신만만한 태도가 뜻밖이었던 것이다. 한편으로는 의심이 들었다. 하지만 처지가 다급한 만큼 사양할 입장이 아니었다.

당청청이 고개를 끄덕이자 황보존일은 즉시 길가 나무 아래로 자리를 옮겼다. 당청청을 바로 앉히고 명문혈에 장심을 밀착시켰다.

남자의 손이 몸에 닿자 당청청은 일순 흠칫 몸을 떨었다. 하지만 이내 평정을 유지하며 황보존일의 공력을 받아들이기 시작했다.

황보존일의 공력은 생각보다 깊고 두터웠다. 부드럽고 강인한 공력이 몸 안으로 스며들기 시작하자 답답하고 부자연스럽던 기분이 가뿐하게 풀어지며 몸에서 열이 올라왔다.

쿵!

한 가닥 공력이 텅 빈 단전에 충격을 가했다. 차가운 전율이 등줄기를 관통하는 기분이 들면서 부르르 몸이 떨렸다.

쿵쿵!

황보존일의 공력이 이어지며 계속해서 단전에 충격을 가했다. 그럴 때마다 몸을 뒤흔드는 전율의 강도가 강해졌다.

픽!

급기야 단전 안에서 무엇인가 터지는 느낌이 들었다. 황보존일이 공력을 주입하는 걸 멈추고 손을 뗐다.

쏴아!

단전의 문이 열리며 강한 기운이 전신을 향해 치닫기 시작했다. 당청청이 본래 지니고 있던 그녀만의 공력이다. 힘찬 기운이 순식간에 일주천을 이루었다.

벌떡.

당청청은 운기를 마치고 몸을 일으켜 황보존일을 향해 손을 맞잡고 흔들었다.

"당청청이 황보 공자께 신세를 졌습니다. 그럼 다음에 뵙지요."

당청청은 한마디 말을 남기고 즉시 몸을 돌려 가버렸다.

장호명이 인상을 꽉 찡그리며 말했다.

"뭐 저런 여자가 다 있어? 힘들여 가며 치료해 줬더니 달랑 한마디 남기고 가버리다니……."

황보존일이 이마에 흐르는 땀을 닦아내며 말했다.

"자존심이 강한 여자이니 무안해서 그렇겠지. 서로 도울 수 있다면 이 정도 수고쯤 못하겠는가?"

"쳇, 그래도 그렇죠. 최소한 고맙다는 말은 해야지."

"말보다 행동이 앞서는 사람도 있지 않은가. 분명 그자를 쫓아갔을 거야. 우리도 가야지?"

"그렇군요. 하지만 벌써 패한 여잔데 찾아가 본들 달리 수가 있겠소?"

"알 수 없지. 하지만 만만한 여인은 아니야. 가세."

"네."

장호명은 불만을 떨쳐 내지 못한 표정으로 앞장서서 걷기 시작했다. 황보존일은 홀로 미소를 지으며 뒤를 쫓았다.

철무극은 달리기를 멈추고 잔뜩 인상을 찌푸렸다.

"얘가 대체 어디를 발발거리며 돌아다니는 거지? 꽁무니만 쫓아다니다 세월 다 가겠다."

어여쁜 구름이를 찾아 아들 하나 낳는 것도 좋은 일이지만 이리저리 끌려 다니다 보니 슬금슬금 짜증이 올라오기 시작한다.

"무작정 찾아다닐 수도 없고……. 에이, 차라리 혜명이나 보러 갈까? 아니야. 구슬이와 약속한 게 있는데 빈손으로 가면 체면이 안 서지."

고개를 내두르며 천천히 걷고 있을 때 앞쪽에서 한 쌍의 청춘 남녀가 걸어오고 있었다. 서로를 돌아보며 히히덕거리는 모습이 애정이 담뿍 담겨 깨가 쏟아질 지경이다.

"팔자 좋은 것들이 길가에서 히히덕거리며 다니네? 누구 눈꼴시어 죽으라는 게냐!"

짜증이 솟다 보니 여행하는 청춘 남녀마저 부러워졌다. 눈을 흘기며 청춘 남녀를 스쳐 가려 할 때였다.

"어, 지존보!"

"어머!"

다정한 모습으로 상대만 바라보며 걷던 청춘 남녀가 바로 옆에 이르러서야 철무극을 발견하곤 깜짝 놀라 부르짖었다. 잘생긴 모습의 청년이 호들갑을 떨며 다가왔다.

"신발이 닳도록 뛰어다닐 때는 뵈지도 않더니만 이런 산길에서 마주칩니다 그려!"

덥석 손까지 잡고 흔드는 모습이 어지간히 친근해 보였다.

"누군데?"

"어이쿠! 날 또 못 알아보시는 거요? 납니다! 장자경!"

그는 바로 방정산을 찾아 철무극과 헤어졌던 장자경이었다. 옆에 있는 여인은 물론 순진하면서도 단호한 최화운이다.

장자경은 철무극이 뭐라고 하기도 전에 먼저 선이 어떻고 후가 어떻고 설명하며 자기가 누구인지를 알렸다.

철무극은 잔뜩 인상을 쓰면서 소매를 걷어붙이고 팔뚝에 달린 책자를 펴보았다.

장자경이라는 이름이 제법 많았다. 마지막 이름 아래에는 군마총람을 훔쳐 간 방정산을 추적한다는 글이 기록되어 있었다.

"오, 그래. 자경이 아니냐? 일은 잘 보았느냐? 화운이는 더 예뻐졌는 걸?"

최화운은 방긋 미소를 지었다. 장자경이 껄껄 웃으며 말했다.

"이번에는 쉽게 알아보시는구려. 그런데 그건 뭡니까? 팔뚝에 웬 책이 냐고요."

"험험, 새로 개발한 기억 책이다. 네놈이 없으니 말해줄 사람이 없어 머리 좀 썼다."

"아하, 무슨 일이 있을 때마다 기록해 둔다면 잊을 일도 없겠군요. 그 것 참 좋은 방법입니다. 그런데 왜 혼자 다닙니까? 소문에 듣자 하니 관일문의 스승과 제자를 한꺼번에 꿰차고 다닌다던데요. 사마 낭자는 만나 보지도 못한 겁니까?"

"에익, 말도 마라. 지존보의 여자 후리기 작전은 완전 꽝이다. 되는 일이 없어."

"므흐흐흐, 그게 다 옆에서 지도해 주는 이 장자경이 없기 때문이 아닙니까. 전문가의 적절한 지도가 없다면 성공하기 힘든 사업이 바로 여자 후리는 일이란 말입니다."

옆에 있던 최화운이 매서운 눈초리로 옆구리를 꼬집자 장자경은 뜨끔해져서 재빨리 변명을 늘어놓았다.

"아아, 내가 그런다는 것이 아니고, 오로지 지존보를 위해서 하는 말이라니까. 화운은 오해하지 말라고."

장자경과 최화운의 다정한 모습을 보자 샘이 난 철무극이 벌컥 소리쳤다.

"그렇지 않아도 짜증만 나는데 네놈까지 달려와서 남의 오장을 볶아? 너 이놈! 방정산은 잡았냐? 빨리 말해봐!"

"에, 별것도 아닌 걸 가지고 웬 신경질이에요? 구름이, 이슬이를 마구 부르며 좋아라 할 때는 나를 돌아보기나 했소? 그래서 옛말에 '있을 때 잘해라' 고 하지 않습니까!"

"방정산이 어떻게 됐느냐고 묻는데 웬 잔소리냐? 그 못된 것, 어딨어?"

"그걸 알아내려고 이토록 신발이 닳도록 뛰어다니고 있지 않습니까. 청수방이 망해 버리자 의탁할 곳도 못 찾고 헤매는 꼴을 보긴 했는데 그 후론 못 봤거든요. 훔친 물건을 들고 임자를 찾아 한 몸 의탁해 보려는 수작인지 누군가를 찾아 헤매는 것 같더이다."

"누가 추측을 말하라고 하더냐? 이놈이 히히덕거리는 데 정신이 없어 일도 안 했구나?"

"누가 안 했답니까? 나름대로는 열심히 했다니까요. 호연삼괴까지 끌어들여 그녀를 추격하라고 부탁했어요. 바짝 뒤쫓고 있으니 분명 근처에 있을 겁니다."

"호연삼괴? 그자들은 왜 나서?"

"고향을 장악하고 있던 청수방 놈들을 쫓아내 주었으니 얼마나 고맙겠습니까. 부탁하면 당연 들어줘야지요."

"이놈이 무공을 배울 때는 꾀만 부리더니 사람 윽박질러 부려먹는 못된 짓은 일등으로 배웠구나."

"헤헤헤, 부려먹을 수 있는데 그냥 둔다면 낭비가 아닙니까. 방정산이 워낙 여우같이 뺑뺑이를 돌리는 바람에 손 좀 빌린 거죠. 본래 돌아다니며 일 벌이기를 좋아하는 늙은이들이라 싫은 표정도 아니던데요, 뭘."

"그래서? 결과가 있어야 할 것 아니냐!"

"며칠 전, 누구를 만난 것 같다는 연락을 받은 것이 전붑니다. 누군지 알아내면 다시 연락한다고 했는데 아직 소식이 없네요. 표지를 남기고 있으니 언제든 만날 수 있어요."

"그건 그렇고, 오다가 구름이 못 봤냐?"

"사마 낭자가 이쪽 길로 갔습니까? 언제요?"

"새벽에 먼저 나선 것이 분명한데 뭐 좀 하느라 한발 늦었다. 얼마 지체하지 않았는데 보이질 않는다."

"이쪽 길은 외길입니다. 십 리 남짓 거리에 갈랫길이 있을 뿐이던데요? 우리도 서둘러서 아침 일찍 나온 거예요. 사마 낭자가 이 길을 택했다면 부딪쳤을 텐데요?"

"얘가 나를 이토록 고생을 시키는구나."

"지존보가 찾고 있다는 사실은 비밀도 아닌데 사마 낭자가 모를 리 없지요. 그런데도 만나지 못한 걸 보면 혹시 그녀가 일부러 피하는 건 아니겠습니까?"

"그럴까?"

철무극의 표정이 잔뜩 일그러졌다.

그럴지도 모른다는 생각은 하고 있었지만 남에게 들으니 기분이 상했던 것이다.

"그렇다면 애써 찾아갈 것도 없겠다."

"왜 또 삐치고 그럽니까? 나름대로 사정이 있겠지요. 더욱이 관일문의 일과도 관련이 있다면서요?"

"음, 그건 그렇다. 화해시켜 준다고 약속했는데 그냥 발을 뺄 수는 없지. 짜증난다."

"지존보?"

"왜?"

"지존보가 원하는 것은 잘생긴 아들이 아닙니까?"

"그런데?"

"아들 하나 낳으려면 한 여자면 족하단 말입니다. 여러 여자를 집적거리니 마음이 분산되고 번거로운 일들만 생기죠. 즐기려는 것이 아니라면 한 여자에게 정성을 쏟는 것이 중요하다는 말입니다. 내가 요즘 그 같은 이치를 깨닫고 있다니까요."

"네놈이 지금 내게 설교를 하겠다는 것이냐?"

"들어보라니까요. 이건 정말 중요한 것이란 말입니다. 여자 문제에 있어서는 아무래도 내가 선배가 아니겠소? 상대했던 여자들도 훨씬 많을 게요. 그러니 들을 것은 들어줘야죠."

"허, 이놈이 뭐 하나 깨달았다고 도통한 놈처럼 구네? 그래, 말해봐라. 듣고 맘에 안 들면 혼난다?"

"에, 그러니까 말입니다. 내가 지존보에게 거시기를 싹 잘린 후로는 여자들 꼬드길 생각도 못했잖습니까? 창피해서 얼굴도 들지 못했지요."

"뭐? 내가 네놈의 잘난 거시기를 잘라? 내가 언제?"

"에, 뭐, 그러니까 그게……."

철무극에게 잘못 걸려 결국에는 최화운의 아버지에게 잘린 것이지만 이제 곧 장인될 사람이니 은근슬쩍 돌려 말했던 것이다.

"아무튼 말입니다. 그러다 운 좋게 화운을 만났지요. 이것이 바로 전화위복(轉禍爲福)이요, 새옹지마(塞翁之馬)였더란 말입니다. 물론 처음 화운을 만났을 때는 자포자기한 심정으로 짜증도 많이 냈지요. 그러다 화운의 진심을 알게 되니 마음도 차츰 변하더란 말입니다. 미안하기도 하고 죄스러워서 차츰 잘해줘야겠다는 생각도 들더라고요."

"그래서 뭐 어떻다고? 결과만 말해보란 말이다."

"에이, 결과보다 과정이 중요하단 말입니다. 그냥 듣기나 해요. 처음에는 나도 화운과 더불어 가정을 이룰 생각은 하지 못했죠. 가정을 이뤄봐야 새끼도 낳지 못할 테고, 달리 볼 것도 없다고 생각했죠. 하지만 화운은 포기하지 않고 나를 깨우쳐 주었어요. 그래서 이번에는 함께 명의까지 찾아가지 않았겠습니까."

"의원은 뭐 하러 찾아가? 잘린 물건 붙여준다던?"

"잘린 걸 어찌 다시 붙입니까? 꼭 그런 식으로 말해야 되겠어요? 난 진지하단 말입니다!"

"말이나 해봐."

"의원을 찾아가 사정을 설명하고 방도를 물었지요. 그랬더니 뭘 걱정하냐는 겁니다. 잘려서 보기 안 좋긴 하지만 애 만드는 일쯤은 충분하다고요. 나는, 나는 이미 시험해 봤단 말입니다."

"어? 그게 정말이냐? 반토막으로 되던?"

"뭐… 전 같진 않아도 되긴 합디다. 그래서 우린 애 먼저 낳기로 했어요. 애라도 낳고 장인어른 찾아가든 해야죠."

"허, 이놈이 아주 횡재를 했구나. 그러게 내가 처음 볼 때 그랬잖느냐. 화운은 보통 아이가 아니라고."

"네, 화운은 분명 보통 여인이 아니죠. 강호의 파락호를 사랑에 눈뜨

게 만들었으니까요. 아, 그리고 하려던 말은 이게 아닙니다."

"또 있냐?"

"과정이 중요하다고 했잖아요, 과정이! 화운의 정성과 의원의 충고를 듣고 노력해 보니 되더란 말입니다. 그때부터 새록새록 정이 솟기 시작하는데 정말 새로 사는 느낌이라니까요. 그러니까 지존보도 여러 여자 집적거리지 말고 한 여자에게 맘을 줘보란 말입니다. 세상이 달라 보인다고요."

"이놈이 정말 뭔가 깨닫긴 깨달은 모양일세? 그렇게 좋다냐?"

"좋고 말고요. 이젠 무공에 욕심나지도 않아요. 어서 살림을 차리고 애나 낳아 기르고 싶단 말입니다."

너무도 진지해진 장자경을 보고 있노라니 사람이 달라진 듯했다. 방긋방긋 웃어가며 장자경을 바라보는 최화운의 표정에도 행복이 가득했다.

"안 그래도 짜증나는 판에 이놈들마저 남의 오장을 뒤집어놓네? 그리 좋으면 당장이라도 산속에 처박혀 알콩달콩 둘이서 살면 되지, 왜 찾아와서 염장을 질러?"

철무극이 샘을 내며 호통을 치는데도 장자경은 싱글벙글 미소를 거두지 않았다.

"악연으로 시작되긴 했지만 그래도 미운 정 고운 정 다 들었는데 혼자 좋자고 가버릴 순 없죠. 그러니 지존보도 어서 한 여자 정해서 날름 안아들고 거처를 정하라고 깨우쳐 주는 겁니다."

철무극의 표정이 더욱 시무룩해졌다.

"사실은 나도 요 며칠 그런 생각을 했다. 천방지축 뛰어다니기만 했지 알고 보면 속 빈 강정이었단 말이다. 심력만 낭비했지 얻은 게 뭐냐?"

"그렇다니까요. 그래서 깊고 그윽한 정이 무엇보다 중요하다는 말입니다. 정이 깊어지면 다른 곳은 바라보지 않게 된다니까요."

"허, 이놈이 도학자가 다 되었네?"

"므흐흐흐, 사랑에 빠지면 다 그런 겁니다. 참, 어서 뒤쫓아가야죠? 일단 시작했으면 끝을 봐야죠. 호연삼괴와의 연락을 위해 표지를 남겨놓을게요."

애정이 자신감까지 불어넣어 주었는지 장자경의 표정은 자신만만했다.

"그래, 뭐든 시작했으면 끝을 봐야지. 가자."

"네."

장자경은 최화운과 함께 앞장서서 걷기 시작했다. 나란히 걷는 모습이 꽤나 다정해 보여서 철무극은 괜스레 허공에 대고 신경질을 부렸다.

하늘은 맑고 깨끗했다.

그동안 쌓인 눈이 녹으면서 길은 진창이 되고 있지만 머지않아 봄이 다가올 징조에 지나지 않는다.

터덜터덜.

철무극은 그 좋은 날씨를 즐기지도 못하고 힘없이 걸었다.

너른 벌판을 지나 나지막한 구릉의 오솔길을 걷고 있을 때였다.

스윽.

정오에 접어드는 한낮에 그토록 은밀하게 움직일 수 있다는 사실에 철무극은 놀라지 않을 수 없었다. 길가엔 키 작은 관목뿐이라 숨을 만한 곳도 없었다.

힐끗 고개를 들어 앞서 걷는 장자경과 최화운을 바라보니 낯선 인기척을 전혀 느끼지 못한 것 같았다. 그만큼 은밀하다는 뜻이었다.

"지겨운 살수 녀석들, 왜 이렇게 끈질긴 거야?"

자신들에게 커다란 위협이 되는 존재가 철무극이라고 판단한 것이야 그러려니 하겠지만 보내봐야 손해만 본다는 것을 충분히 알았을 텐데,

계속 보내는 이유는 정말 알다가도 모를 일이다. 키워내기 어려운 살수들을 죽으라고 일부러 보낼 리는 없는데 말이다.

이유를 생각할 시간도 없다. 칼끝이 벌써 등을 노리고 찔러오고 있었다.

철무극은 홱 몸을 돌리며 우수를 뻗어 오화혈살지를 날렸다.

퍽!

강력한 지력은 그대로 허공을 격하여 들이닥친 살수의 이마를 꿰뚫었다. 칼끝은 돌아선 철무극의 가슴 앞에 이르러 힘을 잃고 바닥에 떨어졌다.

스악!

이번에는 양옆에서 칼이 들이닥쳤다.

"이왕지사 끝장을 보겠다면 그렇게 해주마!"

철무극은 더 이상 망설이지 않았다. 이토록 집요한 자들이라면 일찌감치 끝장을 내는 것이 이롭다. 마음을 정한 철무극은 역혈수라공의 강력한 힘을 끌어올렸다.

꽉꽉!

허공을 격한 채 폭출되는 흑마류와 힘은 강력하기 짝이 없었다.

공간을 장악한 채 상대를 제압하는 흑마류는 들이닥친 칼을 잡아 묶었고, 송곳처럼 예리한 오화혈살지는 칼 밑을 스쳐 사람의 몸을 파고들었다.

"크악!"

그 날카로운 힘에 적중된 살수는 오장육부가 갈가리 찢겨 나가는 고통을 참지 못하고 끔찍한 비명을 내질렀다.

한순간에 세 명의 살수를 거꾸러뜨린 철무극은 멈추지 않고 땅을 박찼다. 그의 몸이 길가의 나무 숲을 향해 쏘아져 갔다. 번개처럼 빠르고 폭풍처럼 억센 몸놀림이었다.

콰르르!

흑마류의 강력한 일격이 그대로 숲을 뒤흔들었다. 나무들이 꺾여 부러지고 폭풍에 휩쓸린 듯 흙먼지가 휘말려 올랐다.

스악!

자욱한 흙먼지 속에서 예리한 칼 기운이 솟구쳤다. 그토록 거센 흑마류의 압박을 견디며 솟구치는 칼바람인 만큼 그 기세가 여간 만만치 않았다.

철무극의 인상이 절로 일그러졌다. 살수들의 특징이 필살의 기세로 일격을 노리는 것을 모르는 바는 아니었지만 오늘의 공격은 뜻밖으로 강하고 거칠다. 이자들 역시 끝장을 보자는 생각인 것 같았다.

"그만큼 네놈들 실체에 접근했다는 뜻이겠지?"

위협을 느낀 만큼 집요하고 거칠 수밖에 없을 것이다.

"네놈들이 없어지면 다음에 또 누가 나서는지 보자."

철무극의 눈에서 일순 강렬한 신광이 폭사되었다. 그와 함께 강력하기 짝이 없는 장력이 연이어 터졌다.

쫘르르!

쩡!

일 장 방위의 땅거죽이 장력에 휩쓸려 들썩거렸다. 들이닥친 칼 기운은 공간을 가르는 날카로운 일격에 갈려 찢겨 나갔다. 흑마류와 적마류가 한꺼번에 발출된 것이다.

비명조차 없었다. 거칠게 들이닥쳤던 네 명의 살수는 폭풍에 휩쓸린 흙먼지처럼 흩어져 버렸다.

그것으로 끝난 것은 아니었다.

살수들은 아직도 많다. 강력한 장력에 휩쓸린 동료들이 먼지처럼 흩어지는 꼴을 보면서도 물러서지 않았다. 오히려 더욱 악착같은 기세로 덤벼들었다.

철무극의 눈빛이 더욱 강렬하게 빛을 발했다. 공력을 끌어올려 이차 공격을 시도하려는 그때였다.

짝!

날카로운 기운이 좌측 어깨를 할퀴며 지나갔다. 무의식적인 반응으로 몸을 틀지 않았다면 분명 심장을 관통당할 일격이었다.

"검?"

어깨를 할퀴고 지나간 것은 칼이 아닌 검이 분명했다. 휘둘러 베려는 기술이 아니라 일점을 찌르려는 검법이었다. 살수들과는 다른 자가 끼어 있다는 뜻이다.

검술의 경지 또한 보통이 아니다. 검기는 물론 인기척조차 느껴지지 않았다.

등골이 서늘하도록 놀란 철무극은 공력을 더욱 끌어올리며 오감을 열고 사방을 경계했다. 긴장감이 전신으로 퍼져 나가며 솜털이 바짝 곤두섰다.

강호에 나온 이후로 이와 같은 긴장감은 처음이었다. 공력 대결로 일전을 벌였던 청성파의 오의수사와 비견될 만한 고수이며, 암습에도 능한 자이다. 상대하기 가장 까다로운 자에 속한다.

하지만 그자의 기척을 찾을 겨를이 없었다. 먼저 감지되었던 또 다른 네 명의 살수가 곧장 들이닥쳤기 때문이다.

"흥!"

차가운 코웃음을 날린 철무극은 두 발로 땅을 꽉 움켜잡듯 밟고 재차 장력을 폭출시켰다.

쿠르릉!

짝짝!

지축이 흔들리고 공간이 찢겨 나가는 날카로운 소리가 울렸다. 땅거죽이 뒤집혀 장력에 휩쓸리고 들이닥쳤던 살수들조차 형체가 뭉개진 채 흩어졌다.

장력을 폭출시킨 즉시 철무극은 몸을 움직였다.

촛!

기척도 없이 날아든 검기가 목 옆을 스쳐 갔다. 미리 움직이지 않았다면 목이 잘려 나갔을 일격이었다.

두 번째 기습을 피해낸 철무극은 깜짝 놀라 소리쳤다.

"설마 무형검?"

그동안 보고 경험했던 무형검과는 사뭇 달랐지만 상대의 검법 운용에는 어쩐지 무형검의 자취가 엿보였다.

혈영귀노 원음당을 보호하며 도주했던 백만당의 무형검과 근자에 만났던 청죽장 문준희의 무형검은 독하고 잔인한 면에서 분명하게 닮아 있었기에 혼동할 우려가 없었다.

하지만 이자의 무형검은 그 두 사람과는 달랐다. 두 번의 공격을 받고 난 후에야 상대의 검법이 어떤 것인지 알 수 있었던 것도 그 기질이 너무 달랐기 때문이다.

이자의 무형검은 독하고 잔인한 면보다는 유연하고 부드럽다. 마치 정파의 검법을 보는 듯 그 출수가 매끄럽고 자연스럽다. 사파의 무공이 어떤 경로를 통해 정파로 흘러들어 이처럼 변했는지 호기심이 일 지경이다.

물론 당장 호기심을 충족시킬 여유는 없었다. 상대가 그런 시간을 주지도 않을 것이며, 아직도 남은 살수들이 많다.

철무극은 다시 땅을 박차고 몸을 날렸다.

삼차 습격을 대기하고 있던 살수들은 철무극이 먼저 움직이자 순간적으로 멈칫하고 말았다.

남은 인원은 이제 겨우 다섯. 한꺼번에 덤벼도 승산이 없는데 각개격파를 당한다면 칼 한 번 휘둘러 보지 못할 것이 뻔하다. 한발 물러서서 다시 호흡을 맞추려 했지만 이미 늦었다.

"크악!"

백마류의 날카로운 장력에 적중당한 살수는 참을 수 없다는 듯 처절한 비명을 내지르며 바닥을 뒹굴었다.

강한 회전력을 지닌 백마류는 내장을 온통 뒤흔드는 치명적인 타격을 가하기 때문에 그 고통은 이루 말할 수 없을 정도로 처참했다. 평소 비명조차 없이 죽어가던 살수들조차 참지 못하고 비명을 내지를 정도다.

철무극은 멈추지 않고 계속 몸을 움직였다.

이미 전의를 상실한 남은 살수들이 다음 타격 목표가 혹시 자신은 아닐까 전전긍긍하며 몸을 피했다.

"으헉!"

무공과 경신술 면에서 모두 뒤처지는 살수들이 철무극의 잔인한 손길을 피해내기는 불가능했다. 어느새 또 한 명의 살수가 백마류에 적중당해 널브러졌다.

남은 세 명은 공포에 질려 어쩔 줄을 몰라했다.

그중 한 명이 비명을 내지른 순간, 남은 두 명은 아예 등을 보이고 달아나고 말았다.

그때 세 번째 무형검의 습격이 들이닥쳤다. 허공을 가르고 들이닥치는 속도가 가늠하기 힘들 정도로 빨랐지만 철무극이 바라던 바였다.

"요놈, 걸렸다!"

철무극은 홱 몸을 돌리며 일장을 내질렀다. 날카로운 일격이 허공을 양단하듯 내리 꽂혔다.

쩡!

기척도 없이 들이닥치던 무형검이 그 날카로운 일격에 막혀 귀청을 뒤흔드는 쇳소리를 울리며 퉁겨 나갔다.

철무극은 그제야 상대의 모습을 확인했다.

오십 초반의 초로인은 키가 훌쩍하게 컸으며, 대나무처럼 바짝 마른 몸매에 팔다리가 유난히 길었다. 눈빛은 한성처럼 차가웠으며 흔들림없는 상태로 철무극을 노려보고 있었다. 검을 움켜쥔 모습이 마치 야수처럼 강렬했다.

물론 처음 보는 자다.

철무극은 호흡을 조절하며 사내를 향해 말했다.

"백만당의 무형검이 이토록 높은 경지로 변화될 수 있다는 사실이 놀랍다. 도망칠 기회는 없다. 한 번의 기회를 더 주마. 재주껏 마지막 수를 펼쳐 봐라."

씰룩.

고목처럼 굳어 있던 초로인의 얼굴 근육이 꿈틀거렸다. 한마디 하고 싶은 것이 분명했지만 끝내 입을 열지는 않았다. 대신 검을 단단히 고쳐 잡았다.

파르르.

검끝에 모여드는 기가 눈으로 보일 정도였다. 공력이 그만큼 깊다는 뜻이다. 철무극은 놀랍다는 듯 눈을 가늘게 좁혔다.

확실히 의외였다.

초로인의 모습은 강호의 온갖 풍파를 겪어본 마도사파의 흉악한 같았지만 몸을 감싸고 휘도는 기운과 검끝에 일렁이는 공력은 너무도 유연하고 매끄럽다. 격하고 사이한 마도사파의 내공과는 확연히 구별된다. 정종의 내공 심법을 수련하고 있음이 분명했다.

백만당의 무형검이 대체 어떤 경로를 타고 정파로 흘러 들어갔는지 궁금하기 짝이 없었다.

상대에게 물어볼 수는 없었다. 묻는다고 대답할 리도 없다. 오직 일격을 맞부딪친 후 스스로 알아보는 수밖에 없다. 철무극도 공력을 끌어올리며 일장을 격출할 준비를 갖추었다.

스르르.

초로인의 검끝에 모여들던 기운이 일순 안개처럼 흩어지자 더 이상 아무런 기운도 느껴지지 않았다.

준비는 끝났다.

저 검이 발출되는 순간, 형체가 사라질 것이다. 오직 육감에 의지하여 그 은밀하고 강력한 일격을 받아야만 한다.

파르르.

어느 순간 검끝이 떨리며 일검이 발출되었다.

역시 기척이 없다. 공력이 발동하고 몸이 움직이며 검이 허공을 가르는 소리조차 들리지 않는다. 주변의 환경에 완전히 동화되어 시전자의 모습이 감춰진 것이다.

철무극은 태산처럼 우뚝 선 그대로 오른손을 머리 위로 쳐들었다가 도끼를 내려치듯 일장을 날렸다.

번쩍.

새하얀 빛이 번개처럼 떨어져 내렸다.

우릉!

우렛소리가 뒤를 따랐다.

초로인의 무형검과 철무극의 일장이 정통으로 맞부딪쳤다.

둘은 애초부터 피할 생각이 없었다. 오직 진신의 실력으로 단 일격에 상대를 거꾸러뜨리려 혼신의 힘을 쏟아 부었다.

쩡!

무형검과 장력이 맞부딪치며 강력한 쇳소리를 울렸다. 우렛소리보다 강력하여 고막이 파열될 것 같았다.

"으악!"

"악!"

두 마디 비명 소리가 울렸다.

물론 철무극과 초로인이 내지른 비명은 아니었다. 오 장 밖, 나무 뒤에서 험악한 결전을 바라보던 장자경과 최화운이 내지른 비명이었다.

무형검과 장력이 부딪치며 낸 소리가 너무도 강해서 공력이 약한 그들에게 타격을 가했던 것이다. 둘은 자신의 귀를 싸잡고 비틀거리다 풀썩 주저앉았다.

장자경은 아예 피를 토하며 벌렁 쓰러져 기절했으며, 최화운은 피를 토했을 뿐 정신을 잃지는 않았다.

철무극은 한 발 물러서며 힐끗 장자경과 최화운을 돌아보았다. 상당한 타격을 받은 것 같았다. 너무 흥분한 나머지 두 사람을 신경 쓰지 못했던 것이다.

철무극은 살짝 인상을 찡그린 후 다시 초로인을 바라보았다.

비틀비틀 서너 걸음 물러선 초로인의 입에서도 한줄기 피가 흐르고 있었다. 깊은 내상을 입은 것이 분명했지만 두 눈에는 고통보다 놀라움과 두려움으로 가득했다.

"탄, 탄… 설마 탄강(彈罡)이란 말인가?"

천 근의 압박을 받고 있는 사람처럼 목소리가 가라앉아 있었다. 너무도 놀랍고, 궁금했던 나머지 내상을 무릅쓰고 물었기 때문이다.

탄강이란, 공력으로 뭉친 기운을 일정한 형체를 유지한 채 몸 밖으로 쏘아내는 기술을 말한다.

　공력으로 이루어진 검, 도, 창과 같으며 일단 발출되면 몸 밖으로 쏘아지기 때문에 시전자는 직접적인 타격을 받지 않는다. 그만큼 유리한 입장을 고수하는 방법이지만 강호상에 탄강을 쏘아낼 만한 고수가 있다는 말은 들어보지도 못했다.

　"이건, 이건 오행마류가 아니다!"

　철무극의 무공이 오행마류를 주축으로 이루어졌다고 판단했던 초로인은 마치 어린아이처럼 떼를 썼다. 분하고 억울했던 것이다.

　철무극은 피식 실소를 흘렸다.

　"오행마류는 모두 다섯 가지 초식으로 이루어졌다. 흑마류, 백마류, 적마류, 청마류, 황마류가 그것이다. 명칭이야 간단하지만 각각의 초식에 내재된 기운과 운용 방법은 모두 다르지. 하지만 세상에 드러난 오행마류는 조금 전까지 세 가지에 불과했다. 네가 연구한 초식은 다만 흑마류와 백마류 정도였겠지? 적마류는 얼마 전에야 전해 들었을 테고, 지금 본 청마류는 말로라도 전해 듣지 못했을 것이다. 내가 굳이 청마류를 시전했던 것은 무형검이 네게 이르러 이토록 발전했음을 보고 대견한 생각이 들었기 때문이다. 그러니 굳이 억울할 일도 없겠지?"

　"다시, 다시 한 번 볼 수 있다면……."

　"아니, 틀렸어. 백 번을 봐도 나를 이겨낼 수는 없고, 백 번을 다시 태어난다 해도 마찬가지다. 네가 누군지는 곧 밝혀질 것이니 묻지 않겠다. 조용히 가라."

　"으으……."

　상대의 무공에 대한 질투와 원한으로 범벅된 초로인의 눈빛이 급속도로 흐려지기 시작했다.

　파삭!

주인보다 먼저 검이 산산이 부서져 바닥에 떨어졌다. 뇌전처럼 강력한 청마류의 일격을 견디지 못하고 부서져 내린 것이다.

"으흐……."

초로인은 아직도 미련을 버리지 못한 듯 철무극을 노려보았다. 하지만 몸은 이미 의지를 따르지 못하고 무너지고 있었다.

털썩.

무릎이 꺾이고 몸체가 허물어졌다. 한줄기 바람이 불어와 초로인의 마지막 숨결을 걷어갔다.

"흠……."

철무극은 낮게 신음을 토하며 고개를 내둘렀다.

"망할 놈들 같으니……."

실수들도 지긋지긋하지만 그 틈에 끼어 무형검을 날린 자의 무공은 실로 간담이 서늘할 정도로 매서웠다. 아직도 긴장감이 풀리지 않아 등줄기로 땀이 흘렀다.

"무형검을 익힌 자는 셋이다. 이놈이 두 번째라면 세 번째 녀석은 더 어렵겠는걸? 황마류까지 꺼내야 할 상황이 발생하는 건 아닐지 모르겠어."

청마류는 본래 뇌전의 힘을 빌어 일장을 격출하는 수법이다. 탄강을 이루는 경지는 철무극 스스로 보탠 것이다.

굳이 공력 소모가 극심한 탄강을 쓴 이유는 무형검의 강력한 기운을 직접 몸으로 받지 않기 위해서였다. 이자보다 더 강한 상대가 나타난다면 황마류까지 써야 할지도 모르는 일이다.

"원음당, 과연 만만한 녀석이 아니거든."

혈영귀노 원음당을 떠올리면 이가 갈릴 정도로 지긋지긋하면서도 알 수 없는 홍분이 일어난다.

"좋아, 이제 내가 누군지 거의 깨닫고 있겠지. 결국 마지막 수단을 동원할 테고. 언제든 와라, 원음당. 때가 되어도 나타나지 않는다면 내가 직접 널 찾아가겠다."

스스로 다짐하며 긴장을 푼 철무극은 저만치 쓰러져 있는 장자경과 최화운에게 다가갔다.

"괜찮느냐?"

잠깐 공력을 일으켜 들끓는 혈기를 가라앉히던 최화운이 쓰게 웃으며 고개를 저었다.

"스스로 돌보고 있거라. 자경이 먼저 살펴봐야겠어."

"네."

최화운이 내상 치료에 들어가는 것을 본 철무극은 장자경을 살폈다.

공력이 약한 장자경은 고막에 충격을 받았으며, 내장이 한꺼번에 뒤흔들려 정신을 잃은 상태였다.

공력을 흘려 넣어주고 사지를 주물러 주자 곧 정신을 차렸다. 하지만 혈색은 여전히 창백했으며, 공력을 일으키지 못하고 비실거렸다.

"칠칠치 못한 녀석, 그만한 소리에 놀라 자빠지냐? 정신 똑바로 차리고 공력을 일으켜 봐라."

"……."

장자경은 대꾸할 힘도 없다는 듯 바로 앉아서 호흡을 조절했다. 철무극이 흘려 넣어주는 공력을 받고서야 겨우 단전의 문을 열고 힘을 끌어낼 수 있었다.

들끓는 혈기만 일단 가라앉혀 준 철무극은 두 사람을 부축해 일으켰다.

"마을을 찾아보자. 약이라도 한 재씩 먹어야 할 것 같다."

"네."

장자경과 최화운은 힘없이 대답하며 철무극에게 의지하여 그곳을 떠났다.

"이럴 수가!"

황보존일에게 도움을 받은 즉시 철무극을 뒤쫓던 당청청은 길가에 널브러져 있는 참혹한 광경을 발견하곤 입을 딱 벌렸다.

눈앞에 펼쳐진 모습은 도저히 인간이 벌인 짓이라고는 생각하기 어려웠다.

길 복판이 지진을 만난 듯 훌떡 뒤집어져 있었으며, 길가의 나무들이 태풍에 휩쓸린 듯 제멋대로 부러져 있었다. 날카로운 지력에 의해 목숨이 끊긴 자들이 있는가 하면, 괴이한 병기에 의해 조각난 것처럼 보이는 시체들로 가득했다.

가장 멀쩡한 시체는 길가에 누워 있는 대나무처럼 비쩍 마른 초로인이었다. 입가에 한줄기 핏물이 보일 뿐, 외상은 전혀 보이지 않았다. 하지만 그 어떤 시신보다 더 끔찍한 수법에 당한 자는 바로 초로인이었다.

시신 옆에 떨어져 있는 검의 파편을 보고 이상하게 여긴 당청청은 참지 못하고 시신의 상태를 자세히 살펴보았다.

"으……."

손목을 만져 본 순간 당청청은 자신도 모르게 비명을 흘렸다.

뼈가 없는 시체 같았다. 팔을 들어올리자 연체동물처럼 흐느적거렸다.

너무 놀란 당청청은 손을 놓고 물러서다가 하마터면 엉덩방아를 찧을 뻔했다. 싸한 전율이 등줄기를 타고 흐르며 식은땀이 흘러내렸다.

"경, 경파(勁波)……?"

강력한 기공에 적중되면 근육과 뼈가 심한 경련을 일으키며 급기야는 갈기갈기 찢기고 뼈가 조각조각 부러져 나가는 악독하고 잔인한 수법이 바로 경파다.

　물론 이 정도의 압력을 만들어내는 기공을 수련한 사람은 찾아보기 힘들다. 그만큼 깊고 강한 공력이 필요하기 때문이다.

　"그자, 그자가……."

　참담한 패배를 안겨준 자에게 복수하고자 하는 마음이 천리만리 달아나 버릴 정도로 깊은 공포심이 몰려왔다. 복수는커녕 만나기만 하면 오줌부터 싸버릴 것 같았다. 이런 무공을 쓰는 자와는 결코 맞부딪치고 싶지 않았다. 당장 도망가고 싶은 마음뿐이었다.

　그때였다.

　"아니, 이거……?"

　"참혹하군."

　낯선 목소리와 함께 몇 명의 청년이 다가왔다. 힐끗 돌아보니 다름 아닌 황보존일 일행이었다. 그들 역시 길가에 널려 있는 참혹한 시체들을 보고 놀란 것이다.

　"이자들, 사파연합의 살수들 같은데요. 끔찍하게도 당했네."

　황보존일이 고개를 끄덕이자 장호명이 말을 이었다.

　"그 철가 놈과 부딪쳤던 모양입니다. 무척이나 처절했던 것 같은데요?"

　"그렇군. 정말 강한 장력일세. 장력을 발출하여 사람 몸을 조각 낼 수 있다니, 놀라울 뿐이야."

　"조각 낸 정도가 아니라 아예 찢어발긴 것 같습니다. 그놈 정말 끔찍하군요. 아, 이거 죄송. 너무 끔찍한 광경이라 미처 인사도 못했군요. 당소저께서 먼저 와 계실 줄은 몰랐소이다. 혹시 그자를 보지는 못하셨는지요?"

　장호명의 말에 당청청은 마치 얼빠진 사람처럼 고개만 저었다.

장호명은 그제야 당청청의 표정에 드리워진 감정이 공포임을 알아보았다.

"무슨 일이……? 앗, 고죽선생(孤竹先生)!"

당청청 앞에 널브러진 시체의 신분을 알아본 듯 장호명이 경악성을 터뜨렸다.

황보존일도 놀라 다가왔다.

"이런……!"

시체를 확인한 황보존일의 표정이 참혹하게 일그러졌다. 하지만 곧 표정을 감추었다.

장호명은 황보존일의 표정 변화를 눈치채지 못하고 소리쳤다.

"그놈이 무림의 명숙이신 고죽선생까지 해치다니, 이럴 수가!"

고죽선생은 검 한 자루에 의지하여 천하를 떠돌며 오직 검도에만 전념하는 무림의 명숙이었다. 검을 연마한 자라면 꼭 한번 만나 고견을 듣고 싶어하는 동경의 대상이 바로 고죽선생이다.

그런 사람이 마도의 인물에게 목숨을 잃었다는 사실은 실로 대단한 충격이 되어 정파를 뒤흔들 것이 분명했다.

"이놈이 기필코 정파를 향해 독수를 뻗치기 시작했군요. 이것은 절대로 그냥 넘어가서는 안 될 일입니다!"

어느새 안정을 되찾은 황보존일은 고죽선생의 시체를 살폈다. 그리고 또 한 번 표정이 변했다.

"이럴 수가! 설마 경파에 당했단 말인가?"

황보존일 역시 경파의 위력에 대해 알고 있었다. 말로만 들었을 뿐, 한 번도 본 적이 없기에 그의 놀람 또한 당청청에 못지 않았다. 그는 굳어진 표정을 풀지 못하고 고심에 빠졌다.

장호명이 황보존일을 잡아 흔들었다.

"형님……."

"응? 아, 미안. 상황이 너무 크고 무거워서 잠시 생각을 정리했네."

"어쩌시려오?"

"우리가 상대를 너무 가볍게 여겨온 것 같네. 고죽선생까지도 당한 마당이니 더 이상은 우리끼리 해결할 수 있는 한계를 넘은 거야. 일단 선생의 시신을 안치하고 어른들과 상의해야겠네. 형제들에게도 그자를 추적만 할 뿐, 절대 손을 쓰지 못하도록 일러두게. 자칫하면 큰 화를 당할 수도 있겠어."

"알았소. 형님이 다시 어른들을 만나볼 생각이오?"

"그래야겠지. 일단 시신을 수습하고 물러나도록 하세."

"네."

청년들은 즉시 들것을 만들어 고죽선생의 시신을 수습했다. 온몸의 뼈가 조각난 판이라 들것에 싣기도 힘겨웠다. 마치 축 늘어진 문어를 옮기는 것 같았다.

그곳을 떠나기 전에 황보존일은 힐끗 당청청을 돌아보았다.

당청청은 아직도 멍한 표정으로 하늘만 바라보고 있었다. 그러다 문득 걸음을 옮겨 먼저 그곳을 떠났다. 철무극이 향한 방향이었다.

황보존일의 표정이 또 한 번 차갑게 굳어졌다. 두 눈에는 분노와 원한, 질투와 욕심이 가득했다.

'기필코 네놈을 거꾸러뜨리고 말 테다!'

마음속으로만 부드득 이를 갈아붙인 황보존일은 곧 표정을 감춘 후 청년들을 인솔하여 그곳을 떠났다. 당청청과는 달리 왔던 길을 되돌아가야 했다.

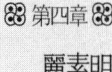

第四章

麗素明

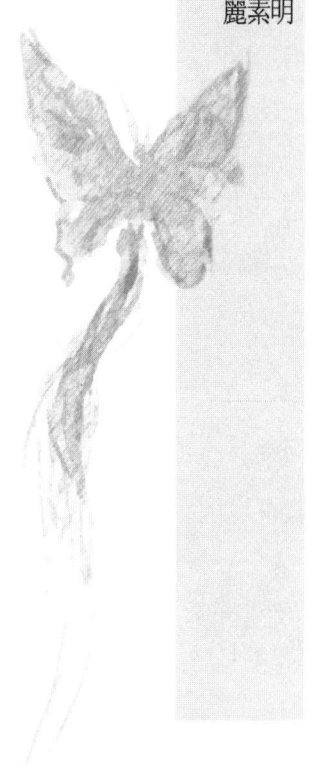

麗素明

"젠장, 그렇게 강력한 수법을 쓰려면 미리 말이나 해줘야죠. 우리 같은 하수는 어떻게 버티라고 무작정 휘두릅니까?"

"이 녀석 보게? 제 못난 건 생각 못하고 남 탓하네? 아직 정신 못 차린 게냐? 한 대 얻어맞고 싶어?"

"누가 맞고 싶대요? 고수가 하수를 보살펴야 하는 것은 당연한 것 아닙니까! 안 그러면 어떻게 옆에 붙어 다니겠느냐고요!"

"이놈이! 흠, 그 말에도 일리는 있다. 가까운 사람조차 보호하지 못한다면 무공을 배울 이유가 없지."

"어? 잘못을 인정하는 겁니까? 이거 뜻밖인데요? 뭔가 달라지려고 작정이라도 한 겁니까?"

"잔소리하는 걸 보니 이제 살 만한가 보구나. 그럼 어서 가자. 늦었어."

"아참, 그렇군요. 사마 낭자를 찾고 있다고 했죠? 우리 때문에 반나절은 늦었는걸요. 서둘러야겠어요."

장자경은 한쪽에서 차를 마시고 있는 최화운을 돌아보았다.

"화운, 괜찮은 거야? 여행해도 무리없겠어?"

최화운이 방긋 웃으며 고개를 끄덕였다. 철무극이 대신 핀잔을 주었다.

"공력이 바닥인 네 녀석도 멀쩡해졌는데 화운이 문제겠냐? 이놈이 괜히 생각해 주는 척하네?"

장자경이 눈알을 부라렸다.

"척이라니요? 천만의 말씀. 화운을 걱정하는 나의 마음은 순수 그 자체란 말입니다. 그런 섭한 말, 다시는 하지 말아요."

"미친놈."

욕으로 마무리하긴 했지만 철무극은 은근슬쩍 서로를 향해 미소 짓는 장자경과 최화운을 훔쳐보았다. 갑자기 변해 버린 장자경이 부럽다는 생각이 자꾸만 드는 것이 여간 아니꼬운 것이 아니었다.

"가자!"

빽 고함을 지르고는 객잔을 나섰다.

장자경은 최화운과 함께 뒤따라 나오며 철무극의 속을 더욱 긁으려는 듯 낄낄 소리 내어 웃었다. 철무극의 발걸음이 좀 더 빨라졌다.

"천천히 가요! 혼자 갈 겁니까?"

장자경이 또 염장을 지르자 최화운이 말렸다.

"충고는 좋지만 너무 앞서 가지 말아요. 정말 화내겠어요."

"좀 더 자극을 받아야 얼른 하나라도 꿰어차지. 이대로 나가다간 또 한 해가 지나도 그대로일 거야."

"그래도 몰아붙이는 건 좋지 않아요. 살살 구슬러야죠."

"그럴까?"

"네, 뭐든 서두르면 좋지 않아요."

"그래도 난 서두르고 싶은걸? 그래야 우리도 정착해서 애를 낳아 기를 것 아니겠어?"

"호호……."

"보라고, 화운도 좋잖아. 아무튼 빨리 정하긴 해야지."

"네."

"가자. 이러다 정말 혼자 가버리겠어."

장자경은 말을 멈추고 서둘러 걷기 시작했다.

마을을 벗어나기 전에 여기저기 돌아보며 수소문해 보았지만 사마영문이나 비슷한 일행을 보았다는 사람은 없었다.

잔뜩 인상을 찡그리던 장자경이 최화운을 돌아보았다.

"아무래도 일부러 피하는 것 같지?"

"그런 생각이 들어요."

"거참, 이럴 땐 그저 다른 여자나 찾는 것이 제일인데……."

과거의 버릇처럼 중얼거리던 장자경은 흠칫 놀라며 최화운을 돌아보았다. 다행히 그녀는 모르는 척 넘어가 주었다.

"에, 일단 만나야 한다니 어디든 찾아봐야지, 뭐. 그런데 방정산을 찾으러 다니는 삼괴 노인네들은 뭐 하는지 모르겠어, 지금쯤 연락할 때가 됐는데 말야."

이야기를 나누며 마을을 벗어났을 때 길가에 앉아 있던 두 명의 사내가 몸을 일으켰다.

그들은 정중한 몸가짐으로 다가와 철무극을 향해 허리를 굽혔다.

"철 대인을 뵈오."

장자경이 먼저 나섰다.

"뉘신데?"

두 사내가 힐끗 장자경을 돌아본 후 철무극을 향해 말했다.

"소인들은 교주님을 모시는 호위입니다. 교주님의 전언을 전하기 위해 철 대인을 기다리고 있었습니다."

"교주?"

철무극이 되묻자 장자경이 재빨리 귀띔했다.

"구름이요, 구름이."

"뭣이? 구름이가 보냈단 말이냐? 그 애는 지금 어디 있어? 빨리 말해 봐라!"

철무극의 갑작스런 호통에 두 사내는 흠칫 놀라며 눈치를 살폈다.

장자경이 대신 나섰다.

"본래 호통 치기를 좋아하는 사람이니 너무 놀랄 것 없소이다. 어떤 전언을 가져오셨는지요?"

사내 중 한 명이 품속에 고이 간직하고 있던 비단 보자기를 꺼내 철무극에게 건네주었다.

"교주님께서 대신 전해 드리라는 관일문의 경전입니다. 다만 천사교에서도 꼭 필요한 경전인지라 필사본을 만들어두었다는 사실을 꼭 말씀 드리라고 하셨습니다."

철무극은 시큰둥한 표정으로 비단 보자기를 받았다.

사내가 말을 이었다.

"철 대인께 전하라는 말은 이렇습니다. '지금은 상황이 좋지 않으니 주변이 정리되는 대로 직접 찾아뵐게요'. 이 말씀입니다. 애써 찾아오신다면 마음이 편치 않을 것이라는 말도 꼭 전해 드리라고 하셨습니다. 그럼 이만."

두 사내는 평안을 빈다는 뜻으로 두 손을 맞잡고 허리를 숙여 보인 후 곧 떠나갔다.

철무극은 멍청한 표정으로 손에 들린 비단 보자기만 내려다보았다.

"나, 또 차였다."

장자경이 물었다.

"위로해 드릴까요?"

"필요없다."

"찾아가는 건 그만두실 거요?"

"싫다는데 뭐 하러 찾아가?"

빽 고함을 내지른 철무극은 홱 몸을 돌려 마을을 향해 걸었다.

장자경이 최화운을 바라보며 쓰게 웃었다.

"무공은 하늘만큼 높은데 의외로 마음이 약하단 말야? 이번엔 제법 충격 좀 받았겠어. 그렇지?"

"위로가 필요할 것 같아요. 술부터 찾을 것 같은데요?"

"그럴 것 같군."

마을로 들어선 철무극은 술집부터 찾았다.

"주인장, 술을 가져오게! 커다란 단지로 말이야!"

"네, 네! 곧 갑니다요! 안주는 뭘로 할깝쇼?"

"아무거나! 술이나 빨리 줘!"

"네, 네! 곧 갑니다요!"

선술집의 주인장은 커다란 항아리에 가득 술을 부어 가져왔다. 철무극은 술 단지를 빼앗듯 받아 들어 술잔 가득 부었다. 그리고는 한입에 털어 넣었다.

"으, 술 맛 쓰다."

그러면서 또 술잔 가득 술을 따라 입에 털어 넣었다.

장자경과 최화운이 옆에 앉아 각기 술잔을 차지했다.

"너희들도 한잔해라."

둘에게도 술을 따라준 철무극은 자신의 잔에도 연신 술을 채웠다.

"되는 일이 없다, 되는 일이!"

호통을 내지르며 벌컥벌컥 술을 들이키는 모습은 영락없이 여자에게 걷어채이고 실연당한 꼴이었다.

"살다 보면 되는 일도 있고 안 되는 일도 있죠. 기분 풀리게 술이나 맘껏 드슈."

장자경은 오히려 많이 마시라고 부추겼다. 술 한번 취한다고 당장 죽는 것도 아닌데 말리다 호통만 들을 필요가 없는 것이다.

"에익, 성질 나는데 나도 산골짜기에 처박혀 도나 닦을까 보다!"

"도를 닦아요? 도는 아무나 닦는답니까? 지존보같이 돌아다니기 좋아하고 일 벌이는 걸 신나 하는 사람이 무슨 수로 도를 닦아요?"

"지존보는 무슨 놈의 얼어 죽을 지존보! 차라리 못난이 바보라고 불러라."

"에, 그렇게까지 스스로를 비하할 필요가 있겠어요? 많고 많은 젊은이들이 하루에도 몇 번씩 사랑에 빠졌다가 버림받곤 한답니다. 그럴 땐 그저 한잔의 술이 최고죠. 맘껏 퍼마시고 늘어지게 자고 나면 한결 좋아진다니까요."

"잔소리 말고 술이나 얼른 따라라."

"네, 양껏 드시구랴."

"오냐."

철무극은 장자경이 따라주는 대로 마구 술잔을 기울였다. 본래 술고래도 아닌 철무극은 두 항아리째 마신 후에는 이미 크게 취해서 몸도 가누지 못했다.

"취했으니 그만 쉬시죠?"

"취하긴, 이놈아! 정신이 멀쩡한데 뭐가 취했다는 게야!"

"그럼 좀 더 마시든가요."

"오냐! 따라라!"

석 잔을 더 마신 철무극은 그만 탁자에 머리를 박고 곯아떨어지고 말았다.

장자경이 혀를 차며 철무극을 업어 객방으로 옮겼다.

"아이구, 머리야!"

잠에서 깬 철무극은 머리를 감싸쥐고 마구 흔들어댔다.

정신이 얼얼하고 속이 메스꺼웠다. 머리맡에 놓아둔 주전자 꼭지를 입으로 물고 마구 들이마신 후에야 정신이 좀 드는 것 같았다.

갑자기 방광이 터질 듯 팽창했다.

"싸겠다."

서둘러 변소를 찾아 일을 보는데 평소보다 두 배는 많은 양이다.

"시원하다……."

세수를 하려고 밖으로 나오니 장자경이 뻘쭘한 표정으로 서 있었다.

"벌레라도 씹다 말았냐?"

"아뇨."

"그런데 왜 아침부터 궁상이야?"

"혹시 간밤에 누가 숨어들었는지 아십니까?"

"숨어들어?"

"그런 것 같은데요? 물건이 하나 없어졌어요."

"무슨 물건?"

"지존보가 가져온 물건 말입니다. 작은 행랑에 담긴 요상한 물건들 말입니다. 언뜻 보니 암기들 같던데요?"

"암기? 나, 암기 안 쓴다."

"으이그! 가만, 팔뚝에 묶어둔 책자 좀 봐요. 어디서 얻은 암기인지 적어두었을지도 모르니까."

물건을 잃어버려 마음이 급한 장자경은 제가 먼저 철무극의 팔뚝을 들어 올려 책자를 살폈다.

"암기라, 암기…….. 헉! '당청청을 골려주다. 독하고 싸가지없다. 암기를 빼앗아둔다'. 이거 설마 사천당문의 여식 몽혼 당청청을 말하는 것은 아니겠지요?"

"몽혼?"

고개를 갸웃거리던 철무극은 곧 사마영문을 찾아 일전을 겨루다가 자신에게 골탕을 먹은, 창백하게 아름다운 여인을 생각해 냈다.

"독하고 자존심만 강한 계집애다. 한 대 쥐어 패주고 암기를 빼앗아 됐는데, 그게 없어졌다고?"

"지존보가 술에 취해서 지니고 있는 물건을 제가 맡아두고 있었죠. 다른 것은 그대로 있는데 그것만 없어졌습니다."

"그렇게 혼나고도 제 물건 찾아갈 배짱이 있는 걸 보니 제법 용하구나. 신경 쓸 것 없다."

"신경 쓸 일 아니면 다행입니다만 몽혼은 또 언제 만났던 것입니까? 그리고 보니 무림칠대미녀를 모조리, 아니다, 군마맹의 쌍둥이 중에 한 명은 아직 못 만났으니 육대미녀를 만난 셈이군요. 허, 정말 용하십니다."

"그럼 뭐 하냐. 실속이 없는걸. 아, 구름이 얘는 왜 이리 내 맘을 태울꼬?"

장자경이 갑자기 쿡쿡 웃었다.

"다른 건 잘도 잊으시면서 사마 낭자는 용케도 잊지 않는군요? 그런

걸 보면 사마 낭자에 대한 마음이 애틋하긴 애틋한가 봅니다?"

사마영문이 생각나자 철무극은 또 팩 토라져서 세수하러 가버렸다.

걱정하던 일이 사라지자 마음이 편해진 장자경은 홀로 킥킥 웃어가며 점소이를 불러 아침을 준비시켰다.

아침도 먹는 둥 마는 둥 한 수저로 끝낸 철무극은 곧 객잔을 나와 걸었다.

장자경이 물었다.

"어디로 가려고요?"

"책이나 전해주고 여행이나 하련다."

"태산신녀는 어디 있는데요?"

"홍택호 근처의 마을에서 요양 중이다."

"멀지는 않군요. 강을 찾아서 배를 타고 가는 것이 빠르겠는데요?"

"그래라."

아직도 의기소침해 있는 철무극을 보며 장자경은 홀로 혀를 찼다. 이럴 땐 그저 조용히 지내는 것이 상책이다. 최화운과 함께 앞장서 부지런히 길을 줄였다.

그때였다.

"어이, 지존보! 지존보!"

뒤에서 크게 소리치며 헐레벌떡 달려오는 자가 있었다.

"어라? 장중달인데요? 지존보 무공록을 훔쳐 간 방정산을 찾던 호연삼괴 말입니다."

잠깐 멈춘 사이에 헐레벌떡 달려온 장중달이 도착하여 거친 숨을 몰아쉬었다.

"어이고, 힘들다! 야, 이 젊은 놈아! 표지를 남겼으면 어디 한곳에 머물며 연락을 기다릴 일이지 어딜 그리 쏘다녀? 찾아다니느라 진 다 빠지겠다! 늙은이, 뼁뼁이 돌리냐?"

"고향에 눌러앉아 있으니 궁둥이에 곰팡이 슬겠다며 자청하고 나선 사람이 누군데 또 보자마자 구박이슈? 가만, 눈두덩은 왜 퍼렇게 멍든 겁니까? 또 어여쁜 낭자를 보고 침 흘리다 한 대 얻어맞을 것 아뇨?"

장중달이 흠칫 놀라며 재빨리 고개를 돌렸다.

"고얀 놈, 늙은이를 놀릴 셈이냐? 쓸데없는 소리는 집어치워라."

괜한 호통으로 얼버무리는 것을 보니 장자경의 짐작이 딱 들어맞은 것 같았다.

"근처에 욕심낼 만한 미인이 있습디까?"

"젠장, 대낮에 웬 월궁항아(月宮姮娥)라고!"

"월궁항아? 그 정도로 미인이었단 말입니까?"

"사실은 말야……."

장중달은 말하지 않고는 못 배기겠다는 듯 뛰어온 쪽을 돌아본 후 말을 이었다.

"하마터면 혼을 빼앗길 뻔했지 뭔가. 오다가 보니 웬 여인이 앞서 걷고 있는 것이었어. 지나치면서 힐끗 바라보니 침이 절로 넘어가더군. 당장에 정신이 몽롱하고 다리가 후들거리는 것이 말이라도 한마디 걸어보지 않고는 못 배기겠더란 말일세. 그래서 은근슬쩍 수작을 부리는데 난데없이 별이 번쩍하지 않겠나. 언제 얻어맞았는지도 몰랐어."

"혹시 그녀가 바로 몽혼이 아니었소? 바로 뒤에 있단 말요?"

"정체를 알자마자 줄행랑을 놓았지만 힐끗 보니 좀 이상했어. 시무룩한 표정에 기가 팍 죽어 있는 것 같더라니까."

색을 밝히는 늙은 당나귀 장중달은 여자에게 뺨을 얻어맞고 왔으면서도 부끄러운 줄 모르고 잘도 떠들어댔다.

"지존보에게 한 대 얻어맞았으니 의기소침할 수밖에."

"엥? 역시 그런 것이었어? 이 녀석, 아니, 역시 지존보로구먼. 기를 꺾어놨으면 날름 잡아먹어야……."

"허어, 우리 화운이 옆에 있는데 쌍소리가 심합니다그려!"

"어라, 이놈 보게? 강호의 골칫거리 난봉꾼이 갑자기 사람처럼 구네? 여자 하나 꼬드겼다고 사람처럼 구는 게냐?"

"노인네, 잘 들으시오. 이 장자경은 이미 그 업계에서 은퇴했소이다. 다시는 그 진창에 발을 디딜 마음이 없단 말이오. 그러니 말 가려서 하시구려."

"어, 이놈……."

장자경의 표정이 워낙 진지했는지라 장중달은 어안이 벙벙하여 말을 잇지 못했다.

장자경이 말했다.

"재미없는 얘기는 집어치우고 방정산 얘기나 합시다. 그녀를 찾았소?"

장중달의 표정이 잔뜩 일그러졌다.

"소문대로 불여우야. 쫓기고 있다는 걸 뻔히 아는지라 움직임이 여우처럼 약삭빨라. 사오 일 전에 누군가를 만난 것까지는 알아냈는데 그 후론 오리무중이란 말야. 숨겨줄 자를 찾아낸 거야."

"어떤 자인지 모른단 말이오?"

"회북의 부자 동네인 청류호동(青柳胡同) 골목에서 사라졌으니 근방 어느 놈일 게야. 지금 두 형님이 찾고 계신다."

"거기라면 주로 명문 거족들이 모여 사는 곳인데? 그런 곳의 인간들이 사파의 요녀를 감춰준다? 하긴 그걸 팔아먹었을 테니."

"그게 뭔데?"

"알려고 하지 마시구려. 괜히 얻어 터져요."

방정산이 차지한 물건이 철무극의 것임을 짐작한 장중달은 괜한 욕심이 생겨 침을 꼴깍 삼켰다.

"쓸데없는 생각 말고 맡은 일이나 확실히 해요. 우린 홍택호 쪽으로 갈 겁니다. 필요하면 표지를 따라 연락해요."

"이놈이 돈 한 푼 안 주면서 아랫사람처럼 막 부려먹네? 너, 혼나고 싶냐?"

"내가 어린애요, 혼나게? 그리고 딱 잘라서 말해볼까요, 누가 이득을 많이 보았는지 말이오? 그리고 이건 노인장들도 재밌다고 나선 일이 아니오?"

"알았다, 알았어. 어린놈이 잇속은 밝아가지고."

할 말이 없어진 장중달은 이내 몸을 돌려 가버렸다. 하지만 얼마 걷지도 못하고 우뚝 멈추어 섰다. 앞쪽에서 그 무시무시한 몽혼 당청청이 걸어오고 있었던 것이다.

잠시 안절부절못하던 장중달은 슬금슬금 길 옆으로 비켜섰다가 이내 꽁지가 빠져라 줄행랑을 놓았다.

당청청은 본 척도 하지 않았다. 차갑게 굳어진 표정으로 묵묵히 앞만 보고 걸을 뿐이었다.

당청청은 철무극 일행과 오 장여의 간격을 두고 멈추어 섰다. 두 눈에서는 증오의 불길이 솟구치고 있었지만 당장 날뛰지는 않았다. 다른 것은 관심도 없다는 듯 철무극만 노려보았다.

당청청을 보고 고개를 갸웃거리던 철무극이 홀로 중얼거렸다.

"거참 요상하다? 저 못된 것이 어떻게 나의 폐혈 수법을 풀었지? 정파의 무공은 과연 만만한 것이 아니로구나!"

황보존일이 도와준 사실을 모르는 철무극은 당청청의 수법이 고명하다고 감탄했다.

철무극은 이내 흥미를 잃고 걷기 시작했다.

장자경이 물었다.

"지존보를 찾아온 것 같은데, 그냥 갑니까?"

"저런 못된 것이라면 제아무리 어여뻐도 수작 부릴 맘이 안 생겨. 다시 손써볼 용기도 없는 것이 자존심은 남아서 어떻게 해볼 기회나 찾는 게지. 일없다."

"그녀의 무공이 정말 그토록 무섭습니까?"

"나를 놀라게 만든 무공은 별로 없었다."

"그 정도였단 말입니까?"

"가자."

"네."

장자경은 앞장서 걸으면서도 호기심을 누르지 못하고 연신 뒤를 돌아보았다. 최화운에게 옆구리를 꼬집힌 후에야 깜짝 놀라 걷기에만 열중했다.

당청청은 싸늘하게 굳어버린 표정을 풀지 못하고 철무극 일행을 쫓았다.

원한을 불태우며 달려들지도, 가까이 다가가 말을 걸지도 않았다. 다만 일정한 간격을 유지한 채 졸졸 뒤만 쫓을 뿐이었다.

그녀가 하는 일은 오직 한 가지, 철무극을 살피는 것이었다.

철무극이 어떻게 걸으며 표정은 어떻고 말투는 어떠하며 무엇에 관심을 두는지를 하나도 놓치지 않고 살폈다. 장자경이 은근슬쩍 말을 걸어보려 해도 전혀 틈을 보이지 않았다.

처음으로 패배를 당해본 그녀는 상대를 향한 증오심을 떨쳐 버리지 못했다. 어떻게든 받은 만큼 돌려줘야겠다는 생각뿐이었다.

하지만 그것이 결코 쉽지 않다.

상대의 무공은 너무 강하고 악독해서 감히 도전해 볼 용기가 나지 않았다. 오히려 그 무시무시한 무공에 경도되어 매혹을 느낄 지경이었다. 증오심보다는 어쩌면 무공에 대한 열망 때문에 철무극을 졸졸 쫓고 있는지도 몰랐다.

그런 상반된 감정으로 인해 그녀는 현재 큰 갈등을 겪고 있는 중이었다.

철무극은 물론 당청청의 속을 뻔히 읽고 있었다.

그 역시 젊었을 때는 무공이 강한 자들을 향해 무조건적인 증오와 동경심을 지녔던 경험이 있었다. 무공에 대한 집착이 강할수록 그런 마음이 강할 수밖에 없다.

당청청의 독하고 단호한 성격이 맘에 들지 않을 뿐, 특별히 미워할 이유가 없는지라 졸졸 따라다니며 살피는 것도 그냥 두었다. 만약 별 볼일 없는 자가 이토록 귀찮게 했다면 벌써 두들겨 패서 쫓아 보냈을 것이다.

다른 때 같았으면 슬금슬금 약을 올리며 즐거워했을 테지만 사마영문에게 또 한 번 걸어채인 직후인지라 농을 즐길 마음도 일지 않았다. 모르는 척 길만 줄였다.

곧 작은 포구 마을에 도착했지만 배가 뜨진 못했다. 날씨가 풀릴수록 유빙이 많아져 배를 떼우기가 더욱 어려워졌기 때문이다.

철무극 일행은 할 수 없이 반나절을 더 걷고 하룻밤을 쉰 후에야 배를 얻어 탈 수 있었다.

홍택호까지는 그리 멀지 않았다.

"지존보!"

작고 아담한 산사의 틀에 쭈그리고 앉아 땅에 그림을 그리며 놀고 있던 혜명은 문을 밀치고 들어서는 철무극 일행을 보고 너무도 반가운 나머지 팔짝 뛰며 부르짖었다. 장자경과 최화운이 없었다면 날름 달려들어 철무극을 끌어안았을 것이다.

철무극과 헤어진 후 늘 외로움을 느껴와서 그런지 다소 초췌한 모습이었지만 작고 순수한 모습은 처음 보았던 그대였다. 목에 두른 새하얀 여우 목도리가 유난히 돋보였다. 물론 백아였다.

"응, 혜명이구나. 잘 있었어?"

"난, 나는 무척 심심했어요. 사부님은 요양 중이시고, 말을 나눌 사람도 없었어요."

"심심했어?"

"네. 그런데 일은 다 본 거예요? 그 시주, 구름이는 만나셨나요? 애를 낳고 왔어요?"

혜명의 순진한 물음에 장자경은 하마터면 소리 내어 웃을 뻔했다. 도사나 중들이 세상 물정 모른다는 말은 들었지만 이 어여쁜 어린 여도사처럼 아무 말이나 거리낌없이 하는 사람은 처음이었다.

"하여튼 희한한 여자들만 사귄다니까."

장자경이 최화운을 바라보며 혀를 내둘렀지만 철무극은 진지하기만 했다.

"애를 낳기는커녕 만나지도 못했다. 나는 그녀에게 또 걷어차였어. 그래서 슬프다."

"그녀가 그대를 걷어찼단 말인가요? 그녀는 화가 났나요? 그대가 밉거나 보기 싫대요? 차인 곳이 아프진 않아요?"

"그냥 가슴이 아프다."

"어머, 가슴을 걷어차였군요? 상처가 심하진 않아요?"

"심하다."

"약은 발랐어요? 내가 발라줄까요?"

"마땅한 약도 없어."

"그럴 리가… 우리 관일문에는 좋은 약이 많아요. 어디, 내가 한번 볼게요."

혜명은 정말 철무극의 가슴을 보겠다는 듯 달려들었다. 오매불망 그리워하던 사람이 다쳤다는 말에 마음이 아팠던 것이다.

철무극이 말렸다.

"그런 상처가 아니야. 사부는 잘 있냐?"

"어머, 내 정신 좀 봐. 손님들이 오셨는데 사부님께 전하지도 않았네? 사부님! 사부님!"

혜명은 언제 철무극을 걱정했냐는 듯 려봉옥이 요양 중인 방을 향해 쪼르르 달려갔다.

장자경이 어이없는 표정으로 철무극을 돌아보았다.

"좀 모자란 겁니까? 어여쁜 여도사가 안됐군요."

"모자란 것이 아니라 넘쳐서 문제가 되는 아이다."

"넘쳐요? 뭐가요?"

"몰라도 돼."

"혼자 알고 있으면 좋은 일 생긴답니까? 태산신녀의 제자가 맞는 겁니까?"

대답은 다른 사람이 대신 해주었다.

"아……!"

옆에 있던 최화운의 입에서 탄성이 터졌다.

장자경을 따라 철무극을 쫓아다니는 동안 미인이라고 이름난 여인들을 제법 만나보았지만 지금 문을 밀치고 나서는 중년의 여도사만큼 특별하고 아름다운 여인은 단연 처음이었다.

창백했던 얼굴에 이제 겨우 화색이 돌기 시작하여 발그레한 볼은 깨물어주고 싶을 정도로 탄력이 넘쳤다. 깊고 그윽한 눈에는 지혜와 고귀함이 넘쳐 났으며 반듯한 몸가짐은 품위가 돋보였다.

팔방미인이라 하더니만 그런 미사여구에 딱 어울리는 여인이 바로 태산신녀 려봉옥이었다.

장자경 또한 놀라서 입을 딱 벌렸다.

"사마영문, 설영로, 방정산, 고옥려와 당청청이 나름대로 독특한 기질과 아름다운 모습을 지니긴 했지만 이 한 명의 여도사에게는 미치지 못하겠구나. 그래서 강호칠대미녀의 우두머리로 불리는 것이야."

저도 모르게 감탄사를 연발하던 장자경은 려봉옥의 눈매가 서늘해짐을 느끼고는 재빨리 입을 다물었다. 태산신녀는 과연 타인을 억누르고 제압하는 위엄까지 지니고 있었던 것이다.

그런 모습의 태산신녀 려봉옥도 철무극 앞에서는 애와 같았다.

"뭐 하러 나와? 들어가서 얘기하자."

"네."

고분고분 대답하는 모습도 전혀 일문의 주인답지 않았다. 하지만 장자경이나 최화운을 대할 때는 서릿발처럼 차갑고 단호했다.

"혜명아, 두 분에게 거처를 마련해 드려라."

관일문 일을 남에게 보이고 싶지 않았기에 두 사람에게 따로 거처를 정해준 것이다.

철무극이 혜명의 목에 감겨 있는 백아를 향해 말했다.

"백아 이놈아, 사람을 봤으면 아는 체라도 해야 할 것 아냐!"

갸릉.

백아는 낮게 한 번 그르렁거렸을 뿐, 고개조차 들지 않았다. 귀찮은 표정이 역력했다.

"뭔 일 있어?"

백아 대신 혜명이 고개를 돌려 대답했다.

"몰라요. 백아는 요새 통 말이 없어요. 잠만 자는 것 같아요."

"응, 알았다."

철무극은 다음에 알아보기로 하고 려봉옥을 따라 방으로 들어섰다.

철무극과 려봉옥이 한 방으로 들어서는 것을 보고서야 장자경은 혀를 내두르며 말했다.

"저러한 여인까지도 얌전한 새색시처럼 구는 걸 보면 지존보에게 확실히 남다른 매력이 있다는 말인데, 그걸 적절히 이용하지 못하는 것이 아쉬운 일이야."

옆방을 비워주었지만 장자경은 마루에 나와 앉아 혜명을 살폈다.

혜명 역시 두 사람이 들어간 방 앞에 앉아 방문만 바라보았다.

마당에 쭈그리고 앉아 그림을 그리던 모습과는 판이하게 달랐다. 잔뜩 흥분한 모습이 달뜬 소녀 같았고, 눈빛은 초롱초롱 빛났다. 입가의 가는 미소는 철무극을 향한 것임이 분명했다.

장자경이 문득 고개를 저으며 최화운을 바라보았다.

"화운, 뭔가 달라 보이지?"

최화운도 이상한 느낌을 받았는지 고개를 끄덕였다.

"보고 있으니까 저절로 빨려드는 느낌이에요."

"맞아. 옆모습만 보고 있었는데 나도 모르게 색심이 생겼어. 마치 추소소를 보는 것 같았어!"

"넘쳐서 문제라는 철 공자의 말은 그녀의 이러한 기질을 두고 한 말이었군요?"

"응, 그런 것 같아. 그런데 관일문 같은 명문정파에 어떻게 저런 제자가 생겼지? 전혀 어울리지 않잖아? 정말 흥미진진한 사제지간인걸."

어쩌면 사부와 제자가 한 남자를 맞이하는 전무후무한 일이 벌어질지도 모른다고 생각하며 장자경은 제멋대로 상상을 즐겼다.

"자경아."

철무극이 불렀을 때에야 제멋대로의 상상을 멈췄다.

"네?"

"가서 편안한 마차 한 대 구해봐라."

"벌써 떠납니까?"

"다친 사람, 집까지는 바래다 줘야지."

"네."

장자경은 최화운과 함께 곧 마을로 향했다.

철무극이 밖으로 나왔다.

"혜명이도 여행 준비 해야지?"

"관일문으로 돌아가나요?"

관일문으로 돌아가면 영영 밖으로 나오지 못할 것이라고 생각한 혜명은 벌써부터 우울해지기 시작했다. 간단한 보따리를 싸면서도 내내 입을 열지 않았다.

장자경이 곧 마차를 한 대 빌려왔다. 철무극 일행은 곧 마차에 올라 태산을 향했다.

장자경과 최화운은 관일문의 사제 간을 흥미로운 눈길로 관찰했다. 혜명은 사부를 부축한 채 말이 없다. 철무극도 창밖만 바라볼 뿐 입을 다물고 있었다.

"이랴! 이랴!"

마부만 홀로 말 궁둥이에 채찍질을 하며 길을 재촉했다.

물가에 이르러 마차에서 내렸다.

눈앞에 펼쳐진 드넓은 호수는 바로 홍택호였다. 호수를 가로지르거나 위하를 타고 오르는 배들, 저 멀리 운하로 들어서 강북으로 향하는 조운

선도 많았다.

러봉옥의 부러진 다리가 비록 남달리 빠르게 아물고는 있지만 여행에는 무리다. 그래서 일부러 배를 이용하려는 생각이었다.

장자경은 곧 운하를 타고 북상하는 곡식 운반선을 찾아 승선을 허락받았다. 하지만 내일 아침에야 출발하는 배였다. 일행은 객잔을 찾아 머물며 아침이 되기를 기다렸다.

배가 출항한 후에도 마찬가지였다.

러봉옥은 번거로움을 피해 선실에서 요양에만 힘썼다.

혜명은 늘 사부 옆에 붙어 간호를 했지만 마음은 온통 철무극에게 향해 있었다. 관일문으로 돌아가면 다시는 나올 수 없다는 불안감을 철무극이 해결해 주기를 간절히 바라고 있었다.

시간이 지나면서 철무극은 차츰 쾌활해졌다.

강호에 나온 이후 늘 즐겁고 쾌활하게 지내왔으며, 건망증 때문에 좋지 않은 기억들도 곧잘 잊는지라 우울한 기분이 오래가지 못했다. 장자경과 농담을 즐겼으며, 간혹 사마영문이 생각날 때만 인상을 찡그리곤 했다.

철무극의 기분이 좋을 때를 기다린 장자경이 참지 못하고 물었다.

"도대체 저들 사제 간과는 어떤 사입니까?"

"뭔 소리냐?"

"태산신녀가 지존보를 바라보는 시선도 심상치 않고, 그 제자의 눈길은 오로지 지존보만 쫓고 있지 않느냐 말입니다. 설마 둘 다 건드린 것은… 아코!"

장자경은 또 이마를 감싸쥐고 나뒹굴었다.

"함부로 남의 입에 오르내릴 사람이 아니다. 구슬이가 일문의 주인임을 잊지 말아라."

"우씨, 말로 하지 왜 때려요? 나도 이제 어엿한 가장이란 말입니다!"

"가장이면 가장답게 말도 조심해야지!"

"으이그, 이럴 땐 말도 잘해요!"

본전도 못 찾은 장자경은 입을 다물고 얌전해질 수밖에 없었다.

운하를 타고 하루종일 북상하던 조운선은 날이 저물기 시작할 때에야 포구에 이르러 닻을 내렸다.

철무극 일행도 배에서 내려 객잔을 찾았다.

혜명은 밤에 잠을 이루지도 못했다. 늘 철무극이 잠든 방을 기웃거렸지만 끝내 용기를 내지 못했다.

조운선은 하루종일 운하를 타고 북상했다. 해가 지면 포구에 정박하여 닻을 내렸고, 동승한 선객들은 배에서 내려 객잔을 찾아 머물렀다.

그렇게 삼 일을 운항한 조운선은 운하를 벗어나 황하에 들어섰다. 날이 저물어 닻을 내렸다.

혜명은 그날 밤도 잠을 이루지 못하고 객잔 안팎을 거닐며 방황했다.

스윽.

밤이 깊어갈 무렵, 한줄기 인기척이 객방을 향해 스며들었다. 다름 아닌 철무극이 잠들어 있는 방이다. 혜명은 흠칫 놀라며 재빨리 객방으로 다가갔다.

누구인지 확인하려 했지만 굳이 그럴 필요는 없었다. 창밖으로 새어나오는 야릇한 음성이 귀에 익다.

"내가 왔는데 반갑지 않단 말이에요?"

바로 일전에 만난 적이 있는 군마맹의 고옥려였다. 노골적인 그녀는 목소리마저도 거침이 없었다.

"설마 또 내가 누군지 모른다고 할 작정이에요? 나예요, 고옥려!"

"누가 모른다고 했냐? 갑자기 이불 속으로 파고드니 좀 놀랐을 뿐이다."

"거봐요. 난 매번 이렇게 오고 가는데 지존보는 그걸 잊었잖아요. 난 지존보가 나를 잊는 것이 싫어요."

"그게 어디 내 맘대로 되냐?"

"안 되면 되게 하라. 오늘은 확실히 나를 인식시켜 놓고 말겠어요."

"무엇으로?"

"경험해 보면 알죠. 호호, 그럼 시작할까요?"

"안 돼. 혜명이 가까이 있다. 그 애가 보면 좋지 않아."

"고 앙큼한 것! 여자가 되지 못해 지존보만 훔쳐보는 것은 신경 쓰지 말아요! 흥! 훔쳐볼 테면 보라지? 누가 신경이나 쓸까?"

혜명을 향한 질투 때문인지 고옥려는 더욱 대담하게 철무극을 끌어안았다.

"고런 앙큼한 계집에게는 절대로 안 뺏겨요!"

마구 입을 맞추며 옷을 벗기는데 그 기세가 성난 암사자 같았다.

밖에서 엿듣던 혜명은 고옥려의 노골적인 적대감에 얼굴을 붉히며 그 자리를 떠나려 했다. 하지만 그것이 쉽지 않았다.

다음에 일어날 일이 어떤 것인지 궁금해서 도무지 발이 떨어지질 않았다. 혜명은 얼어붙은 듯 그 자리에 멈추어 안에서 들리는 소리에 귀를 기울였다.

"음음……."

야릇한 신음 소리는 무척이나 귀를 자극했다. 거칠어지는 숨소리는 심장을 무섭게 뛰게 만들었다.

사라락사라락.

몸을 비비며 움직이는 소리는 솜털을 곤두서게 만들었다. 차갑고 뜨거운 전율이 번갈아가며 전신을 관통하는 것처럼 몸이 꼬이고 입 안이 말랐다.

"갸릉, 갸르릉."

고통인지 기쁨인지 모를 야릇한 비명 소리는 온몸을 불처럼 뜨겁게 달구었다. 심장이 너무 빠르게 뛰어서 당장이라도 몸 밖으로 튀어나올 것만 같았다.

사나운 승려와 도사들에게 납치되어 세상에 나온 이래 혜명은 늘 궁금했다. 산사의 조용한 수도 생활이 어떤 의미였는지, 세상은 과연 어떻게 돌아가는지, 남녀의 일은 어디서 시작되고 어디로 흘러가는지.

철무극이 그것을 알려주길 바랐다. 하지만 사부요 어머니인 려봉옥은 결코 승낙하지 않았다. 철무극과 단절시켜 놓고 늘 감시했다.

이번 기회마저 놓친다면 아마도 평생 남녀의 일에 대해 알 수 없을 것이다. 놓치고 싶지 않았다.

호기심을 참지 못한 혜명은 덜덜 떨리는 손으로 조심스럽게 창문을 열었다.

"안 돼요! 그냥 해요! 그녀는 신경 쓰지 말아요!"

고옥려는 확실히 변태적인 경향이 강했다. 창밖에서 혜명이 훔쳐보고 있다는 사실을 알면서도 더욱 힘차게 철무극을 끌어당겼다.

"갸르릉! 갸르릉!"

고양이 신음 소리도 더욱 거칠어졌다.

혜명은 숨을 쉴 수가 없었다.

철무극과 고옥려는 자신이 창밖에 있다는 사실을 잘 알고 있다. 그러면서도 전혀 거리낌 없이 육욕을 즐긴다. 그것은 오히려 조롱하는 것과 같았다.

수치스러웠다. 얼굴이 더욱 달아오르며 당장 떠나고 싶은 마음이었다. 하지만 그럴 수 없었다.

부끄럽고 창피스러운 것보다 더욱 강한 호기심이라는 것이 몸을 붙잡고 놓아주지 않았다. 고개조차 돌릴 수 없었다. 정신과 육체가 방 안의 두 사람에게 집중되어 눈을 돌릴 수 없었다.

"윽윽!"

높아지는 신음 소리를 따라 손발에 힘이 들어갔다. 너무 힘주어 주먹을 움켜쥐어서 손톱이 손바닥을 파고들어 갈 정도였다. 몸이 경직되면서 덜덜 떨리기 시작했다.

주르륵.

눈물이 흘러내렸다.

이유는 알 수 없었다. 혜명은 그렇게 눈물을 흘리며 방 안의 두 사람을 훔쳐보았다.

"아악!"

두 사람이 절정에 올라 비명을 지를 때 혜명도 함께 비명을 질렀다.

번갯불이 수도 없이 떨어져 내려 몸을 관통하는 것 같았다. 사지가 뻣뻣하게 굳어버리고 몸이 사시나무처럼 바들바들 떨렸다.

"으음."

혜명은 뒤통수를 후려치는 강렬한 쾌감을 이기지 못하고 털썩 주저앉고 말았다. 그토록 강하게 경직되었던 근육이 한순간에 풀려 버린 것이다.

"흥!"

방 안에서 고옥려의 비웃음 소리가 들려왔다.

"저 계집애도 추소소와 같은 물건이죠? 아주 위험한 계집이에요. 왜 저런 것을 가까이하려는 거예요?"

"네가 신경 쓸 일이 아니다."

"흥, 어떤 꼴을 하고 있나 구경이나 해봐야지."

부시럭거리며 일어서는 소리에 혜명은 기겁을 하고 말았다. 너무도 강렬한 호기심 때문에 훔쳐보긴 했지만 직접 얼굴을 맞대는 일이 생긴다면 수치심을 견딜 수 없을 것 같았다.

후닥닥.

혜명은 재빨리 공력을 일으켜 풀어진 근육에 힘을 넣고 도망치듯 그곳을 떠났다.

"심한 짓 하지 말아라. 그러다 혼난다."

"쳇, 너무 편애하는 것 아니에요? 그것 아니면 볼 것도 없는 작은 계집앤데."

"온 이유나 말해봐."

"꼭 이유가 있어야 오나요? 지존보 오빠가 보고 싶어서 왔죠. 아이도 낳고요."

"……."

"좋아요. 하지만 한 번 더 하고요. 호호, 서두를 것 없잖아요?"

혜명을 쫓아낸 고옥려는 서두르지 않고 불을 지피기 시작했다.

그녀는 늘 불처럼 뜨거웠으며, 언제든 달아오를 수 있는 몸을 지니고 있었다. 새벽까지 놓아주지 않고 차근차근 철무극을 녹여놓았다.

"호호, 너무 좋았어요. 언제나 다른 일 신경 안 쓰고 지존보와 둘이만 오붓하게 즐길 수 있을까요?"

"네 마음에 가득 들어 있는 야심을 버릴 수 있겠느냐?"

"야심이 있다고 즐기지 못할까요?"

"그럼 오붓하게라는 말은 빼야지."

"쳇, 좋아요. 찾아온 이유를 말할게요."

"그래라."

"시찬이는 군마맹 임시 거처로 돌아갔어요. 무공이 일취월장하는 시기라 집중적인 교육이 필요하다고 여겼기 때문이에요."

"내 일 아니다."

"모 장로님께서 감사하다는 말을 꼭 전하라고 하셨어요."

"……."

"우리는 일단 모든 외부 활동을 중지했어요. 사파연합이 꼬리를 끊고 자취를 감추었기 때문이에요. 대신 정보 수집에 총력을 기울이고 있어요. 사파연합의 우두머리를 찾아 건곤일척(乾坤一擲), 끝장을 보자는 뜻이죠."

"함부로 건드리지 마라. 보통 놈이 아니다."

"누군지 알고 있군요?"

"원음당 모가에게 물어보면 그가 누군지 알 것이다."

"원음당? 설마 천마신군과 자웅을 겨루던 당시의 사파연합 모사를 두고 말하는 건가요? 혈영귀노?"

"뒤에 숨어 상황을 조종하고 있을 것이다."

"설마……?"

"그렇게만 전해라."

고옥려는 한차례 찬바람을 들이켰다.

옛날 기록을 보긴 했지만 설마 그 당시의 혈영귀노 원음당이 아직까지 살아 있다고는 생각해 보지 않았다. 살아 있다면 구십에 이르는 나이다. 삼십 년을 두고 준비해 왔다면 절대 보통 일이 아니다.

"그가… 정말 살아 있는 건가요?"

"……."

철무극은 귀찮다는 듯 눈을 감고 잠을 청했다.

고옥려는 새로 알게 된 뜻밖의 정보에 놀라 방금 전까지 즐기던 쾌락의 여운마저 일시에 날아가는 것을 느꼈다. 철무극이 없는 일을 꾸며낼리 없다고 생각한다면 역시 보통 일이 아니다. 즉시 돌아가 새로이 대책을 강구해야 할 판이다.

"이만 가볼게요. 또 만나요."

인사도 대충 하고는 이내 창문을 통해 사라져 버렸다.

철무극은 신경 쓰지 않고 잠에 빠져들었다.

배를 갈아탄 일행은 황하를 따라 흘러 제남(濟南)으로 향했다. 그곳에서부터는 걸어서 태산까지 가야 했다.

혜명은 그날 이후 내내 고개를 들지 못했다.

심신의 청정을 첫째 덕목으로 여기며 수련하는 출가인이 어떻게 그러한 행동을 할 수 있었는지 스스로를 용납할 수 없었다. 관일문에 잡아두려는 사부의 엄격함에 반발하는 것과는 전혀 다른 일이다. 스스로가 저지른 잘못이기 때문이다.

부끄럽고 수치스러워 견딜 수가 없었다. 고옥려의 비웃음 소리가 귀에 박혀 떠나질 않았다. 차라리 한시라도 빨리 관일문으로 돌아가 다시는 세상에 나오지 않기를 바랄 정도였다.

바짝 움츠러든 마음 때문에 언제 태산에 오르고 관일문에 도착했는지도 몰랐다.

혜명은 관일문의 산문을 들어선 후에야 문득 고개를 돌려 철무극을 바라보았다. 슬픔이 가득한 눈이었다.

철무극은 빙긋 웃어줄 뿐 말이 없었다.

혜명은 절망감을 느끼며 몸을 돌릴 수밖에 없었다. 그 모습이 마치 도살장으로 끌려가는 소와 같았다.

려봉옥과 혜명이 제자들의 마중을 받으며 산문 안으로 사라지자 철무극은 곧 몸을 돌렸다.

장자경이 물었다.

"그냥 갑니까? 여기까지 왔는데 관일문 구경도 안 하고 그냥 가요?"

"태산이나 돌아보자. 그동안 살아오면서 태산 한번 올라보지 못했다니, 나도 참 한심하게 살았던 모양이다."

"구경하는 거야 좋지만 밥 한 끼 대접한다는 말도 없다니, 태산신녀가 이럴 수가 있나?"

"잔소리 말고 앞장서라. 천하 명산이 어떤지 한번 보자."

"산천 유람이라면 나도 빠지기 않는 몸입니다. 가시죠."

셋은 유람 나온 부잣집 자제들처럼 건들건들 태산의 경치를 즐기며 유람했다. 오랜만에 만난 한가로움을 즐기며 이틀 동안 이곳저곳을 돌아보았다.

방해하는 사람도 없었다.

실수들을 모두 잃은 사파연합에서는 더 이상 무리한 공격을 감행하지 않았고, 귀찮게 굴던 황보존일도 언제부터인지 모습을 감추고 나타나지 않았다.

번거로운 일이 없으니 여행은 더욱 즐거웠다. 사마영문을 떠올린 철무극이 간혹 인상을 찡그리며 우울해할 뿐이었다. 물론 오래가진 않았다. 돌아서면 잊어먹고 이내 경치를 즐기며 웃고 떠들었다.

"내일은 어디로 갈까요? 대충 돌아본 것 같은데?"

"대충 돌아봤으면 떠나야지. 한세상 여기서 살래?"

"어디로 가게요?"

"발길 닿는 대로."

"태산신녀나 혜명 도사는 포기하는 겁니까? 아까울 텐데요?"

"구슬이는 책임감 때문에 관일문을 떠날 수 없단다."

"그 어린 여도사요? 자세히 살펴보니 산에서 살 여인은 아닌 것 같던데요?"

"그 애는 데려가야지. 저기 오는구나."

"네?"

어리둥절한 장자경이 고개를 갸웃거리며 돌아보니 정말로 그녀가 달려오고 있었다. 눈을 씻고 봐도 혜명이 분명했다.

"아니, 어떻게 된 겁니까?"

"뭘 어찌 돼? 구슬이도 저 애가 산에서 살 운명이 아님을 알고 절차에 따라 파문(破門)하고 세상에 내보낸 것이지."

"그녀를 기다리느라 태산 구경이나 하고 있었던 것입니까?"

"구경 잘했으면 됐지, 뭘 따져?"

장자경은 뭔가 속은 듯한 기분이 들어 잔뜩 인상을 찡그렸다.

헐레벌떡 달려온 혜명이 철무극 앞에 멈추어 숨을 몰아쉬었다.

"지존보, 난, 나는 파문되었어요. 다시는 관일문으로 돌아갈 수 없어요. 사부님도 뵐 수 없어요. 나는 더 이상 관일문의 제자가 아니에요."

"슬프냐?"

"네. 난 무척 슬퍼서 마구 울었어요. 하지만 지존보를 다시 만날 수 있게 되어 너무 기뻤어요. 난, 나는 어찌 된 일인지 모르겠어요."

"이유는 알아서 뭐 해. 가자."

"네. 그리고 전 더 이상 혜명이 아니에요. 사부님께서… 사부님께서 소명(素明)이란 이름을 주셨어요. 성씨는 사부님을 따라 려 씨로 하라고 하셨어요. 저는 이제부터 려소명이에요."

"좋으냐?"

"네……."

"하지만 세상은 시끄럽고 번거롭다. 그건 알아야 한다."

"네."

혜명, 아니, 파문을 당하고 새로 세상에 나온 려소명은 방긋 웃으며 쾌활하게 걸었다.

장자경은 마치 오래된 연인처럼 나란히 걷는 철무극과 려소명을 보며 대체 무슨 일이 일어난 것인지 알 수가 없어 어리둥절했다.

第五章

少女와 女人

少女와 女人

"그렇게 차려입으니 딴사람 같구나."

"정말요? 늘 도복만 입다가 평상복을 입으려니 어색해요. 너무 꼭 끼는 것 같아서 불편해요."

"보기 좋다."

늘 풍성하고 거친 도복만 입다가 평상복을 입게 된 려소명은 기쁨과 설레임을 감추지 못하고 연신 자기 모습을 돌아보았다.

장자경과 최화운도 려소명의 달라진 모습을 보고 혀를 내둘렀다.

"옷이 날개라더니, 사람이 완전히 달라 보이네."

엄숙하고 고요하게 보이던 모습이 쾌활하고 산뜻하게 바뀌었다. 단지 옷을 갈아입었을 뿐임에도 불구하고 분위기가 완전히 바뀌었다.

"귀공녀(貴公女) 같아요. 목에 두른 여우 목도리가 유난히 돋보이죠?"

"크크, 저런 살아 있는 여우 목도리를 한 사람은 세상에 하나뿐이지. 만날 걸어차이기만 한다던 지존보가 그래도 한 명은 건진 셈인가?"

"잘됐으면 좋겠어요."

"잘되겠지."

려소명에게 다가가 한바탕 칭찬을 해댄 장자경이 철무극을 향해 물었다.

"이제 어디로 갑니까?"

"벌여놓은 일 마무리해야지. 방정산을 찾자."

"네. 그럼 또 남쪽으로 내려가야겠네요? 배편을 알아보도록 하죠. 이제 날씨도 많이 풀렸고 얼음도 녹기 시작했으니 배 구하기는 어렵지 않을 겁니다."

날씨는 하루가 다르게 따뜻해지고 있었다. 어느새 봄이 저만치 와 있었던 것이다.

"이왕지사 되었으니 우리도 새옷으로 갈아입자. 때 빼고 광 내면 기분도 달라지겠지."

"그거 좋죠. 그런데 돈은……?"

"난 없다."

"그럼 또 내가 다 써야 한단 말입니까?"

"돈 가지고 쩨쩨하게 굴지 말아라. 있다가도 없고 없다가도 생기는 돈 아니냐."

"있다가도 없어진다는 말은 믿어도, 없다가도 생긴다는 말은 안 믿어요. 있을 때 아끼고 없는 돈도 만들어야죠."

"싫다는 게냐?"

"아니, 뭐. 이거 다 장부에 적어둘 겁니다. 돈 생기면 꼭 갚으세요."

"쪼잔한 놈 같으니."

"쪼잔해야 먹고살죠! 나도 이제 가정을 꾸밀 것이란 말입니다."

"그래, 너 잘났다. 옷이나 사자."

장자경은 구시렁거리는 것을 멈추지 않으면서도 곧 옷을 고르기 시작했다.

모두들 산뜻한 봄옷으로 갈아입었다. 다소 이른 시기이긴 했지만 모두들 무공으로 단련된 몸인지라 옷이 얇다고 추위를 타지는 않았다.

"이젠 때 빼러 가죠."

오히려 신이 난 장자경이 먼저 나서서 객잔을 찾아들어 목욕물을 준비시켰다.

목욕까지 하고 나니 기분이 확실히 달라졌다. 마치 남들보다 먼저 봄을 맞은 느낌이었다.

두 쌍의 청춘 남녀가 길로 나서자 사람들이 모두 눈을 크게 뜨고 바라보았다. 네 사람 모두 빼어난 용모를 지닌 사람들인지라 그 아름다움에 반해 수군거리기에 바빴다.

기분이 좋아진 그들은 희희낙락 휘파람을 불어가며 거리를 활보했다.

제남성(濟南城)의 복잡한 거리를 지나 선착장에 이르자 그곳도 분주하긴 마찬가지였다. 날이 풀리면서 선박의 왕래가 한층 활발해졌기 때문이다.

배편을 알아보러 먼저 나서려던 장자경이 힐끗 뒤를 돌아보고 눈을 크게 떴다.

"저 여자, 아직도 따라오네? 홍택호에서 슬그머니 없어져 아주 가버렸나 했더니만 여기까지 쫓아왔네요."

돌아보니 바로 몽혼 당청청이었다.

려소명이 말했다.

"아, 저 시주, 아니, 여자 분 얼마 전에 우리 관일문에… 왔었어요. 사부님을 만나러 왔었죠. 하지만 부상 중이라 직접 만나시진 않았어요."

파문당하여 이젠 더 이상 관일문의 제자가 아니었지만 려소명은 말투를 고치지 못했다.

장자경이 말했다.

"몽혼이 태산신녀를 만나려고 했단 말이오? 일전을 겨루어보고 싶었던 모양이군."

확실히 그랬다.

당청청은 철무극 일행이 배를 타고 태산으로 향한 것을 알고 잠시 자기 일을 본 후 곧바로 뒤를 쫓아왔다. 그리고 관일문에 정식으로 도전장을 내었고, 려봉옥은 부상을 이유로 논검을 거절했다. 실망을 느낀 당청청은 그 후 철무극의 뒤를 밟아 이곳까지 온 것이다.

"제풀에 지치면 없어지겠지."

"네."

장자경은 곧 최화운과 함께 배편을 알아보기 위해 나섰다.

철무극은 려소명과 함께 선착장 근처 물가를 걸으며 한가로운 여가를 즐겼다.

려소명은 마치 새로 태어난 어린아이처럼 모든 것을 새롭게 관찰하며 즐거움을 만끽했다. 그 모습이 너무도 활기차고 진지하여 스스로 밝은 빛을 뿜어내는 것 같았다.

철무극은 뒤를 따르며 물어오는 말들에 대답해 주고 설명해 주며 함께 즐거워했다. 당청청이 여전히 거리를 유지한 채 따라붙고 있었지만 전혀 신경 쓰지 않았다.

얼마 후, 장자경이 배편을 구했다며 불렀다.

일행은 점심을 먹은 후 강남으로 향하는 상선에 올랐다.

당청청도 슬그머니 함께 배에 올랐다. 물론 단 한 번도 아는 체를 하거나 말을 걸어오지는 않았다.

강물 위에는 아직도 유빙이 떠다니고 있지만 저 멀리 아스라한 곳에서는 아지랑이가 피어오르기 시작했다.

"저기 좀 봐요 아지랑이가 피어오르고 있어요. 벌써 봄이 오고 있어요!"

려소명은 무엇을 봐도 신기하고 재미있는 듯 쉬지 않고 재잘거렸다.

참새처럼 재잘거리는 것쯤은 충분히 들어줄 수 있었다. 쉬지 않고 질문을 해대는 것도 적당히 참아가며 대답해 줄 수 있었다. 하지만 밤에도 떨어지지 않으려는 것만은 다소 문제였다.

"세상을 경험하고 스스로 판단할 수 있을 때까지는 그 아이를 지켜주기를 바라요."

태산신녀 려봉옥과 철석같이 약속한 것이 바로 그것이었다. 참고 견디며 려소명에게 경험과 판단력을 길러주라는 말이었다.

혈기방장하고 틈만 나면 생각나는 여자 문제를, 더욱이 시시때때로 달라붙어 뭔가 해보고 싶어하는 여자를 두고 참아야만 한다는 것은 여간 어려운 일이 아니었다.

"참아라. 때가 되면 가르쳐 주마. 정 급하면 스스로 해결하든지."

"스스로요? 뭘 스스로 해결해요?"

"넌 자위도 안 해봤냐? 혼자 해결하는 것 말야."

"아뇨, 그렇게 하면 좋은가요?"

"해보면 안다."

"어떻게 해요?"

"으이그, 그거까지 가르쳐 주랴? 차라리 날름 먹고 말지."

"뭘 먹어요?"

"자라. 잠이나 자라고!"

"네."

려소명은 밤마다 풀 죽은 모습으로 자기만의 객방으로 돌아가야 했다.

운하를 타고 남하하던 상선이 제녕(濟寧)을 지나 하루를 더 여행한 후 밤에 닻을 내렸을 때, 호연삼괴 중 셋째 장중달이 달려왔다.

"대체 어딜 그토록 쏘다니는 게냐? 표지를 따라 벌써 천 리를 뺑뺑이 돌았다!'

보자마자 호통부터 쳤다. 물론 철무극에게 맞대놓고 치는 호통이 아니라 장자경을 향한 것이었다.

"볼일이 있어 태산까지 다녀오는 중입니다. 급한 일이라도 있는 겁니까?'

"찾았어. 방정산 그 계집이 숨어 있는 곳을 알아냈단 말이야. 계집을 끌어내리려다 벌써 세 번이나 싸움질을 벌였다. 정파 놈들을 건드려 놓았으니 서둘러 수습하지 않으면 크게 번진단 말이다."

"역시 정파의 그늘로 숨어들었군요. 어떤 자가 사파의 요녀를 받아준 겁니까?"

"서주(徐州) 만 씨(萬氏) 일가의 철검보(鐵劍堡)야. 만만한 자들이 아닌 것은 알았지만. 젠장, 우리 삼 형제가 달려들었는데도 담조차 넘지 못했다. 어? 이크!'

정보를 들려주던 장중달이 갑자기 눈을 크게 뜨며 놀랐다. 철무극 일행 뒤에 그림자처럼 따르는 몽혼 당청청을 보았기 때문이다. 그 몽롱한 미모에 혹해서 수작을 걸었다가 혼이 한번 난 기억이 있는지라 보기만 해도 가슴이 뜨끔했던 것이다.

장자경이 피식 웃어주며 중얼거렸다.

"철검보라……."

장자경은 철무극을 돌아보며 물었다.

"어쩔까요? 또 무작정 쳐들어갑니까?"

"어떤 자들인데?"

"강북에 존재하는 세가(世家) 중에서 가장 잘 나가는 두 곳 중 한곳입니다. '일도일검(一刀一劍)이면 강북제일' 이란 말도 있습니다. 물론 천외천이라 불리는 몇 군데 문파는 제외하고요."

"천외천 아래로는 제일가는 곳이란 말이지? 일도는 어딘데?"

"일도는 당연히 개봉(開封)의 일도문을 두고 이르는 말이죠. 화운의 본갑니다."

"흠, 그렇구나. 일단 가보자."

"네."

장자경은 다시 장중달을 바라보았다.

"갑시다. 앞장서시구려. 마차라도 빌려야겠어요."

"이런 망할 놈, 지금 나보고 마차를 빌려오란 소리냐? 너, 뒤질래?"

"아따, 그 노인네, 소리 한번 크네. 내가 돈이 없으니 노인네가 좀 쓰란 소린데 뭘 그리 발끈하는 겁니까? 챙긴 돈은 많을 것 아뇨."

"망할 놈, 옛다. 돈 줄 테니 네놈이 알아서 준비해."

"흐흐, 역시 화끈하신 노인네란 말야? 알았수. 내 후딱 준비하리다."

돈주머니를 받아 든 장자경은 두말없이 마차를 빌리러 나섰다.

저만치 뒤에 있는 당청청의 눈치를 살피고 신기한 물건 바라보듯 철무극을 힐끗거리던 장중달은 도저히 참지 못하겠다는 듯 입을 열었다. 몇 번 당해본 적이 있는지라 말투도 조심스러웠다.

"자네, 이번에 또 사고 쳤더군. 그 유명한 고죽선생을 대매에 때려죽이다니! 뒷감당을 어찌하려고 그런 대형 사고를 친단 말인가?"

"고죽선생? 뭐 하는 놈인데?"

"으잉? 몰라? 설마 자기 손으로 때려죽인 사람이 누구였는지도 몰랐단 말인가? 정파의 검도 고수로 추앙받던 고죽선생을 정말 몰라? 온몸의 뼈다귀를 모조리 박살 내 죽여 버렸다며?"

철무극은 고개를 갸웃거리며 소매를 걷어 팔뚝의 책자를 살폈다.

'열세 명의 살수, 두 번째 무형검의 소유자 척살, 청마류 시전.'

그런 기록이 보였다.

뼈를 박살 내 죽였다면 청마류가 일으키는 경파의 힘이다. 철무극은 놀란 눈으로 장중달을 바라보았다.

"그자가 정파의 고죽선생이라고? 정말 정파의 인물인가? 어떤 자인지 설명해 줘!"

"뭘 그리 놀라나? 누군지 알고 나니 뒤가 켕겨?"

물론 뒤가 켕기는 일 따위는 없다.

무형검은 사파연합의 무공이었고, 백만당 이후로는 혈영귀노에 의해 세 사람에게 전해졌다. 그중 첫 번째 만난 문준희는 사파의 돈줄인 청죽장의 호위무사로서 정사파를 가리지 않는 인물로 행세해 왔다.

두 번째 무형검의 소유자가 정파의 인물이었다면 확실히 보통 문제가 아니다. 혈영귀노의 마수가 벌써 정파 깊숙한 곳으로 침투해 있다는 뜻이기 때문이다.

철무극이 잔뜩 인상을 찡그리고 있을 때 장자경이 커다란 마차 한 대를 빌려왔다. 일행은 곧 마차에 올라 출발했다.

철무극이 말을 이었다.

"다시 말해봐. 고죽선생이란 자가 누군지."

"고죽선생이요?"

장자경이 대신 물었다.

"너도 아냐?"

"알죠. 그처럼 유명한 인물을 모를 리가 있겠소? 오직 검도만을 추구하며 평생 강호를 떠돈 유랑검객 아닙니까? 직접 본 사람은 드물지만 그의 검도의 경지만은 누구도 부인하지 못하죠. 천외천에 가장 근접해 있는 자가 있다면 바로 고죽선생일 것이라는 추측도 나돌고 있어요."

장중달이 끼어들며 비웃었다.

"그토록 잘 알고 있는 녀석이 뼈다귀를 부숴 죽이는 걸, 보고만 있었단 말이냐?"

"죽어? 내가 뭘 봤다고……. 설마 그 살수?"

"살수라니? 예끼 놈. 무슨 뚱딴지같은 소리를 하는 게냐? 고죽선생이 살수 짓거리를 했다고? 말도 안 되는 미친 소리를."

"그날 죽은 자를 두고 하는 말이 아닌 게요?"

장자경은 고개를 갸웃거리며 그날 있었던 살수들과의 일전을 자세히 설명해 주었다. 물론 고죽선생의 외모와 검 쓰는 모습까지 들려주었다.

장중달이 입을 딱 벌리고 다물지 못했다.

"고죽선생이 사파의 살수들과 더불어 이 녀석 지존보를 암습했단 말인가? 그런 미친 소리를 누가 믿겠나? 고죽선생이 뭐가 아쉬워 사파의 살수 나부랭이를 동원해서 사람을 암습해? 그가 미쳤다더냐?"

존경받는 정파의 고수가 사파의 살수들과 어울릴 이유가 없고, 암습을 했다는 말에는 코웃음도 치지 않을 것이다. 고죽선생이 미치지 않고는 그런 일을 벌일 리가 없는 것이다.

"어찌 된 일인지 모르겠지만 분명 그라니까요. 직접 봤는데 모르겠어요? 이거 큰일 났네."

철무극과 연결되어 죽어나간 정파의 고수들이 제법 많지만 그 일들은 이미 오해로 인해 빚어졌던 것임이 증명됐다.

하지만 고죽선생 같은 저명인사가 죽었다면 얘기가 다르다. 그를 존경하던 무리들은 이유를 불문하고 철무극을 먼저 죽이려고 날뛸 것이 분명하다. 큰일이 아닐 수 없다.

장자경이 애를 태우는 것을 보면서도 철무극은 태연했다.

"어떻게 돌아가는 판인지 알 만하다. 신경 쓸 거 없어."

"알 만해요? 대체 무슨 일입니까?"

"알아서 뭐 할래? 곧 드러날 게다."

"궁금하잖아요. 입 다물지 말고 말 좀 해봐요. 정말 고죽선생이라면 보통 일이 아니잖아요."

"늙은이 하나 죽었다고 세상이 달라지기라도 한다더냐? 호들갑 떨지 말고 여행이나 즐겨라."

"정말 걱정할 일 없는 거요?"

"네가 걱정할 일은 없다."

걱정할 일 없다고 딱 잘라 말하니 더 따지고 들기도 뭐했다. 하지만 기분은 영 좋지 않았다.

본래 나쁜 짓 하며 사는 인간이 제일 무서워하는 것이 기존 질서를 지키려는 정파의 인물들이다. 그들에게 한번 죄를 지으면 평생 도망 다니거나 꽁꽁 숨어 세상과 담을 쌓고 사는 두 가지 방법뿐이다.

정파의 속성을 익히 경험해 본 기억이 생생한 장자경으로서는 조심하지 않을 수 없는 일이다.

장자경과 장중달이 걱정을 하든 말든 철무극은 태평스럽기만 했다. 마차를 타고 가는 내내 려소명과 히히덕거리며 장난질을 쳤다.

마차에 오른 장중달은 걸어서 쫓아오는 당청청을 살피며 장자경의 옆구리를 찔렀다.

"저 여자는 뭐 하는 거냐? 왜 졸졸 따라오는데?"

"지존보에게 혼쭐이 난 후 복수할 기회를 노리나 보죠. 천변만화하는 여자들 마음을 어찌 다 알겠소?"

"으잉, 저 여자도 지존보에게 패했단 말이지? 고죽선생은 때려죽이면서 당청청은 왜 살려둔대?"

"여자잖소."

"그런 거야?"

"그런 거요."

장중달은 앞좌석에 앉은 철무극과 마차 밖을 번갈아 보며 연신 고개를 갸웃거렸다.

마차는 반나절을 달려 어둠이 내릴 무렵에야 서주에 도착할 수 있었다.

장자경은 장중달의 안내를 받아 철검보의 위치를 알아본 후 객잔을 구했다. 언제나 그렇듯 당청청 또한 방을 구해 객잔에 머물렀다.

장중달은 곧 철검보를 염탐하고 있던 두 형제를 불러 객잔에 함께 머물렀다.

"다른 일은 없었소? 그 계집이 다른 곳으로 빠져나간 것은 아니겠지?"

대과 구장춘이 말했다.

"철검보를 벗어나서 달리 갈 곳이라도 있겠냐. 죽은 듯 엎어져 있을 수밖에. 본래 그런 계집인지라 지금 한창 철검보의 늙다리를 유혹하는 모양이더라."

이괴 오천련이 맞장구쳤다.

"워낙 인물이 좋고 그 방면에 재주가 많으니 만 씨 늙은이 입이 떡벌어졌지. 벌써부터 옆에 두고 보물 타령하고 있으니 끌어내기가 쉽지 않을 거야. 그 철 씨 애송이는 어쩐대?"

장중달이 말했다.

"우리야 강남 땅에서 사파 놈들 몰아내준 고마움에 돕고 나선 것뿐이니 군이 정파 애들과 부딪칠 필요는 없죠. 그 녀석이 하는 대로 구경이나 합시다."

구장춘이 말했다.

"셋째 말대로 하자. 정파의 일에 너무 깊숙이 개입하는 것은 나중을 위해서도 좋지 않아. 우리 일은 여기까지다."

오천련이 말했다.

"알았수. 쌈 구경하는 것도 재미있지."

장중달이 말했다.

"그런데 만 씨 늙은이가 고죽선생만 할까요? 고죽보다 하수라면 철 씨 녀석이 나서기만 하면 개박살당할 텐데?"

"쌈을 꼭 일 대 일로만 하나? 세력은 왜 키우는데? 철검보는 결코 만만한 상대가 아니야. 나름대로 꿍꿍이가 없고서는 위험을 감수하면서까지 사파의 요녀를 집 안에 들이질 않았을 거야."

"둘째 말이 옳다. 아무리 인의를 내세우는 정파라 해도 나름대로 원하는 것이 있기 마련이다. 어쩌면 지존보라는 거물을 잡기 위해 함정을 판 것인지도 모르지."

"형님들 말 듣고 있으면 골치만 아프다니까. 어서 그 녀석 만나보고 우리끼리 술이나 한잔하러 갑시다."

"그거 좋다. 가시지요, 큰형님."

삼형제는 서로 히히덕거리며 철무극을 만나 인사하고 염탐한 사실들을 들려준 후 저희들끼리 술 마시러 나가 버렸다.

장자경이 말했다.

"방정산이 철검보에 있는 것은 확실하군요. 어쩌실 겁니까?"

"내 물건 찾으러 가는데 무슨 방법이 필요해. 너, 서첩(書帖)이나 한

장 써라. 내가 방문한다고."

"직접 쳐들어갑니까?"

"그보다 좋은 방법 있냐?"

"아뇨. 그런데 이름을 뭘로 합니까? 그래도 공식적인 서첩인데 이름자는 써 넣어야죠."

"지존보!"

"흐, 그냥 그걸로 끝?"

"오냐."

"시키는 대로 하죠. 또 한바탕 크게 벌어질 것이 뻔하군요."

자존심 강한 정파의 인물이 자기 그늘로 숨어든 사람을 그냥 내줄 리 만무하다. 내주면 자존심은 물론 명성까지 깎이기 때문이다. 한 판 크게 벌어질 것은 불을 보듯 뻔한 일이다.

장자경은 크게 걱정하지 않았다. 철검보의 힘이 대단한 것은 알지만 고죽선생에 비할 바는 아니다. 함정만 주의한다면 쉽게 풀릴 수도 있다고 생각했다.

장자경은 최화운과 함께 서첩을 만들기 위해 방으로 들어갔다.

"화운, 걱정거리 있어?"

"아뇨. 별 거 아니에요."

"철검보에서 혹시 아는 사람을 만날까 봐 걱정하는 거야?"

"……."

"하긴 일도문과 철검보는 각별한 사이지. 아는 사람 만나는 것이 싫으면 삼괴와 함께 있도록 해."

"아뇨. 전 이미 정파의 사람도 일도문의 여자도 아니에요. 그런 것은 걱정하지 않아요. 하지만 왠지 불안한 생각이 들어요."

"뭐가 불안한데?"

"모르겠어요. 가슴이 뛰고 몸이 떨리는 것이 기분마저 좋지 않아요."

"겉으로는 부인해도 마음속으로는 아는 사람을 만날까 봐 겁이 나는 걸 거야. 나도 그러니까."

"그럴지도 모르고요. 난 좀 쉬고 싶어요."

"그래, 푹 쉬어. 서첩은 나 혼자 만들게."

"네."

최화운을 침상에 눕혀준 장자경은 혼자 명함을 만들었다. 지존보가 철검보를 방문하여 보주를 만나고 싶어한다는 간단한 내용이었다. 붉은 봉투까지 준비하여 서첩을 완성했다.

그때였다.

"철 씨가 어떤 자야?"

"지존보라는 건방진 별호를 쓰는 자가 어느 방에 있느냔 말이야!"

호통 소리와 함께 웅성거림이 들려왔다.

붉은 봉투를 챙겨둔 장자경의 인상이 팍 일그러졌다.

"벌써부터 시작이로군. 조용할 리가 없는 일이라니까."

장자경은 몸을 일으키려는 최화운을 말렸다.

"누워 있어. 나오지도 말고. 내가 알아서 할게."

최화운은 고개를 끄덕이며 그대로 누웠다. 걱정이 깊은지 안색이 좋지 않았다.

장자경은 마구 인상을 찡그리며 방을 나섰다.

옆방에서 려소명이 빼꼼히 고개를 내밀고 밖을 살피고 있었다. 그 옆방에 머물고 있는 철무극은 나와볼 생각도 하지 않았다.

"자, 이 장자경은 이제부터 무림의 제일기인 지존보를 대신하여 나서는 것이다. 지난날 눈치보며 쫓겨다니던 강호의 파락호, 호색한이 아니거든."

배에 잔뜩 힘을 준 장자경이 힐끗 려소명을 바라보았다.

"같이 가볼래요? 재미있을 겁니다."

"싸우러 가나요? 저는 싸우는 것이 싫어요."

"손을 맞대고 싸우지는 않을 겁니다. 거친 말과 은근히 돌려 말하기를 뒤섞어 서로를 욕하는 정도지요."

"왜 그래야 하나요?"

"그냥 서로를 탐색하는 겁니다. 하긴 자칫하면 피를 볼 수도 있겠군요. 소명 낭자는 나서지 않는 것이 좋겠어요."

"네."

려소명은 나서지 않겠다고 대답했지만 금세 참지 못하고 이층 복도의 난간에 기대어 아래를 내려다보았다. 장자경이 아래층에 도달하여 탁자를 하나 잡고 앉았다.

힐끗 한쪽을 바라보니 당청청이 홀로 창가에 앉아 술을 마시고 있었다.

"저 여자도 술을 마시네? 뜻밖인걸?"

동행은 아니었지만 한동안 같이 다니면서 보았지만 술을 마시는 모습은 처음이었다.

장자경이 고개를 갸웃거리고 있을 때, 호통을 치던 자들이 우르르 장자경 앞으로 몰려들었다. 모두 이, 삼십대의 청년들이었다.

그중 한 명의 청년이 불쑥 나서며 호통을 내질렀다.

"네놈은 강호의 파락호, 호색한인 장가 놈이 아니냐? 너 보자고 나선 것이 아니니 네 주인이나 썩 불러내라!"

장자경은 어디서 동네 개가 짖느냐는 듯 들은 척도 하지 않았다. 소리친 청년이 벌컥 화를 터뜨렸다.

"아니, 이놈이 귓구멍이 막혔나? 감히 내 말을 씹어? 근본도 모르는 것들이 무공 몇 수 주워 배웠다고 눈에 뵈는 게 없는 모양이구나!"

다른 자가 거들고 나섰다.

"이놈, 당장 철가 놈을 불러내지 않는다면 너부터 요절내고 말 테다! 썩 불러와라!"

장자경이 느물느물 대꾸했다.

"누군데 함부로 놈, 놈 하는 거요? 난 그대들이 누군지 몰라!"

앞선 청년은 여전히 고압적인 자세로 호통을 쳤다.

"나는 철검보의 제자 윤준(尹俊)이다! 지존보라 자처하는 자가 감히 철검보를 염탐했으니 응분의 대가를 돌려주려는 것이야! 그자는 지금 어디 있느냐? 썩 대답해!"

"오, 철검보의 제자이시군! 명문정파의 제자께서 왜 나 같은 강호의 파락호에게 와서 사람을 내놔라 마라 하는데? 철검보의 능력이라면 직접 찾고도 남을 텐데 말야!"

느물거리는 장자경을 말투를 되받아치지 못하는 윤준이란 자는 붉으락푸르락 얼굴색만 변했다. 옆에 있는 다른 자가 돕고 나섰다.

"건방진 놈, 강호의 파락호로 굴러먹다 겨우 한 끗발 잡았다고 안하무인으로 거들먹거리는구나! 내가 그 건방진 태도를 고쳐 놓고 말겠다!"

"어어, 이거 왜 이래? 정말 그 검으로 나를 찌르겠단 말요? 내가 아무리 파락호요, 호색한으로 소문났다지만 그대와는 일면식도 없는 판이고, 그대 누이를 꼬드긴 것도 아닌데 설마 살인을 할 작정이신가?"

당장 검을 뽑아 일검을 날리려던 청년이 흠칫 멈추었다. 상대가 아무리 하찮게 보여도 아무렇거나 살인을 할 수는 없는 일이다.

장자경이 히죽히죽 웃으며 말을 이었다.

"아무렴 고귀하신 정파의 청년 협사께서 이유없는 살인이야 하실까?"

이번에는 처음 나섰던 자가 도와주었다.

"주둥이만 산 놈이구나! 강호의 질서를 어지럽히는 마도사파의 악도들은 이유를 불문하고 처치할 수 있다! 여자를 후려 신세를 망치는 호색한 놈에게 무슨 이유가 필요하겠느냐!"

장자경이 웃음을 거두고 물끄러미 청년을 바라보았다.

"정말 그런 이유로 날 죽이려는 것이오?"

갑작스럽게 정중한 태도를 취하자 오히려 호통을 쳤던 청년이 할 말을 잃고 말았다.

장자경이 피식 웃었다.

"죽이고 살리는 일이 말처럼 쉽지 않음에야 함부로 흉기를 빼 드는 것도 삼가야지요. 더욱이 내일이면 지존보께서 직접 철검보에 방문하실 텐데 미리 소란 피울 이유도 없잖소? 이쯤에서 철검보로 돌아가는 것이 좋지 않을까요?"

뺨을 치고 어르는 말솜씨가 정파의 청년들보다 훨씬 좋았다.

말발이 달리는 청년들은 잠시 이러지도 저러지도 못한 채 엉거주춤 서 있었다.

그때였다.

"어이쿠!"

와장창!

비명 소리와 뭔가 부서지는 소리가 한꺼번에 울렸다. 그와 함께 이층에서 커다란 물체들이 아래로 떨어졌다.

"앗! 저, 저……!"

놀랄 겨를도 없이 아래층으로 떨어진 물체들은 또 한 번 탁자를 박살 내며 떼굴떼굴 굴렀다.

"조(趙) 사형! 이(李) 사형!"

청년들이 놀라 부르짖으며 굴러 떨어진 자들을 향해 달려가 부축했다.

그자들은 형제들의 부축을 받고 일어나며 마구 인상을 찡그렸다. 몇 군데 타박상을 입기는 했지만 흉기에 찔리거나 부러진 곳은 없었다.

"이놈들이 사람 친다!"

"본때를 보여줘라!"

동료들이 다친 것을 본 청년들은 즉각 흥분하여 호통부터 내질렀다.

"저놈부터 잡아라!"

두 명의 청년이 흥분한 상태로 벌컥 달려나갔다. 뽑아 든 검이 그대로 장자경을 향해 찔러갔다.

장자경의 인상이 와락 일그러졌다.

그는 본래 손을 맞대고 싸우기보다는 말발을 내세워 청년들을 물리치려 했다. 내일이면 크게 한 판 벌이게 될지도 모르는데 오늘 미리 힘을 빼고 싶지 않았기 때문이다.

그 말발이 대충 먹혀 들어가는 찰나에 난데없는 비명이 모든 것을 망쳐 놓았다. 아마도 몇 명의 청년이 남모르게 철무극에게 접근하려다 혼이 난 것 같았다.

이유야 어떻든 당장 찔러오는 검은 피해야만 했다. 훌쩍 몸을 일으키며 쌍수를 들어 가볍게 떨쳐 냈다.

쩅쩅!

날카롭게 찔러 들어오던 두 개의 검이 그만 뚝 부러져 나갔다. 오화혈살지의 강한 지력에 맞은 것이다.

장자경의 오화혈살지는 이미 상당한 수준에 이르러 있었다.

처음 배울 때만 해도 이리저리 핑계를 대며 열심을 내지 않았지만, 나시찬을 만난 이후 실전을 방불케 하는 수련을 하게 되었으며 사파연합의 무리들과 여러 차례 실전도 치렀다.

더욱이 최화운과 둘만 떨어져 그녀의 본심을 알게 되고 성의에 감동한 후부터는 전심전력을 기울여 수련해 왔다. 물론 그 모든 바탕에는 철무극에게 얻어 달여먹은 유균의 효능이 있었다. 공력이 받쳐 주었기에 빠른 시간 안에 제법 큰 성취를 이룰 수 있었던 것이다.

그러한 자신감이 있었기에 청년들이 몰려온 것을 보고서도 홀로 나설 수 있었다.

정통 무공을 배운 철검보의 제자들은 무공이 강할 수밖에 없다. 명문의 자존심을 받쳐 줄 실력이 있는 것이다. 본래 강호의 파락호요, 호색한인 장자경 같은 자는 발 아래쯤으로 여길 만한 충분한 실력이 있다.

다만 장자경이 철무극과 같은 초일류고수의 지도를 받았고, 유균을 복용하는 등의 기연을 만난 것을 염두에 두지 못했을 뿐이다.

그러한 사실을 생각하고 있었다면 이토록 함부로 달려들어 일격에 검이 동강나는 수모는 겪지 않았으리라.

단번에 검을 잃은 두 청년은 놀라 부르짖으며 재빨리 뒤로 물러섰다. 당황한 바람에 탁자에 부딪쳐 하마터면 뒤로 나자빠질 뻔했다.

"앗, 저놈이 무공을 숨기고 있었다!"

뜻밖으로 강력한 지력을 발휘하는 장자경의 무공에 놀란 다른 청년들도 주춤 물러섰다.

처음 나섰던 청년이 눈썹을 곤두세우며 다시 앞으로 나섰다.

"네놈이 과연 믿는 바가 있었기에 그토록 광망하게 큰소리쳤구나! 오냐, 이 만안규(萬安奎)가 오늘 철검보의 무공이 어떤 것인지 가르쳐 주겠다!"

청년 만안규는 보주의 다섯 아들 중 막내이며, 평소 성격이 급하고 일 벌이기를 좋아하는 자다. 마도의 인물이 감히 철검보를 노린다는 소문을 듣고 분김에 무작정 달려와 일을 벌이는 중이다.

급한 성격 그대로 말을 끝내자마자 바로 일검을 날려 장자경을 노렸다. 곧장 가슴 복판을 노린 일검에는 본때를 보여주겠다는 의지가 다분했다.

일검에 실린 기세가 예사롭지 않음을 느낀 장자경은 인상을 찡그리며 앉아 있던 의자를 발끝으로 걷어찼다.

꽉!

찔러오던 검이 솟구친 의자를 꿰뚫었다. 검을 비틀자 의자는 이내 반으로 갈려 바닥에 떨어졌다.

장자경이 탁자를 끼고 돌며 만안규에게 접근했다.

옆구리를 노리고 쳐들어오는 장자경을 본 만안규는 몸을 비틀며 검을 찔렀다. 방향을 틀어 찔러 넣은 초식이 빠르고 날렵하여 매끄럽기 짝이 없었다.

장자경의 인상이 절로 일그러졌다.

오화혈살지는 본래 강력한 지법 무공이다. 공력만 뒷받침된다면 최고의 위력을 발휘할 수도 있다. 장자경의 공력과 숙련도는 이미 상당한 경지에 이르러 있었다.

하지만 역시 초식의 운용과 보법에 있어서는 미숙한 면이 많았다. 실전을 통한 일격필살의 접전을 벌여보았지만 초식과 보법을 통해 겨루는 방식에는 익숙하지 못했다. 체계적인 배움이 없었기 때문이다.

그렇다고 물러설 수는 없었다. 일단 물러서면 계속되는 공격에 밀려 끝내는 패하고 말 것이다. 그는 공력을 급증시키며 우수 오지를 한꺼번에 발출했다. 다섯 가닥의 험악한 지력이 들이닥치는 검을 향해 쏟아져 나갔다.

"이런……."

상대가 이토록 마구잡이로 나오자 만안규가 오히려 당황했다. 초식을 통한 공방이 몸에 익은 그에게 마구잡이 공격법은 확실히 낯설고 당황스러웠다. 재빨리 몸을 빼며 강한 지력을 피하려 했다.

약삭빠른 장자경이 기회를 놓칠 리 없다. 물러서는 만안규를 쫓아 들어가며 거리를 좁힌 후 불쑥 왼손을 내밀었다.

만안규는 지척에서 지력이 발출되는 줄 알고 서둘러 검을 당겨 가슴을 보호했다.

장자경이 휘릭 몸을 틀어 옆으로 돌았다. 옆구리 쪽의 옷자락을 잡아챈 순간 와락 끌어당기며 이마를 앞세우고 쳐들어갔다.

"어……?"

뒷골목 건달들이나 해대는 드잡이질에 걸린 만안규는 어이가 없는 표정으로 눈살을 찌푸렸다. 하지만 상대의 이마는 벌써 코앞에 당도해 있다. 피하지 못한다면 그대로 코를 받치고 말 판이다.

검을 쓰기에는 거리가 너무 가깝다. 왼손을 들어 상대의 손을 후려치며 몸을 뒤로 뺐다.

쾅!

눈에서 불이 번쩍하고 하늘이 빙글빙글 돌았다. 결국 상대를 떨쳐 내지 못하고 박치기를 당한 것이다. 눈두덩이가 깨지는 듯 아프고 힘이 죽빠졌다.

비틀비틀.

뒤로 밀려나다가 꽈당 넘어지고 말았다.

"앗, 만 사형!"

"저놈, 죽여!"

장자경이 혹여 살수를 펼쳐 만안규를 끝장낼 것을 걱정한 청년들이 한꺼번에 달려들었다.

장자경은 탁자를 걷어차며 재빨리 뒤로 빠졌다.

세 명의 청년이 쫓아들어 오자 장자경이 다시 오화혈살지를 뿌렸다.

"악!"

그중 한 명이 피하지 못하고 허벅지를 맞았다. 대뜸 근육이 마비되고 뼈까지 충격을 받아 풀썩 주저앉았다.

"이놈!"

다른 자가 재빨리 달려들어 일검을 찔렀다.

뒤로 물러서던 장자경이 탁자에 걸려 넘어질 뻔했다. 그사이 검끝이 어깨를 찌르고 말았다. 당장 살이 터지며 진한 혈향이 번졌다.

캥!

려소명의 목에 감겨 있던 백아가 먼저 고개를 쳐들며 울부짖었다. 피 비린내가 백아를 자극했는지 파란 눈알에서 사나운 빛이 뿜어져 나왔다.

백아의 갑작스런 반응에 놀란 려소명이 백아를 안아 들고 목을 쓰다듬 어 주었다.

백아는 신경질적인 눈빛으로 사방을 돌아보았다. 누군가 건드리기만 하면 당장 성질이 폭발하여 한바탕 난리를 피울 것 같은 모습이었다.

려소명이 그런 백아를 달래느라 진땀을 뺐다.

일검을 찔린 장자경은 마구 인상을 찡그리며 탁자를 걷어차 공간을 만 들고 몸을 사렸다.

청년들이 만안규를 부축해 일으키는 한편 검을 꼬나 잡고 장자경을 향 해 한 발 한 발 다가섰다.

이미 사람이 다치고 피를 보았다. 상황이 걷잡을 수 없는 방향으로 흐 르기 시작한 것이다.

청년들은 당장이라도 달려들어 장자경을 천참만륙할 기세였다. 장자 경 또한 극도로 긴장한 표정으로 공력을 끌어올렸다.

그때였다.

"이게 뭐 하는 짓이야? 한 놈을 둘러싸고 떼거지로 덤비는 꼴이 가관 이로구나!"

차가운 비웃음과 함께 세 명의 초로인이 객잔 안에 들어섰다. 호연삼 괴였다.

바짝 긴장했던 청년들이 흠칫 놀라며 한 발 물러선 채 문 쪽을 살폈다.

"호연삼괴!"

강소성의 명물로 그 괴팍하고 거친 행동 때문에 제법 명성을 날리는 자들이다. 방정산을 찾는답시고 근자에 철검보를 염탐하는 동안 제자들과도 몇 번이나 부딪쳤다. 무공도 만만치 않아 잡을 수도 없었다.

그런 자들이 나타났으니 철검보의 제자들의 기분이 좋을 리 없었다.

장중달이 거만한 표정으로 청년들을 돌아보았다.

"거나하게 한잔했는데 젖먹이 애송이들이 기분 망치네. 이것들, 모조리 때려죽일까?"

오천련이 거들었다.

"될수록 싸움에 끼지 않으려 했더니 먼저 와서 시비를 걸어? 요놈들이 죽고 싶어 환장을 했구나!"

청년들은 비웃음을 당하면서도 더 이상은 함부로 날뛰지 못했다. 장자경 한 명 상대하는 것도 힘겨운 마당에 삼괴까지 끼어든다면 상황은 더욱 불리해질 수밖에 없다.

청년들의 모습을 살피던 구장춘이 말했다.

"이쯤에서 돌아가지? 더 싸워봐야 서로 좋을 것이 없어."

청년들은 겨우 정신을 차린 만안규를 돌아보았다.

눈두덩이 퍼렇게 멍든 만안규는 어떻게든 분풀이를 하고 싶은 심정이었다. 하지만 삼괴까지 끼어든 마당에 무슨 수로 분풀이를 하겠는가. 일단 물러서는 것이 이롭다.

"흥! 철검보를 넘보는 자들은 기필코 대가를 치를 것이다! 가자!"

만안규는 곧 청년들을 이끌고 객잔을 떠났다.

장자경이 안도의 한숨을 내쉬었다.

"덕분에 살았소이다."

장중달이 말했다.

"그러게 뭐 잘났다고 혼자 나서? 네놈은 아직 멀었단 말이다. 그나저나 술맛 떨어져 버렸잖아!"

장자경이 서둘러 어깨의 상처를 지혈하고 점소이를 불렀다.

"부서진 물건 값은 내가 치르겠다. 여기 좀 치우고 술 좀 가져와. 이분들께 내가 오늘 한턱 내야겠다."

"오, 기특하구나. 짠돌이 놈이 주머니를 여는 걸 보니 상황이 급하긴 급했던 모양이구나."

"젠장, 내 무공 정도면 만안규 같은 자는 어찌해 볼 수 있을 줄 알았는데 그게 아니었지 뭐요. 정파의 무공은 확실히 다릅디다."

"기본이 충실하잖아, 기본이. 거기서 명문과 어중이떠중이의 차이가 나는 게다."

장자경도 인정하지 않을 수 없는 말이었다. 임기응변으로 박치기 한 방을 성공시키긴 했지만 정식으로 겨루었으면 일패도지했을 것이 분명했다. 강한 지력도 좋지만 기본기에 좀 더 충실해야겠다는 생각이 간절했다.

"술이나 드십시다."

"좋아, 내일 무슨 일이 벌어지든 오늘 취하면 그 또한 기쁘지 않겠는가! 마음껏 마시자!"

장중달이 호기롭게 웃으며 점소이가 가져온 술을 돌렸다.

그들이 한자리에 둘러앉아 술을 주고받는 것을 본 려소명은 백아를 안아 든 채 철무극의 방으로 향했다.

철무극은 밖에서 벌어진 일이 자신과는 전혀 관계 없는 듯 홀로 창밖을 바라보고 있었다.

"지존보?"

"응, 소명이구나."

"네. 혼자 뭘 생각하고 있어요?"

"별일 아니야. 무슨 일 있어?"

"백아 말이에요."

려소명은 가슴에 안은 백아를 보여주었다. 별다른 이상은 없어 보였다. 여전히 눈을 감고 주위의 일들을 귀찮아하는 정도였다.

"근래에 들어 이상해졌어요. 신경질이 많고 밤마다 어딜 나다니는지 알 수가 없어요. 돌아올 때 보면 피 냄새가 많이 나요. 어떤 때는 무서워서 눈을 볼 수가 없어요. 살기가 무척 깊어진 것 같아요."

"그래? 야, 백아, 무슨 일 있냐?"

갸릉.

백아는 귀찮다는 듯 낮게 부르짖을 뿐 전혀 움직이지 않았다.

"아무렇지도 않은데?"

"아니에요. 조금 전에도 피 냄새를 맡고는 발작을 일으키려 했어요. 평소와 다르다니까요."

"마음에 안 드는 게 있는가 보지. 두고 보면 알 거야."

"네……."

"다른 볼일 있어?"

"아니오."

고개를 갸웃거리면서도 려소명은 미적미적 나갈 생각을 하지 않았다.

"여기 조금만 있다 가면 안 돼요?"

"혼자 있기 싫어? 마음대로 해."

"네."

려소명은 금방 표정이 풀어지며 냉큼 철무극의 옆에 앉았다.

"벌써 봄이 왔어요. 날이 아주 따뜻하죠?"

"응."

"그거 알아요?"

"뭘?"

"지존보도 요 며칠 말이 없고 우울해졌어요. 전처럼 재미있는 말도 잘 안 해요. 무슨 고민 있어요?"

"그냥 생각 좀 하고 있다."

"무슨 생각요?"

"지난 일 년을 돌아보는 중이야."

"지난 일 년 동안 무슨 일이 있었는데요?"

"애 하나 낳아보려고 여자들을 꼬드겼지."

"호호, 또 여자 얘기예요? 그래서 많이 꼬드겼나요? 구름이 그녀 말고 누가 또 있어요?"

"이슬이, 옥려, 구슬이……. 그리고 보니 많지도 않구나."

"우리 사부님도 포함되는 거예요? 그래서 애는 낳았나요?"

"재미본 애는 옥려밖에 없어. 애는 낳아보지 못했다. 그래서 고민하는 거야. 내가 헛다리만 짚고 있었어, 여자도 많이 사귀어보지 못했고."

"애를 낳는 데 많은 여자들이 필요해요? 남녀 둘만 있으면 되는 것 아니에요?"

"서로 마음이 맞아야 애를 낳지. 더욱이 지존보의 아이를 낳는데 아무 여자나 고를 수는 없는 일이거든."

"그럼 어떤 여자여야 되는데요?"

"예뻐야지, 착해야지, 튼튼해야지, 무공도 잘해야지……. 조건이 꽤 까다롭다."

"그렇군요. 저는 무공은 잘 못해요."

"너도 애를 낳고 싶어?"

"네……. 저는 뭐든 해보고 싶어요. 전 모르는 것이 너무나 많아요.

바보 같아요."

"산에서만 살았으니 그렇지. 바보가 아니라 순진한 거다."

"난, 난 지존보도 알고 싶어요. 지존보에 관한 것이라면 뭐든 다 알고 싶다고요. 나는 여자가 되고 싶어요."

"너, 그런 말은 어디서 들었어? 그런 말, 함부로 하는 게 아냐."

"나도 이제 안단 말이에요. 객잔에 들를 때마다 주인 아주머니를 사귀어 다 물어봤어요. 마음에 드는 남자가 있을 때는 옆에 꼭 붙어 있어야한대요. 도망가지 못하게 꼭 붙들어야 한다는데, 그 말은 무슨 뜻인지 모르겠어요. 지존보도 어디론가 도망가나요?"

"어이쿠, 많이도 알아냈다. 너, 참 용하다."

"헤헤."

"그럼 내가 네 마음에 든단 말이냐?"

"네, 지존보가 좋아요. 옆에 없으면 심심해요. 지존보도 나를 좋아했으면 좋겠어요."

"나도 네가 좋다. 예쁘고 쾌활하니 안 좋아할 이유가 없잖아?"

"그건, 그건 그냥 좋아하는 거잖아요. 남자가 여자를 바라볼 때는 눈빛부터 다르대요. 하지만 지존보는 한 번도 눈빛이 달라지지 않았어요. 나를 만질 때도 평소와 같았다고요."

"얘 좀 보게. 정말 여자같이 말을 하네?"

철무극은 새삼스런 눈으로 려소명을 바라보았다.

우연히 만나 특이한 체질을 지닌 것을 알았고, 혈영귀노 같은 자들 손아귀에 떨어지는 것을 원치 않았기에 돌봐주었다. 그러다 바보처럼 순수하다는 것을 알고 몇 번 장난을 쳤을 뿐이지, 여자로 대해본 적은 없었다.

지금 보니 려소명은 분명 달라져 있었다. 열망이 가득한 눈빛은 이미소녀의 것이 아니었다. 성적인 기운이 가득하여 진짜 여자가 되고 싶어함을 단번에 알아볼 수 있었다.

갑자기 성욕이 불끈 솟구쳤다. 려소명의 타오르는 눈빛에는 상대를 자극하는 강렬한 욕망이 숨어 있었던 것이다. 당장 달려들어 마음껏 욕정을 발산하고 싶을 정도였다.

철무극은 이내 고개를 저었다.

"너는 세상을 경험하지 못했다는 단점을 지니고 있지만 본래 예쁘고 총명한 사람이다. 누구라도 좋아할 장점을 많이 가지고 있어. 하지만 나는 네 사부와 약속을 했단 말이야."

"약속요? 무슨 약속을 했는데요?"

"네가 스스로 판단할 수 있을 때까지는 지켜주기로 했다."

"나는 충분히 판단할 수 있어요. 많은 것들을 배우고 있단 말이에요."

"알고 있다. 그래도 좀 더 배워야 해. 더 많은 사람들을 만나고, 누구를 좋아하게 될지 판단해야 하는 거야."

"나는 다른 사람은 알고 싶지 않아요. 지존보만 알고 싶어요. 그것이 나쁜 건가요?"

"나쁜 건 아니다."

"지존보는 나쁜 사람 아니죠?"

"나는 물론 좋은 사람이지."

"지존보보다 더 좋은 남자가 있나요?"

"있을지는 모르지. 하지만 그런 놈을 본 적은 없다."

"그렇다면 나는 다른 남자를 알고 싶지 않아요."

"나중에 후회할걸?"

"왜 후회를 해요?"

"나보다 더 멋진 남자를 만날지도 모르니까."

"지존보보다 더 멋진 남자가 있는지 어떻게 알죠? 아직 보지도 못한 사람인데 그런 걸 어떻게 알 수 있나요?"

"그냥 가정을 해보는 거지."

"왜 가정을 하죠? 재미있나요? 눈앞에 있는 것도 다 못하는데 무엇 때문에 앞일을 가정해요? 나는 모르겠어요."

"하하하, 네 말이 옳다. 백 년도 못 살 인생이 천 년의 근심을 짊어진다는 그 자체가 우스운 일이지. 앞날이 어찌 될지 궁리하는 것보다는 현재를 충실하고 즐겁게 사는 것이 인생의 참 맛이렷다. 네가 나보다 낫다."

"호호, 그토록 호탕하게 웃는 모습이 참 좋아요. 지존보는 우울한 모습과는 전혀 어울리지 않아요."

"옳거니! 재밌게 살아도 모자랄 인생, 찡그리며 살 것도 없지. 그리고 보니 너야말로 달관의 인생을 아는 자로다."

"그런가요? 호호호."

"너, 이리 오너라. 너는 이미 소녀가 아니니 더불어 육욕을 즐긴들 문제될 것이 무엇이냐. 우리 훗날의 걱정은 털어버리고 현재를 즐겨보자."

"그 말은, 그 말은……."

"오늘 네 소원을 풀어보자. 여자가 되는 것이 쉽지는 않을걸?"

"네. 나는, 나는 잘 몰라요. 어떻게, 어떻게 하는 건가요?"

마음이 조급해지고 몸이 떨릴 뿐 려소명은 어쩔 줄을 몰라 했다.

그동안 숱하게 생각하고 상상한 것들이 모두 어디로 사라졌는지 아무것도 떠오르지 않았다. 조바심만 나고 마음이 급해 심장만 벌렁거릴 뿐이었다.

철무극은 백아를 침상 아래에 내려놓고 려소명을 당겼다. 오돌오돌 떠는 모습이 마치 어린 새와 같았다. 철무극은 부드러운 손길로 머릿결을 쓰다듬어 주었다.

"음……."

려소명은 저도 모르게 신음을 토했다. 너무 긴장되고 떨려서 미세한 자극에도 감정이 격해졌다.

이왕 시작한 일, 철무극은 마음껏 불을 질러 버렸다. 그동안 고옥려에게 충실한 지도와 경험을 얻은 후인지라 그의 솜씨 또한 몰라보게 숙달되어 있었다. 첫 경험을 맞는 여자를 다루는 일쯤은 문제도 아니었다.

긴 입맞춤에 이어지고 옷이 벗겨져 나갈 때부터 려소명은 이미 제정신이 아니었다. 전신의 근육이 팽팽히 당겨지고 정신이 아득하여 자신이 무엇을 하고 있는지조차 잊을 지경이었다.

수많은 번개가 몸을 관통하는 것 같았다. 몸이 구름을 타고 허공을 떠다니는 듯 무게를 느낄 수도 없었다.

"아악!"

처음으로 남자를 받아들일 때의 고통이 너무 강력해서 날카로운 비명을 질렀다. 그 후로 고통이 쭉 이어졌다.

아득한 정신이 고통으로 인해 깨어날 무렵부터 새로운 기분이 밀려들기 시작했다. 그것은 쾌락이었다. 고옥려와 철무극의 정사를 훔쳐볼 때 느꼈던 그 강렬한 쾌감이 온몸으로 번져 갔다.

그 쾌락을 붙들고 끝에 이르는 동안 려소명은 또 정신이 아득해짐을 느꼈다. 머리 속이 하얗게 비어갈 무렵 그녀는 쾌감의 절정에 오르면서 진짜 여자가 되었다.

또르륵.

눈물 한 방울이 굴러 떨어졌다.

너무 기쁘기 때문인지, 아니면 무엇인가 잃고 말았다는 아쉬움 때문인지 그녀 자신도 알 수 없는 눈물이었다.

너무도 나른하여 잠이 몰려왔다. 몸이 확 풀려서 손끝조차 움직이기 싫었다.

"생각하지 말고 그냥 자. 여기서 자도 된다."

"네."

려소명은 한마디 대답하고는 이내 깊은 잠에 빠져들었다.

철무극은 잠든 려소명을 물끄러미 내려다보았다.

"여자가 된 모습이 참 예쁘구나. 이만 하면 내 아들의 어미로 충분해."

려봉옥과의 약속을 다 지키지 못한 것이 마음에 걸렸지만 흐뭇한 마음을 감출 수 없었다.

"구슬이와의 약속은 이 애를 잘 지켜주는 것으로 갚으면 되지."

마음이 즐거워서인지 뒤처리를 하는 것도 나쁘지만은 않았다.

철무극은 잠든 려소명에게 팔베개를 해주며 옆에 누웠다.

"준비가 만만치 않을 텐데요? 정말 무작정 쳐들어갑니까?"

"준비할 것이라도 있냐? 군마맹 애들이라도 불러서 떼거지 싸움이라도 하자고?"

"그런 건 아니지만……."

"앞장서라."

"네."

장자경은 숨을 한 번 크게 들이킨 후 앞서 걸었다. 마음이 편치 않다는 최화운은 어제부로 여자가 된 려소명과 함께 객잔에 남겨두었다.

철무극은 유람이라도 떠나는 사람처럼 여유작작 뒤를 따랐다.

호연삼괴는 객잔 문 옆에서 떠나는 두 사람을 지켜보고 있었다. 장중달이 말했다.

"정말 안 가볼 거요?"

오천련이 찡그린 인상을 못 펴고 말했다.

"정파와 부딪치면 좋은 일 없다잖아."

"그래도 궁금하지 않소. 고죽선생만은 못해도 철검보의 무공 또한 만만한 것이 아니잖아요. 그자들 무공을 구경할 수 있는 기회는 많지 않아요."

"……."

대답을 못하는 걸 보면 오천련 역시 좋은 구경을 놓치고 싶지는 않은 것 같았다.

장중달이 말을 계속했다.

"정파 녀석들과 사이가 틀어지면 후환이 만만치 않다는 것쯤은 나도 안단 말요. 하지만 우리가 언제 나중 일 생각하고 일 벌였소? 기분 나는 대로 행동하고, 그에 따라 뒤처리를 해왔지 않느냐고. 젠장, 그냥 넘기기에는 너무 아까운 장면일 거란 말요."

오천련이 힐끗힐끗 구장춘의 눈치를 살폈다.

장중달이 재촉했다.

"큰형님!"

생각에 잠겨 있던 구장춘이 대뜸 몸을 움직였다.

"가자."

"야호! 그럼 그렇지! 큰형님이 이런 기회를 놓칠 리 없잖아? 갑시다, 가! 가서 좋은 구경도 하고 상황 봐서 한바탕 해보는 것도 나쁘지 않을 거요!"

"함부로 날뛰면 내가 먼저 네놈을 죽여 버린다!"

"젠장, 둘째 형은 너무 소심해서 탈이란 말야? 재밌는 구경 가는데 왜 소금을 뿌리고 난리요?"

"조심하잔 말이잖아!"

"알았소, 알았어! 조심하리다!"

말은 그렇게 했지만 장중달은 벌써부터 손이 근질거리는지 연신 두 손을 맞잡고 비벼댔다. 그 모습을 본 오천련은 고개를 내두르며 혀를 찼다.

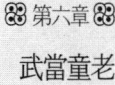

第六章

武當童老

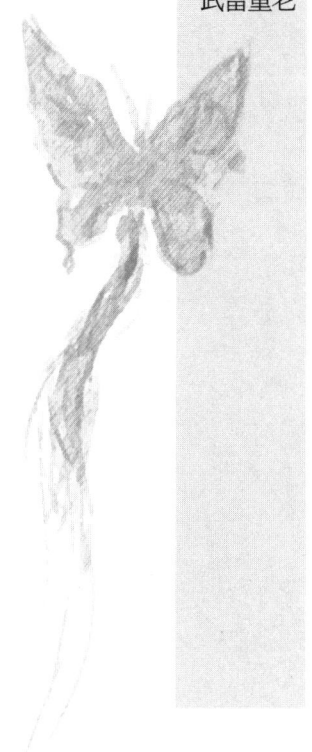

武當童老

철검보는 서주 동쪽의 낮은 구릉 지역에 위치해 있었다. 마을과는 다소 떨어져 마치 작은 규모의 성채처럼 자리잡고 있었다.

청석을 쌓아 올려 지은 담과 집들은 일반 건축물과는 달라 보였다. 아름다운 치장보다는 웅장한 모습에 치중한 건물이다. 구릉을 오르는 길에도 청석이 깔려 있었으며, 높고 커다란 대문 역시 성문처럼 위압적이었다.

철무극 일행이 보 앞에 이르자 한 떼의 청년들이 우르르 몰려나와 정문 앞을 막아섰다.

장자경이 붉은 봉투를 받쳐 들고 앞으로 나섰다.

"지존보와 그 일행이 철검보를 방문하여 보주를 만나고자 하오! 어느 분께서 방문첩을 받으시겠소?"

눈두덩이가 퍼렇게 멍든 청년, 보주의 막내아들 만안규가 앞으로 나서며 호통을 내질렀다.

"철검보는 정파의 의기를 지향하는 문파로서 마도의 인물과는 교분을 나눌 의향이 없다! 고로 그대들의 방문은 거절한다! 썩 물러가라!"

장자경이 피식 웃었다.

"어제 그만큼 혼이 났으면 정신 차릴 만도 한데 상황 파악이 영 느리시구만? 지존보의 방문을 거절한 후에 벌어질 일을 정파의 청년 협사께서 책임질 능력이 있으신가?"

"이놈!"

울화통이 터진 청년은 대뜸 검부터 뽑아 들었다.

"마도에게 짓밟히느니 차라리 목숨을 걸고 정파의 의기를 지키겠다! 우리들 시체를 밟지 않고는 한 발짝도 들어올 수 없다!"

철무극이 인상을 찡그렸다.

"자경아."

"네."

"말 많은 놈들이다. 밟고 들어가자."

철무극의 한마디는 대량 살육을 자행하라는 명령과도 같았다.

장자경은 마른침을 꼴깍 삼켰다. 으스스 한기가 솟구치며 곧 벌어질 참혹한 살육에 두려움이 몰려왔다. 하지만 그는 이를 악물었다.

"좋습니다. 오늘 크게 한 판 벌여보지요. 사람의 목숨이 몇 푼어치나 된다고 아끼겠습니까. 모조리 때려죽여 육젓을 담아보지요. 악명도 명성 아니겠습니까!"

부드득 이를 가는 모습과 한기가 풀풀 날리는 목소리는 절로 공포를 불러왔다. 문을 막아선 청년들이 두려움에 겨워 부르르 몸을 떨었다.

장자경과 호연삼괴가 공력을 끌어올리며 한 발 한 발 앞으로 나섰다.

두려움에 물든 청년들이 주춤주춤 뒤로 밀렸다.

일촉즉발의 아슬아슬한 긴장감이 공간을 쥐어짜는 것 같았다. 침 넘어가는 소리가 천둥 치는 소리처럼 크게 들린다.

그때 철무극이 성큼 앞으로 나서며 호통을 내질렀다.

"꺼져!"

마른하늘에 날벼락이 치듯 맹렬한 호통이었다.

그렇지 않아도 극도로 긴장하고 있던 철검보의 청년들은 철무극의 호통 한 번에 혼백이 달아나듯 놀라 그만 털썩 주저앉고 말았다. 공포가 이미 이성과 의지를 무너뜨린 것이다.

철무극이 피식 웃는 것을 본 대괴 구장춘이 혀를 내둘렀다.

"이 한마디 호통은 확실히 효과적이군. 사람의 심리를 이용할 줄 아는 거야."

장중달이 투덜거렸다.

"젠장, 하마터면 나도 오줌을 갈길 뻔했어. 잔뜩 긴장해 있는데 갑자기 소리를 지르면 어쩌란 말야!"

장자경이 말했다.

"손에 피 묻힐 일 없어졌으니 된 거지 따지긴 뭘 따져요?."

장중달이 철버덕 주저앉아 있는 철검보의 셋째 아들을 발로 걷어차 버렸다.

"이놈아, 함부로 까불면 다치는 게다! 주제 파악 좀 하고 살아라!"

장자경이 붉은 봉투를 던져 주었다.

"전해 올려! 이걸 받아야만 체면이나마 유지할 수 있다는 사실을 명심해!"

장자경이 청년의 엉덩이를 걷어차 일으켜 세웠다. 청년은 두 눈 가득 두려움을 담고 주춤주춤 물러섰다. 힐끗 철무극을 살핀 청년은 이내 안으로 뛰어들어 갔다.

"가자."

"그냥 밀고 들어갑니까?"

"마중 나와 반겨줄 사람도 없는데 뭘 기다려?"

"그건 그렇군요. 가시죠."

정문에 들어서자 본채로 향하는 청석로가 깔려 있었다. 규모가 제법 큰 보인지라 본채까지는 한참을 걸어야 한다.

마중 나오는 사람은 없었다. 어젯밤부터 이미 서로의 의중을 탐색해 보았으므로 좋은 말로 해결될 일이 아님을 알고 있는 것이다. 대량 살육 은 어쩌면 철검보 본채에서 벌어질지도 모른다.

청석로를 걸으며 주위를 살피던 장자경이 말했다.

"이놈들, 정말 부자로군. 이처럼 꾸미고 살려면 돈이 얼마나 들까? 땅 만 가지고는 이 정도 유지하기 힘들 텐데?"

오천련이 말했다.

"철검보에 매인 사람이 몇인데 땅만으로 먹여 살려? 인근의 운하를 장 악한 상단이 철검보 것이고, 전장(錢莊)도 두 곳이나 있다더군. 그 외에 도 크고 작은 사업채들이 수도 없어."

"정파라고 떠벌리는 자들이 고리대금업까지 한단 말요?"

"뭐 어때, 합법적인 사업인데? 정파의 인사들이 쥐고 있는 모든 사업 채들이 합법적이야. 누가 건드리겠나?"

"그렇군요. 이런 것들은 좀 배워놔야겠군."

"왜, 너도 문파라도 세울 생각이냐?"

"지존보가 있는데 못 세울 건 뭐요? 기둥만 세우면 모여들 자들이 한 둘이겠소? 철검보쯤이야 우습지."

"하긴, 그건 그렇다. 그가 기둥을 세우려 할지는 두고 봐야겠지만 말 이다."

"걱정 마시오. 안 되면 되게 하라. 다 수가 생기기 마련이니까."

이야기를 나누며 걷다 보니 어느새 넓은 연무장 앞에 이르러 있었다.

철검보의 제자들이 모여 수련하는 대연무장이다. 연무장 주위로는 제자들의 숙소가 있고, 그 뒤에 철검보의 본채가 자리잡고 있었다.

그 넓은 연무장에는 철검보의 모든 제자들이 전부 나와 도열해 있었다. 극히 상기된 표정과 잔뜩 긴장한 모습이 당장이라도 검을 뽑아 들고 덤벼들 기세였다.

그들의 중심에는 모두 여섯 명의 인물이 있었다. 철검보주 만홍락(萬弘樂)과 그의 네 아들, 철검보의 총관이다.

철무극 일행은 그들과 삼 장가량 거리를 두고 멈추었다.

그때 뒤에서 다시 빠른 발걸음 소리가 들려왔다.

힐끗 돌아보니 또 한 무리의 사람들이 퇴로를 차단한 채 좁혀오고 있었다. 네 명의 중년인이 앞장섰는데, 허리에 매달린 병기는 검이 아닌 칼이었다.

"일도문!"

상대를 알아본 장자경이 놀라 부르짖었다.

일도, 일검의 두 문파는 생각보다 강한 유대감으로 묶여 있었다.

서로 긴밀한 연락을 주고받는 사이였으며, 여러 곳의 사업채에도 깊이 연결되어 있었다. 한 곳이 타격을 받으면 다른 곳도 영향을 받지 않을 수 없는 관계다. 그렇기 때문에 철검보에 일이 생기자 즉각 사람을 파견하여 돕고 있는 것이다.

앞선 네 명의 중년인은 일도문의 사대호위였다.

그중 한 명의 중년인을 발견한 장자경은 인상을 팍 찡그리며 슬그머니 몸을 돌렸다.

"젠장, 나는 나서지 못하겠소. 하필 화운의 아버지가 와 있을 게 뭐야. 뭔가 좋지 않은 일이 벌어질 것 같다던 화운의 걱정이 바로 이것이었군."

사방을 한차례 돌아본 철무극은 고개를 끄덕이며 말했다.

"이제 나타날 자들은 모두 모인 것 같구나. 못 나설 것 같으면 얌전히 찌그러져 있어."

"네."

직접 나서 상대와 단판을 짓는 것이 마음에 들지는 않았지만 그렇다고 만난 지 얼마 되지 않는 호연삼괴를 대리인으로 내세울 수는 없다, 직접 나설 수밖에.

말주변도 없고 꾸미지도 못한다. 직설적으로 원하는 것만 바란다. 그것이 철무극의 대인 관계법이다. 마군으로서의 막강한 권력을 누려본 습관을 버리지 못했던 것이다.

"방정산만 넘기면 이대로 돌아가겠다."

딱 잘라 말하는 것을 들은 만홍락의 네 아들과 총관이 인상부터 찡그렸다. 그중 총관이 먼저 나섰다.

"환란을 피해 온 자를 지켜주는 것은 인지상정의 도리요. 더욱이 그녀는 개과천선하여 새롭게 살아가고자 결심한 여인이외다. 그녀를 내준다면 정파라 자처할 수도 없는 일. 우리 철검보는 의기를 지키고자 최선을 다할 것이오."

철무극이 고개를 저으며 철검보주를 바라보았다.

"정파의 의기를 지키든, 힘없는 여인을 보호하든 내 알 바 아니다. 나는 다만 그녀가 필요해. 그녀는 내 물건을 손댄 도둑이야."

"그녀가 그대와 어떤 원한 관계가 있든 우리도 상관할 바 아니외다. 다만 우리의 본분을 지킬 뿐이오."

"좋게 말로 할 때 듣지? 그 계집 하나 때문에 철검보의 기둥뿌리가 뽑힐 수도 있어. 그 계집이 이런 싸움을 부추기고 있다고는 생각 안 해봤나?"

"터무니없는 소리!"

총관이 호통을 내질렀다.

철검보의 기둥뿌리가 뽑혀가는 일이 터무니없는지, 방정산이 싸움을 부추기고 있다는 얘기가 터무니없다는 것인지 사내 자신도 알 수 없었다.

철무극은 여전히 철검보주를 향해 말했다.

"세 번 권해도 듣지 않으니 어쩔 수 없군. 뭘 하든 빨리 시작해라. 바쁘다."

"건방진 놈!"

만홍락의 네 아들이 썩 나서며 호통을 내질렀다.

"악독한 마도 놈이 몇 가지 무공을 얻어 배웠다고 철검보를 능멸하려 드는구나! 우리 다섯 형제가 건방진 네놈을 상대해 주겠다!"

다섯 아들을 둔 만홍락은 철검보의 검법을 진으로 발전시켜 독특한 검진을 만들었다. 이름은 간단하게 오행검진(五行劍陣)이라 붙였지만 변화무쌍한 위력이 상당했다. 일 대 일이라면 몰라도 검진이라면 해볼 만하다고 생각했다.

철무극은 검을 뽑아 들고 진을 형성하는 다섯 형제를 바라보며 고개를 끄덕였다.

"따끔한 맛을 보기 전에는 말이 먹혀들지 않겠구나."

성큼 한 발 내딛자 강력한 기운이 전신에서 뭉글뭉글 피어올랐다. 그 모습을 본 다섯 형제가 마른침을 꼴깍 삼키며 더욱 빨리 검진을 형성했다.

"잠깐!"

막 검진이 형성되어 발동하려는 순간 일도문의 사대호위가 앞으로 나섰다.

최명이 철검보주 만홍락을 향해 말했다.

"며칠 손님이 되어 머무르긴 했지만 마땅한 선물도 준비하지 못했었지요. 저희가 먼저 이자의 무공을 견주어보는 것으로 인사를 대신하면 어떻겠습니까?"

검진을 형성하고 있는 맏아들이 고개를 저었다.

"천만의 말씀. 철검보가 어찌 손님의 손을 빌어 위험에 대응하겠습니까? 말씀은 고맙지만 우리가 안 될 때 한 팔 거들어주시지요."

"만 공자……."

"최 선배님의 마음은 잘 압니다. 지켜봐 주시는 것으로 만족합니다."

최명 등 사대호위는 물러설 수밖에 없었다.

"오행개진(五行開陣)!"

맏이의 명에 떨어지자 철검을 움켜잡은 형제들이 공력을 최고조로 끌어올렸다.

"흠."

진이 일으키는 기운을 살피던 철무극이 문득 뒤로 훌쩍 몸을 날리며 손을 뻗었다.

"앗!"

물러서던 사대호위가 철무극의 갑작스런 행동에 놀라 다급히 몸을 날리며 대응하려 했다.

"어……?"

그중 한 명이 썰렁해진 손을 들어올리며 눈을 크게 떴다. 언제라도 발출하려고 콱 움켜쥐고 있던 칼이 어디로 갔는지 보이지 않았던 것이다.

"저런……!"

귀신이 곡할 노릇이었지만 칼은 철무극의 손에 들려 있었다.

남은 세 명의 호위가 급히 칼을 날리려 했다. 철무극이 먼저 그들을 향해 한칼을 내려쳤다.

쿠웅!

강력한 칼 기운이 그대로 땅을 후려치자 지진이라도 일어난 듯 뒤흔들렸다. 돌개바람이 일어 흙먼지를 앞으로 쏘아냈다. 덤벼들려던 사대호위가 그 바람에 휩쓸려 중심을 잡지 못하고 비틀거렸다.

"일도문은 이 정도로 하겠다. 더 나서지 말고 저만치 물러서 있으면 좋겠어."

최화운의 입장을 생각해서 가벼운 일격으로 패퇴시킨 것이다.

사대호위는 그야말로 벌레라도 씹은 표정을 지었지만 더 나설 수는 없었다. 빤히 보는 앞에서 생명과도 같은 병장기를 빼앗겼으며 일격조차 견디지 못하고 중심을 잃었다. 명백한 패배다. 그나마 다친 사람이 없는 것을 다행으로 여겨야 할 지경이다.

철무극은 칼을 거두어 살폈다.

"꽤 공들여 만든 칼이로구나. 써먹기에 지장이 없겠어."

칼이 마음에 든 철무극은 더 이상 사대호위를 상관하지 않았다. 대신 오행검진을 발동시키려는 만 씨 오형제를 바라보았다.

"제법 공들인 흔적이 엿보인다만 지금은 별 도움이 못 될 물건이구나. 나의 선풍마도(旋風魔刀)를 받아낸다면 그나마 인정해 주겠다."

"선풍마도……."

어째 그 이름마저도 으스스하게 느껴졌다. 만 씨 오형제는 더욱 긴장하며 검을 움켜쥐었다.

"발진(發陣)!"

긴장감이 최고조에 이르고 공력도 극도로 집중될 때를 기다려 맏이가 발진 명령을 내렸다.

그때를 기다렸다는 듯 철무극이 칼을 살짝 옆구리 뒤로 당겼다가 앞을 향해 던져 냈다.

휘앙!

강한 회전을 일으키며 날아가는 칼이 허공을 긁어대는 소리가 요란하게 울려 퍼졌다.

위치를 바꾸며 검진을 발동시키던 오형제는 갑자기 날아든 칼에 놀라며 다급히 검을 모아 후려쳤다.

짜라랑!

칼과 검이 부딪치며 귀를 후벼파는 날카로운 소리가 울렸다. 오형제는 충격을 견디지 못하고 사방으로 밀렸다.

휘리리링!

칼은 땅에 떨어지지 않았다. 검진의 한복판에서 더욱 강한 회전을 일으키며 허공에 떠 있었다. 회전력이 일으키는 강력한 힘이 차츰 범위를 넓히며 검진을 형성한 오형제를 압박하기 시작했다.

"저럴 수가!"

"저게 요술이냐, 무공이냐!"

도무지 믿을 수가 없는 일이 벌어지고 있었다.

칼이 저 혼자 허공에 멈춘 채 강력한 힘을 뿜어내는 광경을 처음 본 사람들은 너무 놀라 입만 딱 벌렸다. 듣도 보도 못한 수법이라 정말 요술이라고 믿는 자들까지 있었다.

가장 난감한 사람들은 다름 아닌 만 씨 오형제였다.

그들의 검진은 사람을 상대로 펼치도록 만들어진 것이지 저 혼자 춤추는 칼을 상대하려고 만들지 않았다. 난생처음 보는 광경에 놀랄 겨를도 없이 차츰 다가오는 거대한 압력을 상대해야 했다.

"출검(出劍)!"

밀려오는 압박을 견디지 못한 맏이가 명령을 내렸다. 다섯 형제는 일시에 검을 날려 회전하는 칼을 후려쳤다.

짜르릉!

날카로운 쇳소리가 연속적으로 울렸다. 칼은 더욱 빨리 회전하며 거대한 힘을 발산했다.

"끙."

공력이 약한 막내가 견디지 못하고 나가떨어졌다. 나머지 네 명도 가슴이 빠개지고 숨통이 턱 막히는 충격을 받고 비칠비칠 밀려났다.

겨우 균형을 잡은 형제들이 다시 막내를 일으켜 세워 검진을 형성했다. 그러나 더욱 강하게 회전하는 칼을 향해 재차 달려들 마음은 조금도 없었다.

서로의 눈치를 살피던 오형제는 일제히 고개를 돌려 철무극을 바라보았다.

"저놈, 죽여!"

오행검진이 그대로 철무극을 향해 쳐들어갔다. 시전자를 공격하면 칼도 위력을 잃을 것이라고 판단한 것이다.

철무극이 손을 뻗어 잡아당기는 시늉을 했다.

후앙!

멈춰 선 채 회전하던 칼이 오형제를 쫓아 날았다. 더욱 강해진 기세는 그야말로 태산을 무너뜨릴 듯 강력했다.

"앗, 이런……."

"젠장, 피해랏!"

다시 한 번 부딪친다면 내장이 흔들리는 정도에 그치지 않을 것이다. 공력의 깊이에 따라 치명상을 입을 수도 있다. 맏이의 명령이 떨어지자 형제들은 사방으로 흩어지며 몸을 피했다.

검진은 흩어졌다. 저 혼자 회전하는 칼조차 이겨내지 못하고 제풀에 깨져 버린 것이다.

철무극은 손을 뻗어 칼을 당겼다. 회전하던 칼이 얌전하게 손아귀에 잡혔다. 철무극은 그 칼을 뒤로 획 던졌다.

칼을 잃고 흥분하던 일도문의 사내는 깜짝 놀라며 날아든 칼을 받으려고도 하지 않았다. 잘못 받았다가는 손은커녕 몸이 두 쪽으로 갈릴 것 같았기 때문이다.

철컥.

하지만 칼은 주인의 칼집에 얌전히 박혀들었다.

"……."

사내는 입을 딱 벌린 채 할 말을 잃고 철무극만 바라보았다. 등줄기로 흐르는 식은땀을 남들이 보지 못하는 것을 천행으로 여겼다.

철무극이 만홍락을 바라보았다.

"다음엔 무엇을 내보일 텐가?"

만홍락의 표정이 수시로 변했다. 너무 놀랍고 흥분한 나머지 얼굴 근육이 파들파들 떨렸다.

"이 지경이 된 마당에 무엇을 더 보이랴. 다만 목숨을 걸고 대항하는 수밖에."

결연한 의지를 내보인 만홍락이 이를 악물며 검을 뽑아 들었다. 제자들도 따라서 검을 뽑아 들고 모여들었다.

활활 타오르는 그들의 눈빛에는 지금껏 당한 모멸과 수치는 찾아볼 수 없었다. 오직 결사항전의 강인한 의지가 엿보일 뿐이다.

"허, 정파의 마음가짐은 과연 남다른 면이 있구나."

마도사파의 인물들은 자신들에게 돌아올 대가를 보고 싸움에 임한다. 정파의 인물들 같은 강한 유대감이나 믿음에서 출발한 협동심 같은 것은 찾아보기 힘들다. 이러한 모습에는 철무극도 감탄하지 않을 수 없었다.

철검문의 제자들을 돌아보던 철무극이 문득 호연삼괴를 향해 손짓했다. 그들이 다가오자 작은 소리로 말했다.

"지금쯤 불리함을 깨달은 그 계집이 도망칠 궁리를 하고 있을 것이다. 미리 나가서 기다리다 잡아놔. 곧 따라가겠다."

장중달이 무릎을 쳤다.

"옳거니, 눈치 빠르기가 불여우보다 더한 그 계집이 불리한 곳에 남아 있으려고 할 리 없지. 분명 도망치려 할 거야."

구장춘도 고개를 끄덕이며 즉시 아우들을 몰고 밖을 향해 달려나갔다.

마지막에 이른 상황에 호연삼괴가 무슨 짓을 하든 만홍락은 상관하지 않았다. 극도로 긴장한 표정으로 철무극만 노려볼 뿐이었다.

철무극이 만홍락을 바라보며 말했다.

"떼거지로 덤비면 힘 조절이 어려워. 제자들을 다 죽일 셈이냐?"

"……."

만홍락은 다문 입을 열지 않았다. 달리 방법이 없는 외통수다. 죽든 살든 끝까지 갈 수밖에 없는 입장이다. 최후의 일격을 위해 공력을 최고조로 끌어올렸다.

철무극이 말했다.

"할 수 없군. 그럼 내가 먼저 시작하지."

말을 끝내고 벌컥 몸을 날리려 할 때였다.

"잠깐만요!"

난데없이 맑고 청아한 목소리가 울렸다.

일촉즉발의 험악한 긴장감이 감도는 곳과는 전혀 어울리지 않는 여자의 목소리였다. 철무극은 물론 모두의 고개가 절로 돌아갔다.

방긋 미소 짓는 여인은 이제 막 소녀의 모습을 벗어나고 있는 어여쁘고 깜찍한 모습이었다.

"설 소저……."

제일 먼저 그녀를 알아본 사람은 장자경이었다.

갑자기 나타난 여인은 다름 아닌 경적진 설씨세가의 둘째딸 설영로였다.

일도문의 사대호위 최명도 설영로를 알아보았다. 직접 만나 이야기를 나눈 적은 없지만 언니인 설령영과 무척이나 닮아 있는지라 쉽게 짐작할 수 있었다. 하지만 표정은 좋지 못했다. 어린 여자가 함부로 나서는 것이 못마땅했던 것이다.

경덕진 설씨세가가 비록 강호의 명문으로 명성을 날리고는 있지만 빛바랜 과거의 명성일 뿐이다. 천엽검 설진웅 이후 뛰어난 고수를 배출하지 못했기 때문이다.

설영로가 방긋방긋 웃으며 싸움 복판으로 다가가자 사람들이 깜짝 놀라 부르짖었다.

"아니, 저런! 위험해요!"

"소저, 함부로 다가가지 말아요!"

팽팽하게 당겨진 긴장감과 공력은 당장이라도 터질 듯 급박하다. 작은 충격만 가해도 터지고 만다. 그런 험악한 곳으로 다가가는 설영로의 행동은 자살하려는 짓과 마찬가지였다.

설영로는 전혀 개의치 않고 다가가며 철무극을 향해 한쪽 눈을 찡긋해 보였다.

"지존보, 또 보게 되었군요. 저는 아주 근사한 사람을 만났어요. 그게 누군지 궁금하죠?"

철무극은 두 눈을 끔뻑거릴 뿐 대답하지 못했다. 설영로의 모습이 귀엽고 깜찍하긴 했지만 누군지 기억이 나지 않아 알쏭달쏭했기 때문이다.

설영로가 깔깔 웃었다.

"아, 또 깜빡했군요. 이봐요."

설영로가 한쪽에 서서 고개를 푹 숙이고 있는 장자경을 불렀다.

"그대는 왜 그처럼 몸을 사리고 있나요? 그가 기억을 못한다면 재빨리 설명을 해서 기억하도록 만들어야죠."

말솜씨가 좋고 처음부터 철무극의 건망증을 경험한 장자경은 그 나름 대로 쉽게 기억을 떠올리도록 하는 재주를 터득하고 있었다. 가장 인상 적인 상황을 간단명료하게 설명하여 연상이 쉽도록 하는 것이다.

장자경은 물론 철무극이 당장 기억을 떠올리도록 설명할 수 있다. 하 지만 최화운의 아버지 최명과 눈길이 마주친 이후 매섭고 적대적인 눈빛 에 주눅이 들어 앞으로 나서서 떠들기가 민망했다.

장자경이 나서기 전에 철무극이 먼저 물었다.

"이름이 뭐라고?"

"영로예요. 설영로!"

철무극은 소매를 걷어붙이고 책자를 펼쳐 설영로란 이름을 찾았다.

"오호, 영혼의 자유를 찾아 강호를 떠도는 어린 소녀, 나에게 정마이 도의 이론을 논파하던 그 아이로구나. 이슬이 맞지?"

"네, 맞아요. 지존보는 늘 나를 이슬이라고 불렀죠. 이제 기억했나 요?"

"응, 그래. 갈 길을 못 찾고 좌충우돌하며 고민하던 모습이 선하게 떠 오른다. 너, 표정이 밝아진 것을 보니 좋은 일이 생겼나 보구나?"

"방금 말했잖아요. 멋진 사람을 만났다고요."

"멋진 사람? 놈이냐? 설마 이 지존보보다 멋진 놈은 아니겠지?"

"호호호, 지금 질투하는 건가요? 물론 지존보도 멋지죠. 하지만 그 사 람도 멋져요. 둘은 거의 쌍벽을 이룰 만큼 멋진 사람들이에요."

"세상에 그런 일이 어딨어! 그놈이 나보다 얼굴이 잘생겼냐, 아니면 무공이 뛰어나냐? 뭐가 그리 잘났는데 감히 지존보와 견준단 말이냐? 너, 뻥치는 거지?"

"아뇨."

"그럼 정말로 나만큼 멋진 놈이란 말이냐? 그놈 어딨어? 당장 봐야겠다."

"나는 물론 지존보를 그 사람에게 소개하고 싶어서 여기 온 거예요. 하지만 지존보는 지금 바쁘잖아요?"

"바쁘긴 누가 바쁘다고 그래? 그냥 잠깐 애들 데리고 노는 것뿐이다. 당장 앞장서라."

"좋아요. 그렇지만 잠깐 기다려야 해요. 지존보이 이대로 가버리면 이분들 입장이 난처해지잖아요."

"이놈들이 난처하든 말든 나와 무슨 상관이냐? 별 재미도 없어서 진작 끝내고 가려던 참이다."

"그래도 그렇게 말하면 안 되죠. 저분들이 화를 내잖아요."

둘러선 사람들의 표정은 그야말로 볼만했다.

너무도 화가 치밀어 부득부득 이를 가는가 하면, 모욕적인 말을 듣고도 함부로 나서지 못하는 무능함이 창피하고 부끄러워 얼굴을 붉히는 자들도 있었다.

갑자기 나타난 설영로의 존재도 그렇지만 철무극의 안하무인, 자존망대한 말투에는 그야말로 할 말을 잃을 지경이었다.

불쑥.

당장 검을 날리지 못해 부들부들 떨고 있는 철검보주 만홍락을 향해 설영로가 뭔가를 내밀었다. 그것은 손바닥 반만한 작은 옥패였다.

"무엇인지 알아보시겠지요?"

만홍락의 두 눈이 부릅떠졌다.

"이건, 이건 무당파(武當派)……!"

"알아보셨으면 됐어요. 좀 더 자세히 보시고 의심이 풀리거든 돌려주세요."

설영로는 더 자세히 확인해 보라는 뜻으로 옥패를 만홍락에게 건네주었다.

옥패를 받아 살피는 만홍락의 표정은 더욱 복잡해졌다.

기대와 흥분, 부러움과 질투가 먼저 스쳐 갔다. 그리고 결국에는 어쩔 수 없는 아쉬움이 떠올랐다 스러졌다.

만홍락이 옥패를 돌려주며 말했다.

"옥패가 진품임을 인정하오. 그분이 바라는 것은?"

설영로는 옥패를 챙기며 방긋 웃었다.

"이번 사태는 오해에서 비롯된 일이라는 말씀을 전하라고 하셨어요. 정파의 의기를 허물어뜨리고 서로를 이간하려는 무리가 있음을 아시고 자중하라는 부탁도 하셨어요. 직접 나서서 정황을 설명하지 못하는 것도 죄송하다고 하셨고요."

"오해라고? 정말 그렇단 말인가?"

"저는 잘 몰라요. 전하는 말만 가지고 왔을 뿐이죠. 이젠 가봐도 되겠죠?"

만홍락은 원한이 가득한 눈으로 철무극을 노려보았다.

철검보에 난입하여 일도문의 사대호위와 자신의 오행진법(五行陣法)까지 박살을 낸 자를 이대로 보내야 한다는 사실이 원통하고 분해서 견딜 수가 없었다. 차라리 생사의 결전을 벌여 자존심만은 지키고 싶었다.

만홍락은 이내 고개를 저었다. 마지막 한 수를 쓴다 해도 철무극이라는 괴물을 이겨낼 자신도 없거니와, 대량 살상이 일어날 것도 두려웠다. 이쯤에서 물러서는 것이 현명한 일이라고 판단했다.

"뒷일은 그분이 해결하시라라 믿소. 모두 물러서라."

만홍락이 순순히 물러서자 젊은 청년들이 당장 반발하고 나섰다.

"보주, 정말 이대로 물러선단 말입니까! 우리가 목숨을 걸고……!"

"이미 결정된 일이다. 물러서라."

"보주, 대체 그 옥패가 무엇이기에……?"

"우리 철검보가 언제부터 그따위 물건 하나에 고개를 숙였단 말입니까?"

"저자를 정말 이대로 보낼 겁니까?"

눈물을 흘리며 항의해 봐야 이미 결정난 일이었다.

만홍락이 철무극 일행이 떠나는 것을 보며 허탈한 표정으로 몸을 돌렸다.

보주의 암담한 뒷모습을 본 청년들은 더 이상 소란을 피우지 못했다. 터지는 분통을 이를 갈며 참아낼 뿐이다.

머리 회전이 빠른 총관이 몇몇 제자들을 향해 말했다.

"일단 방정산의 신병부터 확보해라! 무슨 일인지 알아봐야겠어. 누가 감히 우리를 충동질하고 이간질했는지 알아야겠다!"

지시를 받은 청년들이 즉시 본채를 향해 달려갔다.

총관은 부상당한 네 아들을 살피고 제자들을 단속하여 다른 일이 생기지 않도록 했다.

연무장의 소란이 대충 정리될 때 본채로 달려갔던 제자들이 허겁지겁 달려왔다.

"그녀가 없습니다!"

"도망쳐 버렸어요!"

총관의 표정이 참혹하게 일그러졌다.

방정산이 도주했다는 것은 싸움 결과가 어떻게 될지 알았다는 뜻이다.

진정으로 개관천선하여 새로운 길을 찾는 여자였다면 싸움의 승패와 관계없이 도망칠 이유가 없다. 떳떳하지 못하고 뭔가 숨기고 있었다는 말이 된다.

결국 그녀 한 명 때문에 철검보와 일도문이 치욕스런 일을 당했으며, 더욱 끔찍한 일도 벌어질 수 있었다는 소리다.

"찾아! 그 계집을 당장 찾아 끌고 와라! 목숨만 붙어 있으면 된다! 서둘러!"

구겨진 자존심을 조금이나마 되찾을 수 있는 길은 방정산을 잡아 사건의 정확한 경위를 알아내는 수밖에 없다.

일단 제자들을 내보낸 총관은 다친 사람들을 의원에게 맡기고 직접 밖으로 달려나갔다.

"자네, 잠깐 나 좀 보세."

슬그머니 도망치려 했지만 그럴 수 없었다. 장자경은 일그러진 표정을 풀지 못하고 걸음을 멈추었다. 돌아볼 것도 없이 일도문의 사대호위 최명이었다.

"지존보, 먼저 가시지요."

"응, 천천히 와라."

설영로와 그녀가 지닌 옥패의 정체에 정신을 빼앗긴 철무극은 건성으로 대답하며 앞서 가는 설영로를 쫓았다.

"이슬아, 그게 뭔지 보여달란 말 못 들었어? 대체 어떤 녀석 물건이기에 그놈들의 기를 팍 죽일 수 있는지 봐야겠단 말야. 그거, 무당파 물건이지?"

설영로는 돌아보지도 않고 걸으며 말했다.

"물건은 뭐 하러 봐요? 사람을 만나면 더 확실히 알 수 있는 일이잖아요. 조금만 가면 된다니까요."

"얘가 사람 애간장을 잘도 녹이는구나! 에잇, 좋다! 일단 어떤 녀석인지 보고 마음에 안 들면 대매에 때려죽이고 말 테다!"

"때려죽여요? 잘 안 될 것 같은데요?"

"으잉, 설마 내 무공이 그놈만 못하단 말이냐?"

"그렇게 말하지는 않았어요."

"그렇게 말했잖아!"

"쉽지 않다고 말했을 뿐인데요?"

"그 말이 그 말이지. 어느 놈이 감히 나의 무공을 받아낼 수 있겠느냐? 난 그런 몸 못 봤다."

"곧 보게 될 것 같군요. 호호, 왜 그렇게 초조한 거예요? 혹시 그 사람보다 못할까 봐 걱정하고 있는 것 아니에요?"

"터무니없는 소리!"

"가서 만나보면 될 일인데 자꾸 캐물으니 그렇죠. 그 사람은 느긋하게 기다리고 있는데 왜 기다리지 못하고 조바심을 쳐요?"

"조바심을 쳐? 이 지존보가?"

"그럼 얌전히 따라오란 말이에요. 멀지 않아요."

철무극은 씨근벌떡 숨을 몰아쉬면서도 입을 다물 수밖에 없었다. 여자에게 남보다 못하다는 말을 들으니 울화통이 치밀어 견딜 수가 없었지만 입을 다물지 않으면 더욱 욕을 얻어먹을 것이 분명하다. 억울해도 일단은 참고 얌전히 따라가는 수밖에.

밥 한 끼 먹을 시간 동안 산길을 걷자 작은 도관이 나타났다. 규모도 작고 도사도 별반 없어서 향객조차 뜸한 그런 도관이었다.

도관의 문을 두드리자 소년 도사 한 명이 나와 맞아주었다.

"돌아오셨군요, 설 시주. 사부님과 태사숙(太師叔)께서 기다리고 계십니다."

"네, 손님을 모시고 왔다고 전해주세요."

소년 도사가 먼저 쪼르르 달려들어 갔다.

안으로 들어서니 작은 건물 두 개와 아담한 정원이 펼쳐져 있고, 본당 앞의 작은 평상에 두 사람이 앉아 담소를 나누고 있었다. 둘 다 머리가 하얗게 센 도사들이었다.

"도장 어른, 영로가 손님을 모시고 왔어요!"

반가운 사람을 대하듯 설영로의 목소리에는 기쁨이 가득했다.

두 도사가 고개를 돌렸다. 그중 머리는 하얗게 세었는데, 피부는 아이처럼 반들반들한 이상한 모습의 도사가 기분 좋게 웃었다.

"오, 영로가 왔구나. 착한 일 했으니 선물을 줘야겠는걸. 하지만 뭘 줘야 할지 모르겠다."

"또 시치미 떼기예요? 오늘은 기필코 만산홍엽(滿山紅葉)에 담겨 있는 기운의 흐름에 대해 말해줘야 해요. 나는 이미 추엽비상(秋葉飛翔) 초식을 정확히 구사할 수 있게 되었어요."

"오, 거참 용하구나. 며칠 사이에 초식 운용의 비결을 깨우쳤단 말이지? 과연 영특한걸."

"그러니까 만산홍엽도 가르쳐 달란 말이에요. 자, 보세요. 누가 왔는지."

설영로는 즐거운 표정을 감추지 못하고 한 발 옆으로 비켜섰다.

"보고 싶어하던 지존보예요."

그리고는 고개를 돌려 철무극을 바라보았다.

"지존보, 이분은 바로 무당파의……."

철무극은 설영로의 말이 끝나기도 전에 벌컥 달려나가며 일장을 격출했다.

"요상하게 생긴 말코야, 네가 감히 순진한 이슬이를 꿰었겠다? 지존보의 일장부터 받아보아라!"

장영(掌影)이 있는 듯 없는 듯 허공에 온통 흐드러지게 피어오르며 곧장 노사를 향해 쳐들어갔다.

백발홍안(白髮紅顔)의 도사가 놀란 표정을 감추지 못하고 훌쩍 몸을 일으켰다.

"어? 그건 설씨세가의 천엽검이 아니냐!"

장법으로 변하긴 했지만 초식이 펼쳐지는 움직임과 힘의 안배는 분명 설씨세가의 천엽검이었다.

철무극이 말했다.

"그렇다, 말코야! 어린애 꼬드길 구실이 없어서 남의 문파 무공을 내세워? 너, 오늘 천엽검 초식에 혼 좀 나봐라! 이것이 바로 만산홍엽이다!"

백발홍안의 도사가 인상을 팍 찡그렸다.

"예끼, 이놈아! 그것이 어떻게 만산홍엽이 된단 말이냐? 무식하게 힘만 앞세웠지 초식에 담긴 오묘한 뜻을 전혀 깨닫지 못했다! 겉모습만 흉내 낸다고 천엽검이 된다더냐?"

전신을 노리고 떨어져 내리는 장영을 일일이 쳐내는 수법은 또 다름 아닌 천엽검이 변형된 산수(散手)였다. 퉁겨내고 찌르고, 슬쩍 잡아당기는 수법으로 철무극의 장법을 해소시켰다.

"말코 도사가 제법 손이 빠르구나. 내가 힘이 과하여 조절을 못하는 것이나 네놈이 남몰래 면장(綿掌)의 공력을 써먹는 것이나 다를 것이 없는데 누굴 타박하는 것이냐? 생긴 것이 망측하더니만 마음 씀도 역시 음흉하구나! 옛다, 이것도 먹어라!"

호통을 내지르며 날리는 일장은 설영로가 알려달라고 조르던 추엽비상의 초식이었다.

백발홍안의 도사가 놀라 물었다.

"천엽검을 자세히 연구했구나! 어떻게 이런 일이 있을 수 있지? 어디서 배운 것이냐?"

특정 문파의 무공은 그들만의 독특한 비법이 있으며 식구들, 심하면 아들이나 딸 중 한쪽만을 택해 전수되는 경우도 있다. 비법은 비밀 중의 비밀에 속하며, 누군가 그것을 훔쳤을 때는 세상 끝까지라도 쫓아가 되찾곤 한다. 무기의 정체성이 곧 그들만의 비법인 것이다.

설씨세가의 천엽도 마찬가지다. 특별히 폐쇄적인 곳은 아니지만 자신들만의 비법을 잘 간직하여 천엽검의 독특함을 지키고 있는 것이다.

철무극이 설씨세가의 비법을 안다는 것은 직접 배웠거나 훔쳤다는 얘기와 다르지 않다.

백발홍안의 도사보다는 설영로의 놀람이 더 컸다.

백발홍안의 도사가 추엽비상이나 만산홍엽의 비법을 아는 것은 자신이 그것을 들려주고 가르침을 청했기 때문이다. 하지만 철무극에게는 들려준 적이 없다.

고개를 갸웃거릴 때 철무극의 말이 이어졌다.

"이놈 말코야, 배우긴 어디서 배우겠냐? 너희 무당파의 면장이라고 내가 못할 것 같아? 난 한 번 보면 그대로 따라할 줄 아는 천재적인 두뇌를 지니고 있단 말이다!"

물론 과장된 말이었다.

한 번 보고 따라할 수 있는 천재가 있다면 강호의 그 많은 문파는 이미 통합되었거나 필요없어졌을 것이다. 철무극은 다만 무공의 오묘한 이치를 꿰뚫어 볼 수 있는 안목을 지녔을 뿐이다. 백 년 가까이 살면서 쉽지 않게 얻은 안목이다.

백발홍안은 도사가 여전히 천엽검법 초식을 산수로 변형시켜 철무극의 공격을 막았다. 그러면서도 입을 쉬지 않았다.

"거짓말하지 마라! 이 어르신네가 그런 거짓말에 속아넘어갈 줄 알아? 어디서 몇 수 훔쳐본 것으로 그럴 듯하게 흉내 내는 것에 불과하구먼! 설마 이 애 것을 훔쳐본 것은 아닐 테지?"

"요 말코 녀석이 잘도 넘겨짚는구나! 내가 천엽검법을 보았을 때는 이슬이가 태어나지도 않았어! 에잇, 이거나 먹고 떨어져라!"

철무극은 계속해서 천엽검의 십팔초 중검 초식을 장법으로 격출시키며 백발홍안의 도사를 몰아붙였다.

백발홍안의 도사는 천엽검의 환검 초식을 산수를 바꾸어 방어에 치중했다. 철무극이 과연 천엽검을 얼마나 깊이 알고 있는지 알아보기 위해 적당히 힘을 조절하여 사용했다. 그러면서도 입은 쉬지 않았다.

"요 어린 녀석이 또 거짓말을 하네. 그럼 이 애의 부친을 보았단 말이냐?"

철무극은 계속해서 천엽검의 초식을 장법으로 바꾸어 내갈겼다.

"요상한 말코야, 누가 이슬이 부친을 보았다고 했냐? 할 수 있는 것이 넘겨짚기뿐이로구나!"

"감히 누구를 속이려 들어? 그럼 네가 설마 설진웅을 보았단 말이냐? 그를 몇 살 때 보았는데? 어이쿠, 이 녀석이 공력을 마구 남발하는구나! 평상 부서지겠다!"

백발홍안의 도사가 홀쩍 몸을 날려 몇 발짝 옆으로 옮겼다. 철무극이 재빨리 쫓아 들어가며 일장을 날렸다.

"내가 설진웅을 몇 살 때 보았든 네 녀석은 알 거 없어! 싸움을 하다 보면 부서지고 깨지는 것이 다반사인데 따지긴 뭘 따져! 정 못마땅하면 당장 넓은 곳으로 옮기자!"

"안 돼, 안 돼! 여기서 해야 돼! 이제부터 주위 물건을 부수거나 사람에게 상처를 입히는 사람이 지는 것으로 하겠다! 그런 줄 알고 공력 조절 잘하란 말이다!"

"요 허연머리 녀석이 질 것 같으니 별 요상한 조건을 내거는구나! 흥, 그렇다고 내가 마다할 줄 알아?"

철무극은 오히려 갑작스럽게 공력을 높여 장법을 격출시켰다.

맹렬한 장력이 백발홍안의 도사 주위를 감싸며 무섭게 압박해 들어갔다. 일정 범위 밖으로는 장력이 빠져나가지 못하게 만드는 놀라운 수법이다.

"아, 어린 녀석의 무공이 놀랍도록 깊고 정교하구나. 마도 중에 이런 기술을 쓰는 자가 있을 줄이야. 정말 대단한걸."

한편으로는 놀라고, 한편으로는 칭찬을 하면서도 백발홍안의 도사는 그 막강한 장력을 산수 하나로 일일이 퉁겨내거나 해소시켰다. 면장의 정교하고도 유연한 수법이 뒷받침해 주고 있기 때문이다.

철무극이 말했다.

"이놈들은 툭하면 마도 타령이야! 너희들보다 잘하는 것이 있으면 마도에서 나온 것이라고 믿지를 못하는 거냐? 그런 안목이라면 더 볼 것도 없겠구나!"

"아니다, 아니야. 내가 잘못 말했다. 절대 멈추면 안 돼. 이제부터는 내가 공격할 차례란 말이다. 자, 이거 받아봐라."

철무극이 잠깐 손을 멈춘 사이에 백발홍안의 도사가 번개처럼 손을 놀리기 시작했다. 그것은 천엽검이 아니었다. 무당파의 팔괘장(八卦掌)이 전개되고 있는 것이다.

부드럽고 유연하지만 변화무쌍하여 실초와 허초를 분간하기 어려울 지경이다.

"오라, 무당파의 말코라고 하더니만 결국 팔괘장을 꺼내 들었구나. 그러하면 나도 마도의 음풍투살장(陰風透殺掌)을 쓰겠다. 한 대 맞고 얼어 죽는다고 엄살이나 떨지 마라."

음풍투살장은 악독한 냉한기공으로서 일단 적중되면 장기가 얼어 손상되는 치명적인 수법이다. 철무극은 그런 악독한 무공으로 무당파의 팔괘장에 맞섰다.

쳐들어오는 것이 허초든 실초든 상관하지 않았다. 허초면 따라 들어가고, 실초면 직접 맞부딪쳐 일단 적중시키려고 대들었다. 적중되어 공력이 침투하기만 하면 백발홍안의 도사는 항복하지 않을 수 없다고 여긴 것이다.

물론 백발홍안의 도사는 그리 만만치 않았다. 팔괘장은 변화무쌍하여 잡히지 않고 쳐들어왔으며, 부드러우면서도 끊이지 않는 면장의 공력은 상대의 기공이 침투할 여지를 주지 않았다.

한 사람은 치고 한 사람은 막아내면서 초식을 교환하는데, 몸과 기운의 움직임이 정교하고 신중하여 조금도 허점을 보이지 않았다.

찍찍!

기운이 갈수록 험악해지며 공력이 부딪쳐 터지는 소리가 울려 퍼졌다.

팔괘장 육십사 초를 다 쏟아낼 때까지 철무극은 방어하기에 급급했다. 음풍투살장은 단 한 번도 팔괘장을 뚫지 못하고 좌절하고 말았다.

"에익, 음풍투살장으로는 안 되는구나. 좋다, 그럼 수라권을 써볼 테다. 이 녀석아, 뼈다귀 부러지지 않도록 잘 막아봐라!"

철무극은 역혈수라공을 좀 더 끌어올리며 억센 기운을 실은 수라권을 쓰기 시작했다.

두 가지 무공을 펼치는 동안 벌써 한 시진이 흘렀다.

보통 사람 같았으면 지치고도 남았을 터인데 두 사람은 오히려 기운을 쓸수록 힘이 넘치는지 땀 한 방울 흘리지 않았다. 시간이 갈수록 공간을 진동시키는 공력만 강해질 뿐이다.

웅웅!

권법의 강력한 기운이 더해지자 공간이 진동하며 공명이 일기 시작했다.

백발홍안의 도사도 수법을 바꾸었다. 연환장(連環掌)으로 바꾸어 들이닥치는 강력한 권력을 쉴 새 없이 퉁겨냈다.

"네 이놈, 보자보자 하니까 정말 뵈는 것이 없는 모양이구나! 네놈 나이가 몇이라고 아버지뻘 되는 사람에게 욕질을 하는 게냐? 네놈, 몇 살 먹었어?"

"이놈이 불리해지니까 나이를 들고 나오네? 나는 네 녀석이 몇 살이나 먹었는지 충분히 짐작할 수 있다마는 너는 내 나이도 모르는구나. 모자라도 한참 모자란 녀석일세? 어라, 요 말코가 나의 강력한 권력을 쳐내어 그대로 되돌려 주려 하네? 이화접목(移花接木)의 묘수를 이런 식으로도 쓸 수 있었네?"

연환장의 효력은 끊임없이 이어지는 장법의 연속성에도 있지만 상대의 공력을 그대로 되돌려보내는 묘용도 지니고 있다. 처음에는 미약해서 모르고 지나갔지만 수라권의 위력이 더해갈수록 되돌아오는 힘도 커지고 있었다.

"무당파의 무공은 각각이 오묘한 특징을 지니고 있느니라. 이것은 그저 기본기에 지나지 않는다. 그나저나 네놈 나이가 아무래도 수상쩍다. 겉모습이야 겨우 서른 안쪽이지만 그 나이로는 절대 이만한 공력을 연마할 수 없어. 제아무리 기연 할아비를 만나도 불가능한데 이게 어찌 된 일이냐?"

"스스로 알아볼 일이지 묻긴 뭘 물어? 그러는 네 녀석도 좋은 것은 다

처먹었겠다? 그렇지 않았다면 그 나이에 이만한 공력은 지니지 못했을 게다. 무당파 도사 녀석들이 깊은 산을 헤매고 다닌다더니 기화요초(琪花瑤草)에 이기영물(異氣靈物)을 찾아 제자들에게 먹이는 모양이지?"

"이놈아, 그것은 나의 오성(悟性)과 자질이 남다르기에 어른들께서 어여삐 여겨 해주신 것뿐이다. 그만한 자질없이 좋은 것만 먹는다고 무공을 대성할 수 있다더냐?"

"대성? 므하하하핫! 이 녀석, 제 잘난 척이 넘쳐서 하늘 높은 줄 모르는구나! 그만한 무공으로 대성이란 말을 입에 담아? 네 녀석의 무공이 대성한 정도라면 나의 무공은 절대적인 것이겠구나!"

"에잇, 고약한 놈! 입만 살았구나! 네가 감히 천외천의 무공을 볼 테냐?"

"므하하핫! 네 녀석 정도의 무공이 천외천이라면 이 지존보는 천상천하 유아독존이겠다! 어디 마음껏 펼쳐 봐라! 지존보께서 모조리 박살 내주마!"

"건방진 녀석아, 잔소리 말아라!"

연환장으로도 상대의 무공을 어쩌지 못하자 백발홍안의 도사는 다시 수법을 변화시켰다.

스르르스르르.

공력이 발산되는 현상이 눈에 보일 지경이다.

철무극도 꼴깍 침을 삼켰다.

지금까지의 공수 교환은 탐색전에 불과했다. 자신의 장기를 내놓기 시작하면 극도로 격렬해질 수밖에 없다. 철무극은 긴장감을 일으키며 가일층 공력을 높여 오행마류를 준비했다.

"받아봐랏!"

백발홍안의 도사가 문득 일장을 격출했다.

우릉!

좁은 공간에서 폭출되는 공력은 그야말로 폭발적인 힘을 발휘했다. 부드럽고 유연한 무당파의 공력이 이토록 강력한 힘을 낼 수 있다는 것이 의심스러울 정도였다.

"훙!"

철무극은 전혀 지고 싶은 마음이 없었다. 백발홍안의 도사가 강한 힘으로 억압하려 하자 오히려 잘됐다는 듯 코웃음을 치며 흑마류를 내갈겼다.

흑마류는 강력한 힘의 분출을 장기로 하는 초식이다. 역혈수라공이 뒷받침되는 한 힘에 있어서만은 어느 무공에도 밀리지 않을 정도로 강하다.

쿵!

두 가지의 공력이 좁은 공간 안에서 충돌했다. 일정 범위 밖으로 공력이 뻗어나가 주위의 물체를 건드리면 지는 것으로 약속했기 때문이다.

밖으로 뻗어나가지 못하는 힘은 안에서 폭발할 수밖에 없다. 그 강력한 충돌이 일 장 안에서 폭발하자 그 힘이 두 사람을 뒤흔들었다.

부르르.

두 사람의 몸이 태풍을 만난 듯 흔들렸다. 호신강기를 뚫고 내부로 침투하는 기운을 막기 위해 더욱 공력을 끌어올려야만 했다.

한차례 몸을 떨던 두 사람이 탁한 기운을 입으로 뱉어내고 이내 중심을 잡았다. 인간의 신체가 그토록 강한 힘을 견뎌내는 것이 불가사의했다.

한숨을 토해낸 철무극이 감탄하여 소리쳤다.

"요상한 모습으로 늙은 것이 제법인데? 진산장(振山掌)의 위력이 가히 산을 뽑아낼 만하구나!"

백발홍안의 도사도 지지 않고 소리쳤다.

"늙은 것도 아니고 젊은 것도 이상한 아닌 놈아, 네놈의 흑마류도 볼 만하구나! 마도의 무공이 힘을 앞세워 우격다짐만 하는 줄 알았더니 네놈의 흑마류에는 강함 중에도 부드러움이 있어 한결 안정된 모습이다! 어떻게 이런 경지를 연마해 냈는지 궁금한걸?"

"말해줘도 네 녀석은 못 알아들을걸? 역혈수라공이 팔 단계를 넘으면 어떤 변화를 일으키는지 네가 아느냐?"

"헉, 네가 정말 역혈수라마공의 팔 단계를 넘었단 말이냐? 듣자 하니 칠 단계를 넘는 순간 깊은 마장에 빠져들어 의지가 제멋대로 날뛴다던데? 정신이 버텨내지 못해 돌아버려서 살인광마가 되든, 뇌가 터져서 죽게 된다고 들었단 말이다!"

"므하하핫, 네 녀석이 보기에 내가 살인광마나 뇌가 다친 바보처럼 보이냐?"

"네놈이 설마 구 단계에 접어들어 극마(剋魔)의 지경에 이르렀단 말이냐?"

"몰라! 전인미답(前人未踏)의 경지를 개척했다는 것만은 알고 있다!"

"미친놈, 그처럼 함부로 지껄이는 것을 보니 뇌가 다쳐 바보가 된 것이 분명하구나! 내가 오늘 네놈의 정체를 밝혀놓고 말 테다! 한번 더 받아봐라!"

호흡을 맘껏 빨아들인 백발홍안의 도사가 양손을 들어 박수를 치듯 손바닥을 부딪쳤다.

짱!

유리가 깨지는 듯한 소리가 울리며 강력한 힘이 발생했다. 직후, 쌍장을 앞을 향해 밀어냈다.

꽈르르!

질풍노도와 같은 강력한 장력이 철무극을 향해 밀려 나갔다. 쌍당장(雙堂掌)이었다.

눈썹을 곤두세운 철무극이 쌍장을 높이 쳐들었다가 도끼를 내려치듯 후려갈겼다. 쌍당장의 위력이 가히 놀라울 지경이라 백마루, 적마류를 건너뛰어 청마류를 펼친 것이다.

번쩍.

한줄기 섬전이 들이닥치는 쌍당장의 힘을 향해 파고들었다.

쿵!

쌍방의 힘이 충돌하면서 좀 전보다 더 큰 충격파가 일었다. 두 사람의 몸이 사시나무 떨 듯 흔들렸다.

충격을 회피하려면 상대의 힘을 흘려 버릴 몸의 움직임이 필요하고 그만한 공간이 있어야만 한다. 하지만 그들은 이미 일정 범위의 공간을 지정해 놓은 상태다. 마음껏 움직일 만한 상황이 아니다. 이대로 버틴다면 둘 다 치명상을 입는다.

공간이 좁다고 방법을 찾아내지 못할 사람들이 아니다. 위기에 처할수록 임기응변이 발휘된다.

철무극은 왼발을 축으로 오른발을 걸어차며 몸을 회전시켰다. 호신강기를 뚫고 들어오려던 강력한 힘이 빠른 회전력에 의해 흩어지기 시작했다.

백발홍안의 도시는 쌍수를 번개처럼 휘둘렀다. 몸에 가해진 충격을 팔의 움직임으로 끌어당겨 밖으로 배출하는 것이다.

그들의 임기응변은 자신들의 몸에 가해진 충격을 흩어버리는 데 성공했지만 그것이 또 다른 위기를 불러들였다.

콰콰콰콰!

그들이 흩어버린 충격의 여파가 일 장 범위의 공간을 뒤흔들기 시작했

다. 두 사람이 펼쳐 놓은 강기의 벽이 버티지 못하고 맹렬한 진동을 일으
켰다. 당장이라도 폭발할 것 같았다.

"어이쿠, 이런……!"

"망했다. 강기의 벽이 버티지 못하겠어. 밖에 있는 사람들이 위험하
다."

위험을 깨달았을 때는 이미 늦었다.

쿠앙!

강기의 벽이 깨져 나가며 거대한 폭발을 일으켰다. 폭풍처럼 강한 힘
이 사방으로 폭출되었다.

그것을 막을 방법이 없다. 철무극과 백발홍안의 도사가 동시에 한쪽을
바라보았다.

두 사람의 격돌을 지켜보고 있을 노도사와 어린 시동, 설영로를 찾았
지만 보이지 않았다. 다행히 그들 역시 위험을 감지하고 멀찍이 피한 모
양이다.

"다행이다!"

둘은 동시에 안도의 한숨을 토하며 호신강기를 극도로 발휘했다.

꽈르릉!

땅이 뒤흔들리는 강력한 힘이 주위를 휩쓸었다. 도관의 건물은 물론
아담하게 꾸며놓은 정원까지 무너지고 휩쓸려 쑥대밭이 되었다.

"어이구, 죽는 줄 알았네!"

"헉헉!"

둘은 가쁜 숨을 몰아쉬며 고개를 내둘렀다. 온몸이 온통 먼지투성이가
되었다.

호신강기로 몸을 보호하긴 했지만 폭발의 여파가 워낙 강해서 자칫했
으면 큰일날 뻔했다. 서둘러 탁한 기운을 뱉어내고 호흡을 안정시켰다.

폭발의 여파가 잠잠해지자 두 사람은 멍한 표정으로 사방을 돌아보았다.

"이슬아! 이슬아!"

혹시 잘못된 건 아닐까 걱정하며 철무극은 서둘러 설영로를 찾았다.

"저, 여기 있어요!"

도관의 뒤편 커다란 바위 뒤에서 설영로가 빼꼼히 고개를 내밀며 손을 흔들었다. 노도사와 시동도 함께 있었다.

그들이 무사한 것을 본 철무극과 백발홍안의 도사는 저도 모르게 안도의 한숨을 내쉬었다.

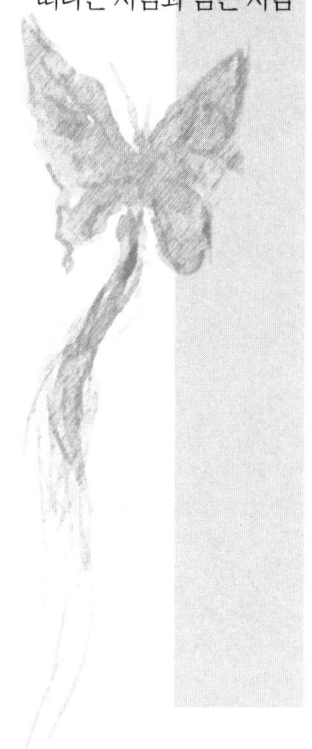

第七章

떠나는 사람과 남는 사람

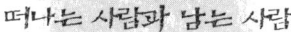

떠나는 사람과 남는 사람

철무극이 벌컥 화를 터뜨렸다.

"야, 이 말코야! 어째서 공력을 남발하여 이런 지경으로 만들었냐? 모두 네 녀석 책임이다!"

설영로와 노도사, 시동이 모두 무사한 것을 확인하고 한숨을 내쉬던 백발홍안의 도사가 멀뚱멀뚱 철무극을 바라보았다.

"내 잘못이라고? 어째서 그렇지?"

철무극이 막무가내로 우겼다.

"나는 본래 무식한 마도 놈이라 힘 조절을 못한다! 잘난 네 녀석이 했어야지! 천외천의 고수가 그것도 못하냐?"

"그건 맞는 말이다. 네놈은 워낙 무식해서 힘만 세더구나. 나야 부드러운 힘을 골고루 섞어 썼는지라 이처럼 무식한 결과를 내놓지는 않지."

"어, 이 말코 녀석이 말을 뱅뱅 돌려서 욕을 하네? 너 이 녀석, 아주 끝장을 볼래?"

"무식한 것이 목소리만 크구나. 끝장을 보자면 내가 무서워할 줄 알았어? 당장 시작할까?"

"오냐, 좋다! 더 부서질 것도 없으니 맘껏 힘을 써도 뭐라 할 사람도 없다! 이 녀석, 덤벼봐라!"

두 사람이 또 한바탕 어우러질 기미가 보이자 설영로가 재빨리 달려나와 끼어들었다.

"이봐요, 두 분! 어린애들처럼 왜 이래요? 그대들은 본래 오늘 처음 본 사이인데 어째서 만나자마자 이토록 험악하게 싸우느냔 말이에요?"

백발홍안의 도사가 먼저 하소연을 했다.

"아냐! 나는 가만히 있는데 저놈이 먼저 시비를 걸었어! 다짜고짜 손을 먼저 쓰는 걸 너도 봤지? 무식한 마도 놈이 힘 자랑 하고 싶어 난리를 피운 거야! 난 잘못없다니까!"

철무극도 지지 않고 소리쳤다.

"어라? 제 녀석이 먼저 나를 불러놓고 이제 와서 딴소리네? 네 녀석이 천외천이라고 거들먹거리며 유세를 해보고 싶었겠지만 지존보 앞에서는 씨알도 안 먹힐 짓이다! 내 앞에서 큰소리치는 놈은 그저 대매에 때려죽인다!"

"저놈, 저 주둥이 험한 것 좀 봐라! 내 오늘 기어이……!"

"그만 해요!"

설영로가 빽 고함을 지르자 두 사람은 흠칫 놀라며 입을 다물었다.

"골목대장 뽑는 자리도 아닌데 어린애들처럼 놀기예요? 남의 도량을 다 부숴놓고 무슨 할 말이 있어요?"

"에, 그건… 내가 다시 지어놓으마. 자경이를 시켜서……."

"그건 나도 미안하다. 무당파에서……."

"호호호! 아이, 재밌어라. 두 분, 꼭 어린애 같아요. 이제 그만 하고 인사나 해요. 또 싸우려고 들면 난 가버릴 거예요."

둘은 서로를 바라보며 눈만 끔뻑일 뿐 인사를 나눌 마음이 없었다.

"정말 이러기예요?"

백발홍안의 도사가 잔뜩 인상을 찡그리다 문득 철무극을 향해 말했다.

"이 녀석, 나 좀 따라와라. 우리끼리 할 말이 있다."

설영로가 먼저 나섰다.

"또 싸우려는 것은 아니겠죠?"

"아냐. 이건 어른들끼리 할 말이다. 아주 중요한 거야."

"내가 보니 전혀 어른들 같지 않은데요?"

"잔소리 말고 기다려라. 곧 돌아오마. 빨리 따라와!"

철무극이 인상을 찡그리며 백발홍안의 도사를 따라갔다.

"이 녀석이 누굴 오라 가라야? 네 녀석이 무슨 짓을 하든 내가 겁을 먹을 줄 아니?"

졸졸 따라가 보니 도관 뒤편의 산중턱에 커다란 바위가 보였다. 사방이 내려다보이는 높은 바위였다. 백발홍안의 도사는 그 바위에 올라 아래를 내려다보았다.

"말해봐. 중요한 게 뭔지."

백발홍안의 도사는 대답 대신 물끄러미 철무극을 바라보았다. 그러다 문득 입을 열었다.

"이제 생각해 보니 네놈은 분명 그 옛날 누군가와 닮았어. 군마맹의 천마신군 철무극. 그의 후손이냐, 아니면 철무극 본인이냐?"

철무극이 피식 웃었다.

"그 정도 짐작하는 녀석이 감히 반말 짓거리를 찍찍 내뱉어? 네 녀석 집안에는 어른도 없냐?"

"정말 철무극 본인이란 말이냐? 설마 반로환동을……?"

"왜? 그런 건 너희 도사들이나 할 수 있는 것인 줄 알았어?"

"허허, 이거야 원……."

젊은 나이에는 연마하기 힘든 깊은 공력과 정통한 마도 무공을 대하고 설마 하며 의심했는데 진짜 반로환동의 고수일 줄은 생각지도 못했던 일이다.

"정말 기이하군. 정말 기이해."

마도의 공력으로 어찌 깊은 함정을 이겨내고 반로환동이라는 놀라운 경지를 이루어냈는지 신기하고 궁금해서 견딜 수가 없었다.

"진정 극마의 경지란 말인가?"

도를 얻기 위해 수련하는 사람들이 궁극적으로 원하는 것은 해탈의 경지다. 마도에서 그와 비슷한 경지가 있다면 모든 유혹과 함정을 이겨내고 터득하는 극마의 경지일 것이다.

눈앞에 보이는 철무극이라는 존재는 다소 거만할 뿐, 평범한 모습에 지나지 않는다. 무공을 익힌 자가 이룰 수 있는 최상승의 경지에 오른 인물이라고는 전혀 믿어지지 않는 모습이다.

"우리는 네놈, 네가 철무극의 후손쯤으로 짐작하고 조사에 나섰다. 무엇을 원하는 것인지 알아보기 위해서이지."

"그런데?"

"천마신군 본인이라는 사실이 놀랍기는 하지만 그렇다고 우리의 목적이 변하는 것은 아니야. 직접적으로 묻겠다. 무엇을 원하지?"

"내가 무엇을 원하느냐고? 지존보가 바라는 것은 하나뿐이야. 잘생긴 아들 하나를 낳아서 내가 세상에 왔다 간다는 표시를 남기는 거지."

"정말 그런가? 우리는 오래전부터 마도사파의 움직임을 주시해 왔어. 큰 혼란이 일기 전에는 특별히 개입하지 않지만 일단 유사시가 되면 나서지 않을 수 없지."

"그런데?"

"천마신군으로 재직 당시 우리는 군마맹을 감시하고 있었어. 사파를 몰락시키고 형성된 세력이 너무 컸기 때문이야. 하지만 천마신군은 더 욕심을 부리지 않았지. 어쩌면 그때부터 마도 무공의 폐해에 빠져든 상태라 더 큰 것을 바랄 여유가 없었는지도 모르지."

당시 철무극이 마도 무공의 한계를 느끼지 않았더라면 분명 정파를 향해 칼을 들이댔을 것이다. 정파의 감시망이 철무극이 생각하고 있었던 것보다 치밀했다는 사실이 놀라웠다.

"천마신군의 돌연한 은퇴가 발동될 뻔했던 천외천의 개입이 무산된 거였지. 그 후로는 천마신군 같은 자가 나오지 않아 신경 쓸 일도 없고."

"……."

"이번에 우리가 나선 이유는 좀 복잡해. 물론 첫 번째 이유는 지존보를 자처하며 강호를 혼란시키는 너, 철 시주 때문이지. 무공이 너무 강해서 적당히 억눌러 줄 필요를 느낀 거야."

"흥, 정파 녀석들이 하는 짓이 늘 그렇지."

"욕먹을 짓이 아니라 질서를 유지하기 위해 필요한 수단일 뿐이야. 그것이 바로 우리의 임무고."

"겨우 네 녀석 정도의 무공으로 나를 막아보겠다는 말이냐?"

이번에는 백발홍안의 도사가 피식 웃었다.

"반로환동에 극마의 경지를 깨우친 천마신군의 무공은 가히 파천황(破天荒)이라 할 만하겠지. 아마도 우리 무당파의 장문 사형께서 출동해도 막기 힘들 거야."

"아니 다행이다."

"하지만 달라. 내가 재미난 얘기 하나 해줄까?"

"옛날 얘기나 듣자고 온 거 아니다."

"들어야 할 거야. 꼭 필요한 얘기니까."

"……."

"마도사파의 무시무시한 효웅들이 강호를 어지럽힌 적이 한두 번은 아니지? 짧게는 몇십 년, 길게는 백여 년마다 한 번씩은 꼭 마군, 사군이 나타나 강호를 어지럽히고 끔찍한 살상을 일삼곤 해서 세상을 공포로 몰아넣곤 했지."

"그런데?"

"그들이 결국 어찌 됐나?"

"네 녀석들이 죽였잖아."

"맞아. 결국 천외천이 개입하고서야 혈육난비의 끔찍한 참상이 멈추고, 악인은 종말을 고했어. 물론 그에 따른 희생도 컸지."

"흥!"

"간혹 나타나는 이러한 효웅들의 기세는 정말 기이할 정도로 높고 강한 면이 있었어. 몇 번은 천외천도 위협을 느낄 정도였으니까."

"……."

"그럴 때 우리 천외천은 어떤 결정을 내리는지 아는가?"

"니들 하는 짓을 내가 어찌 알아!"

"협공을 하지. 다섯이고 열이고 함께 나서서 효웅을 암살하는 거야."

"지금 그걸 자랑이라고 떠드는 게냐?"

"필요하기 때문이야. 이백 년 전에 나타났던 혈왕(血王) 염세출(廉世出)의 경우를 보자고."

혈왕 염세출은 사파가 배출해 낸 가장 강하고 악독한 위인이다. 세상에 나오자마자 살인을 시작해서 마도는 물론 정파의 문파들마저 모조리 휩쓸며 처절한 악명을 떨쳤다. 결국 천외천의 고수들이 나섰다.

"혈왕이 어떻게 됐는지 알지? 화산(華山) 연화봉(蓮花峯) 꼭대기에서 여섯 명의 천외천 고수와 삼 일 밤낮을 두고 결전을 벌인 결과 양패동사(兩敗同死)하고 말았지. 하지만 그건 진실이 아니야."

"아니라고?"

"혈왕의 무공이 아무리 강해도 천외천의 고수 여섯을 무슨 수로 물리치고 함께 죽을 수 있단 말인가? 그것은 세인들의 마음을 안심시키고 천외천이 나선 명분를 만들기 위한 속임수란 말이지. 그때 나섰던 여섯 고수는 멀쩡한 모습으로 살다가 천명을 다하고 죽었어."

"뭔 귀신 씻나락 까먹는 소리야?"

"요는 천외천이 나설 수밖에 없는 상황이었고, 합공해서 죽인 것을 감추기 위해 혈왕의 무공을 과장했다는 말이야. 천외천의 고수들이 합공했다는 것이 알려지면 세인들의 비난을 면키 어렵지. 그래서 혈왕의 무공을 과장한 것이고, 함께 죽었다고 발표함으로써 비난을 피한 것이란 말야."

"흐응, 그런 야비한 방법이 정파를 지향하고 천외천이라고 거들먹거리는 자들의 실상이로구먼."

"혈왕이 더 날뛰도록 두고 봐야 했단 말인가? 아니야. 악행도 한계가 있는 법이고, 강호의 질서도 유지해야 해. 그것이 바로 천외천의 존재 이유가 되는 것이지."

"그런 약점을 왜 시시콜콜 꺼내놓는데?"

"자네……."

"이 녀석아, 내가 누군지 알아봤으면서 계속 반말할 테냐?"

"망할, 누가 겉모습을 그따위로 바꾸랬어? 남들한테 물어볼 테야? 누가 더 늙어 보이는지?"

"커흠, 그래도 지킬 것은 지켜야지."

"존대가 나오질 않는 걸 어쩌라고! 좋아, 철 형이라고는 불러주지."

"당연히 그래야지. 형님도 큰형님뻘 아니겠느냐."

"아무튼 그렇다는 말이야. 철 형 행각이 지금 위험 수위에 다다라 있다는 뜻이야. 조금 더 날뛰며 사람을 해치면 결국 우리가 나설 것이고, 그렇게 되면 죽게 된다는 얘기야. 내가 미리 출도한 것은 철 형이 바라는 것이 무엇인가, 그것을 확인하기 위해서란 말이지."

"내가 더 욕심을 부리지 않는다고 판단했다?"

"아들 하나 낳는 것이 소원이라며? 튼튼한 아들 낳아서 잘 키워. 그것이 세상을 돕는 일이야."

"나쁘지 않은 말이다만 난 해결해야 할 일이 있어. 죽일 놈이 하나 있거든."

"사파연합을 규합한 자 말인가? 철 형 말로는 그가 바로 혈영귀노라며?"

"그놈 수하에 무형검을 쓰는 백만당이 있었어. 근래 들어 무형검을 쓰는 두 놈을 보았지. 혈영귀노가 아니면 그런 자들을 길러내지 못해."

"나도 알아보는 중이야. 우리가 바라는 것은 더 큰 소란이 생기지 않는 것이야. 혈영귀노가 뒤에 버티고 있다면 서둘러 찾아내어 제거해야지."

"그 일을 네가 하겠다고?"

"철 형 일을 왜 내가 해? 그냥 찾아만 본다는 게지. 찾으면 알려줄게."

"근데 네놈 이름은 뭐냐?"

"나? 사부님께서 내려주신 법명은 안영(安寧)이야. 나이 들고 모습이 이렇다고 무당동로(武當童老)라고도 부르고."

"에라이, 어린 놈아! 하는 짓이 영 어린애 같더니만 누군지 별명 한번 잘 지었구나!"

"내가 성격이 쾌활하고 매사를 즐겁게 보내지 않았다면 머리만 하얗게 셌을 것 같아? 주름살 가득한 늙은이가 됐겠지. 나도 좀 더 수련해서 기필코 반로환동을 이루고 말 테다."

"부럽냐?"

"쪼끔."

"열심히 해봐라. 할 말 더 있어?"

"없어."

"그럼 내려가자."

둘은 언제 험악한 싸움을 벌였느냐는 듯 서로 히히거리며 앞서거니 뒤서거니 산길을 내려왔다.

기다리고 있던 설영로가 쪼르르 달려왔다.

"얘기는 끝났어요? 무슨 비밀 얘기를 한 거예요?"

무당동로가 고개를 저었다.

"애들은 몰라도 돼. 시간 되면 내려올 텐데 뭐 하러 올라와?

"안 내려오기에 난 또 두 분이 싸우는 줄 알았단 말이에요. 서로 화해한 거예요?"

"화해는 무슨, 본래 싸울 일도 아니었다. 그냥 무공을 시험해 본 것뿐이야."

"다행이네요. 호호, 그렇게 나란히 내려오는 걸 보니까 두 분 꼭 형제나 친구처럼 보여요."

"그래? 그렇지 않아도 친구하기로 했다."

철무극이 갑자기 무당동로의 뒤통수를 후려쳤다.

"친구는, 이 녀석아! 내가 형님이란 말이다! 머리만 하얗게 세면 다냐, 실력이 있어야지?"

"쳇, 성질 나면 확 까발린다? 좋게 말할 때 친구 하자고."

"까발리든 말든 맘대로 하려무나. 하지만 네 녀석과는 친구 안 해. 형님이라면 몰라도."

"에잇, 모자란 재주가 원수로다!"

무당동로가 꼬리를 내리는 것을 본 설영로가 눈을 크게 떴다.

"정말 지존보가 형님이 되고 동로께서 아우가 되는 거예요? 그건 좀 이상한데요?"

"그렇지? 내가 어딜 봐서 이런 허여멀건한 애 녀석… 보다 어려 보여? 아무리 봐도 아니지?"

철무극이 눈알을 부라렸다.

"힘센 놈이 형님이야!"

무당동로는 딴청을 부리며 모르는 척했다.

"호호호, 정말 재밌어요. 꼭 어린애들 같다니까요."

웃고 떠들면서 도관에 내려와 보니 노도사와 시동은 부서진 건물에서 쓸 만한 물건들을 챙기고 있었다.

잠깐 동안 장소를 빌려준 것도 고마운 일인데 정든 도관을 박살 내놓았으니 입이 열 개라도 할 말이 없었다. 무당동로는 미안한 마음을 감추지 못하고 연신 뒤통수만 긁어댔다.

"에… 사형, 정말 미안하게 되었소. 내가 무당파에 말을 전해서 즉시 복구하도록 시킬게요. 번거롭겠지만 잠깐 마을에 내려가 쉬셔야겠소."

노도사가 혀를 내둘렀다.

"무공이라는 것이 특별하다는 말은 들어봤지만 이토록 커다란 힘을 발휘할 줄은 몰랐구려. 도우(道友)께서는 너무 걱정하지 마시오. 복구하는 동안 이웃 도관에 신세 지면 될 것이오."

"그렇다면 다행군요. 정말 죄송합니다."

버리기 아까운 물건들을 챙긴 일행은 곧 산을 내려왔다. 마을로 접어

드는 갈랫길에서 노도사와 시동은 이웃 도관으로 간다며 작별을 고했다. 무당동로는 손을 맞잡고 흔들며 노도사와 시동을 배웅했다.

"이봐……."

무당동로는 철무극이 팍 인상을 쓰는 것을 보고 즉시 말투를 고쳤다.

"형님아, 우리도 여기서 헤어져야겠다."

"오냐."

"내가 해준 말 잘 생각해 봐. 일 끝내고 만나서 다시 한 번 겨뤄보자고."

"날 이겨보겠다고? 십 년을 더 공부해 봐. 어림없는 일이다."

"허튼소리! 기어코 오행마류를 꺾어낼 방법을 알아낼 테다. 오래 걸리지 않을걸?"

"나한테 오행마류만 있는 줄 아니?"

"뭐가 더 있든 일단 오행마류가 먼저야. 조금만 기다리라고."

"열심히 해봐라."

무당동로는 심통난 아이처럼 잔뜩 인상을 찡그리며 생각에 잠겼다. 벌써부터 오행마류를 이겨낼 방법을 찾는 모양이다.

설영로가 미적미적 무당동로 옆에 서며 말했다.

"지존보, 저도 갈게요."

"저 녀석을 따라간다고?"

"네. 지존보 말대로 정파와 마도는 무공을 연구하고 수련하는 방법부터 다르다는 것을 알았어요. 다행히 동로 어르신께서 지도해 주신다고 하셨어요. 저는 지금 천엽검법을 새로 배우는 기분이에요."

철무극이 시무룩해진 표정으로 말했다.

"그렇다면 가야지. 많이 배워라."

"네."

설영로는 꼬물꼬물 손가락을 만지작거리며 말을 이었다.

"그동안 고마웠어요. 무공을 다 배우면 꼭 지존보를 만나러 올게요."

"응."

"먼저 가세요."

"아니다. 먼저 가라. 저 녀석, 벌써 가고 있잖니?"

"네, 그럼 먼저 갈게요."

설영로는 아쉬운 듯 몇 번이고 뒤를 돌아보며 무당동로를 따라갔다.

철무극은 찌푸린 인상을 펴지 못하고 홀로 중얼거렸다.

"쳇, 또 한 명이 가네. 지존보의 여자 후리기는 영 신통찮은걸."

소매를 걷어 책자에 몇 자 적어 넣은 철무극은 맥이 풀린 모습으로 터덜터덜 걷기 시작했다.

벌써 일 년 동안 강호를 떠돌며 제법 많은 여자를 만나 수작을 걸어봤지만 그 결과는 영 신통치 않다.

첫사랑 사마영문은 끝내 스스로 짊어진 천사교 재건에 열정을 쏟느라 남녀 간의 애정을 접어버렸고, 말썽쟁이 설영로도 결국에는 자기가 원하는 것을 찾아 무당동로를 따라갔다.

화끈한 고옥려는 워낙 제멋대로라 애정을 쏟을 만한 상대는 아니고, 아름답고 고매한 모습의 려봉옥은 책임감을 떨쳐 내지 못하고 관일문에 남았다.

려봉옥 대신 려소명을 얻은 것이 그나마 얻은 수확이라면 수확이겠는데, 철없는 려소명은 육욕의 쾌락만 쫓을 뿐 아직은 남녀 간의 애정에 대한 경험조차 없다. 려소명마저 어쩌면 쾌락을 쫓아 자신만의 길로 가버릴지 모른다.

결국 진정으로 마음을 주고받으며 알콩달콩 애를 낳고 살아갈 만한 여인은 구하지 못한 셈이다.

"에이, 좋지 않다!"

괜한 짜증이 솟구쳐 죄없는 길가에 뒹구는 돌멩이만 걷어차였다.

철무극이 갑자기 홱 고개를 돌렸다.

"너, 왜 졸졸 따라다녀? 한 대 더 얻어맞을래?"

멀찍이 뒤쫓는 여인은 물론 당청청이었다.

철무극에게 참혹한 패배를 당한 이래 그녀는 이를 악물고 뒤만 따라다녔다. 철무극의 무공을 연구하여 기필코 패배의 쓴맛을 되갚아주기 위해서였다.

철검보에서 한바탕할 때도 지켜봤으며, 무당동로와의 기이한 일전도 남몰래 훔쳐보았다.

철무극은 물론 당청청이 졸졸 따라다니는 것을 알고 있었다. 그녀가 무엇을 바라는지도 능히 짐작하고 있었다. 그녀가 무엇을 하든 걱정할 것이 없기에 그냥 두었을 뿐이다.

하지만 지금처럼 짜증이 솟을 때는 절로 신경이 곤두서고 눈에 거슬린다.

"난 지금 기분이 안 좋단 말이다! 얻어맞기 싫으면 안 보이는 곳으로 꺼져 버려!"

호통을 친 철무극은 다시 걷기 시작했다.

우울한 기분 때문에 장자경이나 호연삼괴는 까맣게 잊고 무작정 길만 따라 걸었다.

봄날의 햇살은 부드럽고 따뜻했다.

넓은 들판을 건너고 물가를 따라 걷는 동안 철무극은 또 무당동로를 따라간 설영로마저 잊었다.

귀밑머리를 부드럽게 매만져 주며 스쳐 가는 봄바람이 너무 좋아서 물가의 커다란 나무 아래 앉아 흐르는 물을 바라보았다.

흐르는 물결을 바라보고 있노라면 자신도 모르게 뛰어들고픈 마음에 생긴다고 했지만 철무극은 물로 뛰어들고픈 생각이 아니라 그 물결을 타고 어디론가 한없이 흘러가고만 싶었다.

그곳이 어디인지는 그 자신도 몰랐다. 어쩌면 꿈속에서 알 수 있을지도 모른다. 철무극은 아늑한 기분에 젖은 채 나무에 기대어 잠이 들었다.

간질간질.

봄바람이 코끝을 간질이는 줄 알았다.

"에취!"

재치기를 하며 눈을 떠보니 방긋 미소 짓는 어여쁜 여인이 마른 풀잎을 들고 코를 간질이고 있었다.

"사람이 찾아다니는 것도 모르고 이런 곳에서 혼자 신선놀음이나 하고 있기예요? 호호, 도끼자루 벌써 썩어 없어졌겠어요!"

"옥려가 왔구나."

"어머, 오늘은 바로 알아보시네요? 기분 좋은데요? 그런 의미로 일단 입맞춤 한 번."

쪽.

대담한 행동은 여전했다. 바로 옆이 길인데도 불구하고 전혀 거리낌이 없다.

불끈.

입맞춤 한 번에 저도 모르게 아랫도리에 힘이 들어갔다. 우울했던 기분과 나른한 봄볕이 욕정을 불러일으킨 모양이다.

와락.

단번에 고옥려를 끌어당겨 깊은 입맞춤과 함께 슬그머니 옷을 벗겼다.

"어머, 어머! 먼저 시작할 때도 있다니, 오늘은 웬일이에요? 기분 좋은 일이라도 있었어요?"

"봄볕이 좋잖아."

"호호호, 그건 그렇군요. 정말 봄이에요. 날씨가 너무 좋아요. 아이, 깜짝이야! 그처럼 서두르기예요?"

오늘은 어쩐지 전혀 배려하고 싶은 생각이 없었다. 철무극은 고옥려가 몸부림치는 것도 우악스런 손길로 제압하며 거칠게 밀고 들어갔다.

"지존보! 지존보! 너무 급해요! 누가 보면 어쩌려고! 아이, 난 몰라……!"

몇 번 앙탈을 부리던 고옥려도 이내 밀려드는 욕정을 감추지 못하고 뱀처럼 연한 몸으로 철무극을 감아 올렸다.

이른 봄날, 한낮에 치러진 길가의 정사는 거칠고 다급했으며 그만큼 강렬했다.

한바탕 거친 운우지락을 즐긴 고옥려가 서둘러 옷을 걸치며 말했다.

"무슨 일이에요? 분명 좋지 않은 일이 있죠?"

여인의 직감은 언제나 예리하고 정확한 법이다. 평소와는 다른 행동에 뭔가 변화가 있었음을 알아챈 것이다.

"아니."

철무극은 고개를 저었다. 낮잠에 들기 전에 이미 설영로를 잊었고, 나른한 봄볕만 즐겼다. 우울했던 기분은 마음 깊은 곳으로 숨어 드러나지 않았다.

"정말이에요? 말하기 싫은 거죠?"

"아니라니까."

"음, 그럼 혹시 기억하지 못하는 것인지도 모르겠군요. 아무튼 무슨 일이 분명 있었다고요."

"날 찾아 헤맸다며? 무슨 일인데?"

"아, 그거요?"

생각지도 못했던 운우지락의 나른한 여운을 즐기며 고옥려는 천천히 말을 이었다.

"사파 놈들, 분명 뭔가를 감추고 있어요. 깊이 파고들려는 순간 강한 반격이 시작됐어요. 벌써 염탐자가 열둘이 죽었어요. 겨우 알아낸 것이 청죽장 황 부자가 추소소를 데리고 모처로 숨어들었다는 정보뿐이에요. 그곳을 찾다가 열둘이 죽은 거예요."

"황 부자와 추소소라⋯⋯. 너, 원음당을 추적한다고 했지?"

"네. 가흥(嘉興)까지 황 부자를 추적해 내려갔지만 끝내 다시 놓치고 말았어요. 수하들은 지금 가흥 인근과 항주(杭州) 일대까지 수색하고 있어요."

철무극에게 있어 혈영귀노 원음당이란 존재는 아들을 낳아줄 여인만큼이나 중대하다. 그자를 처리하지 못하고는 마음 편히 지낼 수가 없다.

무의식 중에도 그자에 대한 경계심이 일어 먼저 소매를 걷어붙이고 책자부터 살폈다.

책자를 살피던 철무극의 표정이 절로 일그러졌다. 설영로가 무당동로를 따라가 버린 기록을 보았기 때문이다.

고옥려가 물었다.

"뭐가 적혀 있어요? 안 좋은 일이죠?"

"아니다. 원음당을 찾는 것은 지극히 위험한 일이야. 무당동로라는 자를 찾아 슬그머니 귀띔해 주면 일이 쉬워질 게다."

"아이코, 무당동로라고요? 그가 정말 강호에 출도했군요? 철검보에 무당파의 신물이 나타났다는 정보를 듣고 반신반의했는데 정말이었어요. 지존보가 그를 만났나요? 기분 나쁜 일이 혹시 그와 관련된 건 아니에요?"

"아니야. 이슬이가 나를 마다하고 그놈을 따라가 버렸어. 난 기분 나쁘다."

"어머, 호호호! 그런 일이 있었군요? 난 또 무당동로와 한바탕한 후 기분이 나빠졌나 했지요. 영로는 어차피 정파의 인물이에요. 무공에 대한 열망이 강해 그걸 채워줄 사람을 따라간 거구요. 너무 우울해하지 말아요. 필요할 때면 나타나 주는 이 고옥려가 있잖아요."

고옥려는 확실히 필요할 때 정확히 나타나는 묘한 재주가 있다. 오늘처럼 우울할 때 나타나 한낮의 정사를 즐길 수 있는 여인은 아마도 고옥려뿐일 것이다.

"그건 그렇고, 무당동로도 원음당을 쫓고 있나요? 천외천의 인물이 무엇 때문에 그자를 쫓죠? 원음당이 그토록 심각한 존재란 뜻인가요?"

"나를 찾아왔다가 그놈 얘기를 듣고 방향을 바꾼 것이야. 그놈이 더 문젯거리니까."

"그렇군요. 무당동로가 직접 나선다면 쉽게 풀릴 수도 있겠는데요? 천외천의 인물들은 못하는 일이 없다고요."

누구나 그렇듯 강호의 모든 사람들은 천외천을 경외하고 두려워한다. 마도사파는 물론 명문정파의 최고위층 인물들도 마찬가지다. 불가능이 없는 존재로 인식하고 있는 것이다.

한마디 비웃어주려던 철무극은 고개를 저으며 그만두었다.

천외천의 실체는 알려진 신화와는 다르지만 그것을 군이 까발릴 이유는 없다. 무당동로의 말대로 그것이 바로 강호의 질서를 유지시키는 방편으로 작용하고 있기 때문이다.

"가야겠다."

"어디로 가요? 그 앙큼한 혜명… 홍, 이름까지 바꾸었더군요? 소명이라고요. 홍!"

"넌 왜 그 아이를 싫어하냐? 이슬이와는 금방 친했잖아?"

"영로와는 사람이 달라요. 고 계집 속마음 깊숙한 곳에는 욕망만 가득하단 말이에요. 조심하지 않으면 잡아먹히고 말아요. 그 계집도 추소소와 같은 암거미예요."

"그러니 잘 돌봐줘야지. 그 애가 타락하면 좋겠냐?"

"고 앙큼한 것을 데리고 살 거예요?"

"구슬이와 약속했다, 잘 돌봐주기로."

"흥, 돌본다고 본성이 달라지겠어요? 아무튼 조심하란 말이에요. 전 또 필요할 때 올게요. 호호호!"

고옥려는 깔깔 웃으며 또 그렇게 가버렸다.

철무극은 쓰게 웃으며 몸을 일으켰다.

"하긴, 어제 처음 가르쳤는데 하룻밤에 몇 번을 조르는지 귀찮기는 했지."

첫날밤에는 대개 고통스럽고 두려워서 경험만 치르고 그냥 자기 일쑤인데 려소명은 달랐다. 고통이 가시자 곧 상기된 얼굴로 철무극의 옆구리를 찔러댔다. 일단 발동된 성적 욕망을 그녀 스스로도 자제하지 못하는 것이다.

"아무튼 독특한 아이야."

홀로 중얼거리던 철무극이 사방을 둘러보았다.

"그런데 여긴 어디지?"

려소명이 머물고 있는 객잔을 찾으려면 아무래도 왔던 길을 되돌아가야 할 것 같았다.

터덜터덜.

철무극은 저물어가는 태양 빛을 받으며 마을을 찾았다.

"왜 죽을상을 하고 있냐?"

"……."

"이놈이, 묻는 말 안 들려?"

"기분 우울합니다. 말하기도 귀찮아요."

"어라, 이놈 보게? 너 많이 컸다?"

"나도 이젠 가장이란 말입니다! 클 만큼 컸어요! 그래서 고민도 많단 말입니다!"

"뭔 고민? 돈 말고 네놈이 따로 걱정하는 일도 있냐?"

"으이그, 홀로 고민조차 못하는 내 팔자라니!"

"미친놈."

철무극은 더 묻지 않고 늦은 저녁을 먹었다.

철무극이 밥을 다 먹기를 기다린 려소명이 슬그머니 옷자락을 잡아당겼다.

"장 형께서 혼자 생각할 시간이 필요한 모양이에요. 우린 이만 올라가요."

객방에 든 철무극이 말했다.

"백아는 어디 갔어? 아침부터 안 보이는구나?"

"어젯밤에 나가서 안 들어왔어요. 요새 정말 이상하다니까요."

"이 녀석, 바람났나?"

"백아도 걱정이지만 장 형과 화운 언니의 일도 걱정이에요. 화운 언니 아버지가 둘을 크게 나무란 모양이에요."

"뭐라고 야단을 쳐?"

"그건 모르겠어요. 화운 언니는 크게 상심해서 밖으로 나오지도 않아요. 장 형은 술만 마시고요."

"알아서 하겠지. 잠이나 자자."

"벌써 자요?"

그러면서도 활짝 웃는 모습이 잘 시간을 유난히 기다렸던 것 같았다.

"너, 이 시간만 기다린 것 아니냐?"

려소명은 쑥스러운 듯 고개를 모로 꼬아가며 말했다.

"하루종일 심심했단 말이에요. 화운 언니는 걱정 때문에 나오지도 않다가 아버지를 만나보고는 눈물만 흘렸어요. 백아도 없어서 말할 상대도 없었다고요. 다음부터는 나도 꼭 따라다닐 거예요."

"좋은 일도 아닌데 어딜 다 따라다녀?"

"그래도 혼자 있는 것보다는 낫잖아요. 관일문에서는 혼자도 잘 놀았는데 이제는 안 그래요. 너무 심심하단 말이에요."

보고 느끼는 것이 달라졌으니 생활이 달라지는 것은 당연한 일이다.

"알았다. 자자."

"으응……."

몸을 꼬며 콧소리를 흘리는 모습이 요염하기 짝이 없었다. 아직 추소소만은 못하지만 곧 더욱 강렬한 염기를 뿌려댈 것이 분명하다.

"으휴, 내가 가르쳐 놨으니 책임은 져야겠지."

고개를 내두른 철무극은 이불을 들어올려 옆자리를 내주었다. 려소명은 크게 기뻐하며 폴짝 뛰어올라 철무극을 끌어안았다.

철무극은 려소명을 위해 힘을 냈다. 이것은 오직 그녀만을 위한 노력 봉사에 속했다.

려소명은 몸놀림에는 갈수록 요령이 생기고 힘 조절에 익숙해졌다. 누가 가르친 것도 아니건만 그녀는 무엇을 어떻게 해야 기분이 좋아지는지 본능적으로 알아가기 시작했다.

"어이쿠, 이러다가는 며칠 안으로 추소소를 능가할지도 모르겠다. 일단 항복이다, 항복."

잠을 자려고 들면 여지없이 옆구리를 꼬집는지라 철무극은 세 번째에 이르러 그만 항복하고 말았다.

　장자경과 최화운은 다음날이 되어서도 굳은 표정을 풀지 못했다. 마냥 행복하기만 한 려소명도 그들의 우울한 모습 때문에 마음껏 웃지 못했다.

　"야, 이놈아! 세상이 망하기라도 했냐? 하늘이 무너지기라도 한다든? 왜 똥 씹은 표정이야?"

　철무극의 호통을 듣고서야 장자경이 우물쭈물 입을 열었다.

　"장인어른 그분이 화운에게 부모자식 간에 의절을 선언하고 가버리셨어요. 다시는 보지 않겠다고 말입니다. 잘해보려고 노력하는 중인데……. 잘되면 찾아가서 용서도 빌고 좋게 봐주시라고 사정하려고 했는데 말입니다."

　"네놈 꼴이 마음에 안 든다고 하더냐? 한번 파락호 호색한이면 영원한 파락호 호색한이래? 겨우 일도문 쪼가리에서 호위나 해먹는 놈이 잘난 것이 뭐 있다고?"

　"쉿, 화운이 들어요! 살살 말하란 말입니다."

　"어, 이놈? 맘 잡고 변했다더니 완전 소심해졌네? 너, 그처럼 자신없냐? 아예 일도문을 개박살 내버릴까?"

　"쓸데없는 소리 좀 하지 마쇼. 그걸 말이라고 합니까?"

　"지존보를 따라다니려면 지존보와 같은 행동을 해야지, 그런 것 하나 해결하지 못하면서 뭘 하겠단 말이냐?"

　"내가 가진 것이 뭐가 있다고요? 내가 변하든 말든 정파 놈들은 전혀 상관하지 않는단 말입니다. 여전히 똑같은 시선으로 쳐다보죠. 아니, 오히려 정파의 딸을 유혹하여 타락시켰다고 더욱 손가락질한단 말입니다."

"방법을 찾아봐라."

"그걸 찾느라고 이처럼 고민 중이잖아요. 하지만 뭘 해야 할지 정말 모르겠단 말입니다."

"방법이 없으면 기다려. 세월이 약이다. 애 낳고 잘 살다 보면 또 만나게 되는 것이 천륜이야."

"세상 다 살아본 사람처럼 말한다고 그대로 됩니까? 지존보나 나나 이런 면으로는 꽝이잖아요!"

"방법이 없는데 마냥 얼굴만 찡그리고 살래? 둘이라도 재밌게 살아야지."

"으이그, 말을 말아야지!"

장자경은 고개를 내두르며 더 말하지 않았다. 하지만 몇 마디라도 주고받다 보니 기분은 조금이나마 나아지는 것 같았다.

장자경은 잠깐 멈추었다가 최화운과 나란히 걸었다. 서로 소곤소곤 말을 주고받는 것을 보니 최화운의 기분을 달래주려고 애쓰는 것 같았다.

려소명이 쪼르르 달려와 철무극과 나란히 걸었다. 활짝 피어나는 꽃송이 같은 그녀의 모습은 보기만 해도 절로 기분이 좋아진다.

"백아가 아직도 돌아오지 않았는데, 정말 걱정이에요. 분명 무슨 일이 있다니까요."

걱정한다고 말하면서도 얼굴에는 미소가 가득하다. 어떤 근심 걱정도 지금 그녀의 기분을 해치지는 못할 것 같았다.

"우리는 또 어디로 가나요?"

혜명으로 살 때의 얌전하고 조용한 모습도 찾아볼 수 없었다. 언제나 조잘조잘 참새처럼 떠들었다. 좋은 기분을 재잘거림으로 풀어내는 것이다.

철무극은 천천히 걸으며 적당히 대꾸해 주었다.

"호연삼괴를 찾아간다."

"바쁜 건 아니죠?"

"응, 표지만 따라가면 돼."

"네."

려소명은 소풍 나온 아이처럼 이곳저곳 돌아보며 들뜬 기분을 즐겼다. 날씨도 따뜻하여 흥얼흥얼 콧노래를 부르며 걷기도 적당한 날이다.

호연삼괴가 남긴 표지는 서주를 떠나 동쪽으로 이어지고 있었다.

저만치 뒤따라오며 저희들끼리 소곤거리던 장자경이 슬그머니 다가와 나란히 걸었다.

"지존보?"

"왜?"

"우리 언제까지 길에서만 헤맬 겁니까? 적당한 곳에 자리라도 잡아야 하지 않을까요?"

"왜? 자리잡으면 뭔가 해낼 것 같냐?"

"자리잡고 무관이라도 열어 제자들 받고, 동네 유지 행세라도 낼 수 있다면 달라 보이지 않을까요?"

"그러고 싶냐?"

"우리야 당연히 그러고 싶죠."

"화운이랑 의논한 게냐?"

"네. 화운은 우리처럼 거리의 인생이 아니잖아요. 오랜 여행에 피곤하고 지친 것 같아요."

"하긴 그렇다. 얌전한 규중 처자가 밖으로만 나돌았으니 지칠 만하지. 지금껏 버틴 것만도 용타."

"그러니 우리도 이쯤에서 자리잡죠? 생각해 둔 곳은 있습니까?"

"아니."

"생각은 있는 거죠?"

"아들 낳아줄 여자만 찾으면 된다."

"소명 낭자가 있잖아요. 그녀 한 명으로는 모자란단 말입니까? 설마 아직도 사마 낭자를 생각하고 있는 건 아니죠?"

"……."

"사마 낭자가 첫사랑인 건 알지만 일 좋다는 여자는 오래 두고 생각할 일이 못 됩니다. 사랑보다 일을 택한 여자가 애 낳아 잘 키웠다는 말 못 들어봤어요."

"구름이가 그런 여자란 말이냐?"

"그런 여자예요."

"이놈이!"

"정말 그런 여자라니까요! 그러니 일찌감치 포기해요. 첫사랑이라 좋게만 보이는 겁니다."

"……."

"아무튼 저는 지금부터 정착할 곳을 찾아볼랍니다. 그리 아세요."

장자경은 또 슬그머니 뒤로 처져서 최화운과 나란히 걸으며 소곤거리기 시작했다.

철무극은 잔뜩 찡그린 표정을 풀지 못했다.

"망할 놈이, 그렇지 않아도 우울한데 염장을 질러?"

애꿎은 돌멩이가 또 한 번 철무극의 발길에 걷어차여 저만치 날아갔다.

려소명이 날름 다가와 물었다.

"장 형이 뭐라 그래요? 왜 갑자기 기분이 나빠졌어요?"

"아니다. 날씨 좋다고."

"호호, 그렇죠? 날씨가 너무 좋아요. 곧 꽃도 필 것 같아요."

"그렇겠지."

대충 대답해 주는데도 불구하고 려소명은 홀로 잘도 재잘거렸다. 곧 꽃은 피겠지만 그녀 자체가 바로 꽃이었다.

점심은 노상 객잔에서 대충 해결하고 날이 어두워질 무렵에야 운하 인근에 이르러 객잔을 잡았다.

그곳에 호연삼괴의 둘째 오천련이 기다리고 있었다. 팔을 붕대로 싸맨 것을 보니 무슨 일이 있었던 모양이다.

철무극 일행을 본 오천련이 반색을 하며 달려나왔다.

"오, 때마침 왔구나. 그렇지 않아도 화급한 표지를 남기려던 중이다."

"무슨 일이 있었던 거요? 팔은 왜 그래요?"

"젠장, 말도 마라. 그 계집이 불여우보다 약삭빠르고 나찰처럼 독하다는 것은 알았지만 그처럼 험악한 수를 감추고 있는 줄은 몰랐어. 순식간에 독을 뿌리고 비수를 찔러대는데 하마터면 심장에 바람 구멍 생길 뻔했다."

"그러게 조심하라고 그랬잖소. 그냥 뒤만 밟으라니까. 언제 그랬는데요? 두 분은 어디로 간 거요?"

"기어이 때려잡는다고 쫓아갔다. 방금 전에 물가로 가는 걸 보고 나만 여기 남았어. 저 녀석더러 어서 쫓아가 보라고 해."

장자경은 즉시 철무극에게 말을 전했다.

"가자."

철무극은 두말없이 몸을 일으켰다.

장자경은 최화운과 려소명에게 객잔에 남아 기다리라고 일러준 후 곧 철무극을 쫓아 달렸다.

"물가로 갔다면 장미호를 타고 도망치려는 것이 분명합니다. 선착장으로 가야 해요."

장자경은 곧바로 선착장을 찾아 달렸다.

마을 외곽으로 나서자 저 앞에 선착장이 보였다. 더욱 힘을 내어 달려가 보니 어슴푸레한 달빛을 받으며 몇 명이 어우러져 격렬한 싸움을 벌이는 중이었다.

"따르는 졸개들이 있었던 모양이군요. 지존보, 보십쇼. 저기 장미호가 떠나려 하고 있어요. 나는 졸개들을 잡을 테니까 방정산은 지존보가 알아서 잡으시구려."

멀리 도망쳤다면 몰라도 눈에 띈 이상 방정산은 더 이상 도망칠 곳이 없다. 그녀가 아무리 약삭빠르고 독해도 지존보 앞에서는 고양이 앞에 쥐일 뿐이다.

호연삼괴 중 둘과 격렬한 싸움을 벌이고 있는 자들은 방정산의 두 시비인 홍염과 홍루, 그리고 몇 명의 졸개들이었다. 장자경이 달려나가며 호통을 내질렀다.

"이놈들, 지존보가 왔다! 모두 꼼짝 말고 목을 길게 빼고 기다려라!"

위협을 가하기 위해 일부러 크게 부르짖은 것이지만 그 효과는 대단히 컸다. 지존보라는 이름만으로도 홍염과 홍루는 단번에 전의를 상실하였고, 멋모르고 날뛰던 졸개들은 곧 구장춘과 장중달에게 걸려 몇 대씩 얻어맞고 나뒹굴었다.

"요것들, 무기 못 버리겠니!"

다시 한 번 호통을 내지르자 홍염과 홍루는 좌절감을 느끼며 단검을 던졌다. 장중달이 날름 달려들어 한 대씩 갈겨주고 여인들 겉옷을 찢어내어 결박을 지웠다.

장자경이 호통만으로 홍염과 홍루를 제압할 동안 철무극은 다급하게 선착장을 떠나는 장미호를 향해 몸을 날렸다.

"죽엇!"

허공에 떠 있는 철무극을 향해 시퍼런 독 비수가 날아들었다. 물론 그런 수법에 당할 철무극이 아니었다. 슬쩍 손을 휘두르자 그토록 험악한 기세로 날아들던 독 비수가 자석에 달라붙는 쇠붙이처럼 손 안으로 빨려들었다.

"제발 오지 마!"

참담한 좌절감이 어린 방정산의 목소리와 함께 또 한 무더기의 암기가 쏟아졌다. 철무극은 소매를 휘둘러 폭풍 같은 경력을 쏟아내어 암기들을 날려보냈다.

방정산은 철무극을 막을 수 없다는 것을 잘 알고 있었다. 그녀는 절망감을 느끼며 물에 뛰어들었다. 철무극이 물로 뛰어들면서까지 추적하지는 않을 것이라고 생각한 것이다.

철무극은 물론 물로 뛰어들 마음이 없었다. 자기가 뛰어들기 싫으면 상대도 뛰어들지 못하게 막으면 된다. 뱃머리에 내려선 즉시 낚아챘던 독 암기를 던졌다.

"악!"

방정산은 피할 생각도 못하고 독 비수에 얻어맞은 채 난간 앞에 고꾸라졌다. 엉금엉금 기어서 난간을 붙들고 몸을 날리려 했지만 이미 늦고 말았다.

콱!

억센 발바닥이 질질 끌리던 다리를 밟아버렸다.

"아악!"

방정산은 고통보다 공포에 질려 비명을 내질렀다.

"산아, 지존보가 보자는데 어딜 가려는 게냐?"

"살려, 살려주세요."

"죽기도 쉬운 것이 아니다. 저번에 경험했잖아?"

"으, 제발 그것만은……. 차라리, 차라리 절 죽여줘요!"

"정말 죽고 싶으냐?"

"아니, 아니, 저는……. 제발 독 비수부터 뽑아주세요! 난 곧 죽어요!"

독 비수에는 적라산장만의 치명적인 독인 장취산이 발라져 있다. 당장 해독하지 않는다면 참혹한 고통을 맛보며 죽게 될 것이 두려웠던 것이다.

"네 손으로 직접 해도 될 것 같은데?"

방정산은 그제야 자신의 두 손이 자유롭다는 것을 알았다. 너무 놀란 나머지 자신이 완전히 제압되어 꼼짝도 못하는 줄 알았던 것이다. 그녀는 덜덜 떨리는 손으로 허벅지에 박힌 독 비수를 뽑아내고 품속에서 해독약을 꺼내 복용했다.

"사공들이 놀라 방향조차 잡지 못한다! 배를 선착장으로 돌리라고 해라!"

"네, 네! 사공, 배를 선착장으로 돌려라!"

해독약을 복용한 후에야 겨우 정신을 수습한 방정산이 사공을 향해 소리쳤다. 놀란 사공들은 덜덜 몸을 떨며 겨우 방향을 틀었다.

배가 선착장에 닿자 장자경이 투항한 자들을 몰고 올라왔다. 구장춘과 장중달도 함께 올라왔다.

방정산을 본 장중달이 둘째 오천련이 당한 것을 기억하고 벌컥 달려들어 모질게 걷어찼다.

"악독한 계집아, 네년의 비수에 둘째 형이 죽을 뻔했다. 감히 호연삼자를 건드리고도 무사할 줄 알았냐?"

장자경이 눈치를 주는데도 장중달은 참지 못하고 두 번이나 더 발길을 한 후에야 물러섰다.

방정산은 끔찍한 발길질을 당하면서도 죽은 듯 엎드려 있었다. 반항하고 비명을 질러봐야 더욱 모진 고통을 불러온다는 것을 잘 알고 있기 때문이다.

철무극이 말했다.

"산아."

"네, 지존보."

"내 물건 돌려줘야지?"

"그게, 그게……."

"설마 남에게 줘버린 것은 아니겠지? 그러면 일 복잡해진다."

"살기, 살기 위해서…… 정파의 도움을 받으려고 넘겨주었어요."

"철검보주는 그런 말 없던데?"

"그에게 준 것이 아니라……."

"그럼 누구?"

"황보존일, 황보존일에게 넘겼어요. 그 대가로 철검보에 숨어 있도록 선처해 준 것이고요."

"또 그놈이란 말이냐?"

철무극의 인상이 팍 일그러졌다.

第八章

살아가는 이유

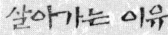

살아가는 이유

"지존보?

"왜?"

"방정산은 왜 살려 보내신 겁니까? 살려두면 두고두고 골치를 썩힐 계집입니다. 죽기 전에는 원한을 잊지 않는 인간이란 말입니다."

"한 대 쥐어박았으니 평생 고생할 게다. 제 살기 바빠서 남 괴롭힐 생각도 못해."

"금제를 가했단 말입니까? 저번처럼 가짜라면 곧 알아챌 겁니다. 영악한 계집이잖아요."

"이번에는 진짜야."

"그럼 다행이고요. 호연삼괴는 왜 인상을 찡그리며 갔는데요?"

"심부름 하나 더 시켰다."

"무슨 심부름요?"

"너도 해야 돼. 이제부터 그 음흉한 황보존일 놈을 골려주는 것이다."

"그자가 물건을 가졌다면 가서 두들겨 패서 찾아오면 그만 아닙니까?"

"그놈은 천산파의 제자야. 죽여 버리면 골치 아파진다. 너 또 정파 애들한테 쫓기며 살고 싶냐?"

"큰일날 소리를! 안 그래도 장인 될 노인네 눈에 가시 같은 존재인데 또 정파와 시비를 붙어봐요. 그땐 도로아미타불입니다. 난 얌전히 살기로 했어요."

"그래서 그놈을 죽이지 않기로 한 것이다. 홀랑 벗겨서 다시는 음흉한 짓 못하게 만들어놔야지."

"으흐흐, 그런 일이라면 좋지요. 아무튼 그놈, 요상한 냄새를 풍기는 놈입니다. 심보가 보통 음흉한 놈이 아니에요. 그대로 두면 아마 강호 무림을 말아먹으려 들 것이 분명해요."

"제일 먼저 당할 사람이 그놈의 터전인 안휘에 있는 천사교다. 다음에는 군마맹이 되겠지. 싹을 잘라놔야겠어."

"쳇, 난 또. 나 생각해 주느라 애써 고생하는 줄 알았더니 결국 사마 낭자와 군마맹 때문이란 말입니까?"

"싫어?"

"싫다면 안 시킬 겁니까? 뭘 하면 됩니까?"

"일단 합비로 가거라. 거기서……."

말을 듣는 장자경의 표정이 점점 일그러졌다.

"그놈 고향이 합비였군요? 방정산이 털어놓은 겁니까?"

"응."

"하지만 하루 이틀은커녕 일 년이 가도 하기 어려운 일인데요?"

"그거 하면서 좋은 곳 찾아봐라."

"정착할 곳 말입니까?"

"응."

"헤헤, 그럼 좋습니다. 내가 곧 알아보죠. 그런데 지존보는 어디로 가려고요?"

"나대로 알아볼 게 있다."

"뭘 알아봐요?"

"그런 게 있어."

"그런 게 뭔데요?"

"있다니까!"

"알았어요. 왜 소리는 지르고 그래요? 언제 만나는데요?"

"때 되면 만나겠지."

"네."

장자경은 곧 최화운과 함께 먼저 떠나갔다. 지시받은 일이 쉬운 일은 아니었지만 정착할 곳을 찾으라는 말에 흥이 나는지 발걸음이 가벼웠다.

둘만 남게 되자 려소명은 더욱 좋아했다.

"우린 어디로 가나요?"

"숭산(嵩山)으로 간다."

"숭산요? 소림사를 찾아가나요?"

"숭산에 소림사밖에 없다더냐? 거긴 안 간다."

"그럼 어딘데요?"

"대실봉 청련사."

"어머, 거긴 바로 저를 납치했던 괴상한 스님이 사는 곳 아니에요? 난 그 스님이 무서워요. 다시는 보고 싶지 않아요."

"넌 안 봐도 돼."

"왜 그 스님을 보려는 거예요?"

"너 때문에."

"제가 뭘요? 난 잘못한 거 없어요."

"네가 잘못한 건 없다. 다만 사랑을 나눌 때 내가 부담이 되기 때문이다."

"네? 저랑 사랑을 나누는 것이 싫어요?"

"그런 말이 아니야. 네가 지닌 천성이 발휘되기 시작했다는 말이다."

추소소가 그랬듯이 성희를 즐기기 시작한 려소명 또한 특별한 천성이 발휘되기 시작했다. 여자가 된 지 며칠 되지도 않았는데 벌써부터 공력을 끌어당기는 기미가 보인다. 서둘러 해결하지 못하면 절대무쌍의 철무극이라 해도 결국에는 공력을 모조리 빨릴 것이다.

"청련사 주지 능엄은 그것을 해결할 수 있는 기술을 알고 있을 게다. 가서 배워야지."

"네, 저는 그처럼 심각한 문제인 줄은 몰랐어요. 그것을 배우기 전에는 더 이상 같이 못 자나요?"

"섭섭해?"

"……."

"아직 심각한 정도는 아니다. 그전에 배워두려고 서두르는 거야."

"네, 다행이네요."

"좋아하는 남녀가 서로를 탐하는 것이 나쁜 것은 아니다만 무엇이든 과하면 탈이 생기는 법이야. 자제할 줄도 알아야지. 요즘 운기 수련은 전혀 안 하고 있지?"

"네, 무공을 겨룰 것도 아닌데 해야 하나요?"

"우리 같은 마도인들은 싸움하려고 무공을 배운다마는 출가한 사람들은 양생(養生)을 위해 무공을 수련하고 내공을 단련한다. 네가 배운 관일문의 공력도 심신 양면에 걸쳐 도움이 되는 수련법이다. 꾀 부리지 말고 하루에 한 번 이상은 꼭 수련해."

"네."

"가자."

둘은 필요한 물건을 챙겨 객잔을 나섰다.

"지존보, 저희도 데려가 주세요!"

"저흰 이제 갈 곳이 없어요."

밖에서 기다리고 있던 홍염과 홍루가 당장 눈물이라도 떨굴 표정으로 다가와 팔에 매달렸다.

철무극은 어리둥절한 표정으로 두 여인을 바라보았다.

"무슨 소리야?"

홍염이 울먹이는 목소리로 말했다.

"마님을 따라가지 못하게 하셨는데 우리가 갈 곳이 어디 있겠어요?"

"고생 좀 하라고 보냈는데 너희들이 따라다니며 시중을 든다면 무슨 소용이 있겠느냐? 너희는 적라산장으로 돌아가면 되잖아?"

"그곳으론 못 가요."

"왜?"

"그곳으로 돌아갈 수 있었다면 마님이 무엇 때문에 강호를 떠돌았겠어요? 주인님이 죽자 남아 있던 자들이 즉시 반란을 일으켜 산장을 장악했어요. 마님은 본래 돌아갈 곳도 없었다고요."

"그랬어? 난 몰랐다. 그래도 그렇지, 너희들이 무엇 때문에 날 따라가겠단 말이냐? 집도 절도 없기는 나도 마찬가지야. 너희들 재주라면 어딜 가든 박대는 안 받을 것 같은데?"

"사파의 어디서도 우릴 받아주진 않을 거예요. 마님이 정파에 의지하려고 했던 사실을 이미 알았을 테니까요. 우린 정말 갈 곳이 없어요. 지존보를 따라다니며 잔심부름이나 하게 해주세요. 네?"

"안 돼. 귀찮아."

"절대 귀찮게 하지 않을 거예요. 우리가 장미호로 모시게 되면 어딜 가든 편하게 여행할 수 있지 않겠어요?"

"배를 타고 다닌다? 그건 편하겠다."

"그렇다니까요. 사공들도 그대로 남아 있으니 타기만 하면 어디든 갈 수 있어요. 어서 배로 가시지요."

홍염이 팔을 붙들고 끌자 홍루까지 매달려 마구 잡아끌었다.

"난 너희들 먹여 살릴 돈도 없다니까."

"호호, 먹을 것은 우리가 구할게요. 지존보에게 의지하게 된다면 우리가 그 정도 해결하지 못할 것 같아요?"

"그래? 그렇다면 결정했다. 앞장서라."

"네."

"호호, 우리가 최대한 편하게 모실게요!"

홍염과 홍루는 깔깔 웃으며 배를 향해 앞장섰다.

그녀들이 지닌 재주는 한두 가지가 아니지만 독립해서 살 수 없는 한 누군가에게 의지할 수밖에 없다. 의지처가 되기에 지존보보다 좋은 인물이 어디 있겠는가. 방정산을 잃고 슬퍼하던 마음도 어디론가 사라져 버렸다.

철무극은 물론 그런 세세한 사정에 대해서는 잘 모르고, 알고 싶은 마음도 없었다. 배를 타면 편한 여행을 할 수 있다는 단순한 생각에 대뜸 허락했던 것뿐이다.

"명아, 가자."

려소명이 걱정스런 표정으로 주위를 살폈다.

"우리가 배를 타고 가버리면 백아가 쫓아올 수 있을까요? 벌써 이틀째 돌아오지 않았잖아요?"

철무극은 그제야 백아를 생각해 내고는 인상을 찡그렸다.

"백아 녀석, 정말 바람이라도 난 것일까? 무슨 일이 있긴 있는 것 같은데. 하지만 염려 마라. 오고 싶으면 우리가 어디 있든 찾아올 수 있어."

"정말요? 하지만 영영 돌아오지 않으면 어떡하죠?"

"음, 그 녀석도 자기대로 사정이 있을 테니 알아서 하겠지. 본래 야생에서만 살던 녀석인지라 번거로웠을 거야. 차라리 이 참에 산에 들어가도나 계속 닦으라고 하지, 뭐."

"백아가 도를 깨우치면 정말 사람으로 환생할까요?"

"몰라."

"그래도 돌아오지 않으면 나는 슬플 거예요. 그동안 정이 많이 들었는데……."

"정들어도 떠날 사람은 떠나는 법이다. 가자."

"네."

려소명은 안타까운 마음을 버리지 못하고 연신 주위를 살폈다. 배에 오르고서도 강둑만 바라보았다.

홍염과 홍루는 오래도록 윗사람 시중을 들어왔는지라 눈치가 빠르고 세심했다.

철무극에게 의지한 이상 이미 가는 길이 달라졌기에 방정산의 상징과도 같았던 돛에 그려진 장미 문양을 떼어버렸다. 선실도 말끔하게 새로 정리해서 남녀가 머물기에 편하도록 꾸며놓았다.

"거참, 알뜰하게도 꾸몄다. 시중을 드니 편하긴 하구만. 너도 좋지?"

"네. 저는 이처럼 호화스런 곳에서는 자본 적이 없어요. 모든 것이 반짝반짝 빛이나요."

"사치를 즐기는 계집이 쓰던 곳이니 어련하겠어? 하지만 편하면 만사가 다 좋은 거지. 자, 이리 와봐라. 또 우리끼리 놀자."

"어머, 배 안에서 하려고요? 흔들리지 않을까요?"

"우리끼리도 배 타고 노 젓듯 잘만 놀았는데 물살에 조금 흔들린다고 문제겠어? 더 좋지."

"어머, 호호호!"

철무극이 와락 끌어안자 려소명은 요염한 미소를 지으며 입부터 맞추었다.

둘은 또 한 몸으로 침상을 뒹굴며 운우의 기쁨을 나누었다.

깊이 잠들었던 철무극은 문득 눈을 떴다.

"백아."

어두운 선실에 백아가 있을 리 없다. 철무극은 인상을 찡그리며 몸을 일으켰다.

선실을 나오자 아직 밤이 다 가지 않은 새벽이었다. 철무극은 싸늘한 새벽 봄바람을 맞으며 뱃머리에 앉았다.

조용히 앉아 정신을 집중하자 세상의 소음이 모조리 새벽바람에 흩어지듯 사그라들었다. 철무극의 정신이 한줄기 연기처럼 허공으로 흩어져 갔다.

캥!

고요함 속에서 문득 백아의 울음소리가 들려왔다. 그 울음소리가 철무극의 영혼을 잡아끌었다.

백아는 그곳에 있었다. 철무극은 그곳이 어디인지 알 수 없었다. 굳이 알 필요는 없다.

그곳에서 그들은 둘만이 알아들 수 있는 목소리로 많은 대화를 나누었다.

캥!

마지막 울부짖음이 들리고 세상은 다시 제 소리를 찾았다. 물 흐르는 소리와 새벽잠에서 깨어 하루를 시작하는 물새들의 날갯짓이 시작되었다.

철무극은 눈을 뜨고 새벽의 어스름을 바라보았다.

"정들면 이별이라……. 모두 제 갈 길 찾아가는 거지."

정이 들었다고 영원히 같이 살 수는 없는 법이다. 모두들 원하는 것이 있고, 그것을 쫓아 흘러가는 것이 어찌 인간뿐이랴. 철무극의 쓸쓸한 중얼거림이 물살을 타고 흘러갔다.

"왜 나와 있어요? 바람이 차요."

빈자리를 느끼고 잠을 깼는지 려소명이 나와 옆에 앉았다.

"갔다."

"누가요?"

"백아."

"백아가 왔다 갔어요? 어딜 갔는데요?"

"세상이 싫대. 시끄럽고 번거롭단다. 산속에서만 살았으니 그럴 만도 하겠지. 제 갈 길 찾아갔다."

"그럼 이제 못 보는 거예요?"

"응. 천년만년 도를 닦다 보면 뭔가 이루어지겠지. 그것이 바로 그녀석 가는 길이다."

"백아가 가서 섭섭한 거예요? 쓸쓸해 보여요."

"만나면 반갑고 헤어지면 허전한 것이 사람 사는 정이 아니겠느냐. 그러면서 또 살아가는 거지."

"……."

철무극의 목소리가 워낙 가라앉아 있어 려소명은 더 말하지 않고 어깨에 기대었다. 둘은 한참 동안이나 그렇게 말없이 새벽이 밝아오는 것을 바라보았다.

운하를 타고 북상하는 동안에도 철무극은 내내 우울한 표정을 풀지 못했다. 하루종일 정좌를 하고 명상에 잠기곤 했다. 려소명과 홍염, 홍루가 재미난 이야기를 하며 기분을 풀어주려 했지만 좀체 명상을 풀지 않았다.

문득 명상을 푼 철무극이 홀로 중얼거렸다.

"그래, 제아무리 지존보라 해도 세상을 다 가질 수는 없지 않은가. 욕심을 부리려고 세상에 나온 것도 아니고, 아웅다웅 다툼질을 하려는 것도 아니었어. 다만 잘생긴 아들 하나 얻어 내가 세상에 왔다 갔다는 흔적이나마 남기려는 소망뿐이었지. 그것으로 족하지 않은가."

첫사랑 사마영문과의 아련한 추억, 끝내 스스로의 자리를 지키려는 려봉옥, 무공에 대한 열정을 쫓아 무당동로를 따라간 설영로는 모두 특별하고 아름다운 여인들이지만 그들은 각기 나름대로의 소망과 열망을 쫓아 자신의 길을 가고 있다. 그들이 곁을 떠나갔다고 슬퍼할 일도 아니고 사랑을 얻지 못했다고 우울해할 필요도 없다.

"기뻐하며 즐겁게 살기에도 넉넉지 않은 삶이 아니던가."

마치 득도한 사람처럼 중얼거린 철무극은 자리를 털고 일어나며 껄껄 웃었다.

옆에서 지켜보던 려소명이 물었다.

"기분이 풀렸나요?"

"아니."

"그런데 왜 기분 좋게 웃어요?"

"기분 좋게 지내기로 했다. 떠나간 사람은 잊고 우리끼리 알콩달콩 잘 살아보자꾸나."

"알콩달콩? 호호, 그 말이 참 좋아요. 그래요. 우리끼리 재밌게 살아요. 이처럼 좋은 봄날에 우울한 표정은 전혀 어울리지 않아요."

"므하하, 네가 바로 도를 아는 사람이구나. 우리 봄날처럼 한세상 살아보는 거야. 그런 의미로 너를 닮은 아들부터 하나 낳자꾸나."

"어머, 내가 무슨 아이를 낳아요? 난 낳을 줄 몰라요!"

"므흐흐흐, 남녀가 만나 한 몸이 되어 사랑을 나누게 되면 아이는 자연히 태어나는 것이야. 배우지 않아도 아는 것이 바로 남녀 간의 사랑이고, 새로운 생명의 탄생이란 말이다. 우리가 할 일은 그저 열심히 사랑하는 것뿐이거든."

"어머, 어머! 누가 보면 어쩌려고요?"

"누가 보기 전에 날름 선실로 들어가 우리끼리 즐거움을 나눠보자!"

철무극은 려소명을 안아 들고 선실을 향해 뛰어들었다.

"호호호, 아이 간지러워요! 어머, 이렇게 우악스럽게 나올 거예요?"

"남자는 다 늑대처럼 거칠고 우악스러울 때가 있는 법이다! 네가 그것을 싫다 하겠느냐?"

"아니, 몰라요!"

정말로 늑대처럼 달려든 철무극의 우악스러움에 려소명은 정신을 차리지 못했다.

"어머, 어머······!"

놀라 부르짖을수록 철무극은 더욱 힘차게 려소명을 끌어안았다.

황하의 누런 물줄기와 만난 배는 방향을 틀어 물살을 거슬러 올라가기 시작했다.

태산이 멀지 않다는 것을 안 려소명이 잠깐 사부인 려봉옥과 관일문을 그리워하며 동쪽만 바라보았다.

철무극이 누런 흙탕물을 가리키며 말했다.

"봐라. 호호탕탕이란 말은 바로 이런 광경을 두고 이르는 말이 아니겠느냐. 장강이 수많은 물줄기와 호수를 거느린 어머니와 같다면 황하는 그야말로 거친 광야를 달리는 한 명의 호탕한 사내대장부와 같다고 할 것이다. 저 북쪽의 사막을 돌아 흐르는 물줄기와 거칠고 강인한 모습의 협곡들을 보지 못하는 것이 아쉽다. 나중에 시간 나면 꼭 한번 돌아보자."

"네."

"네가 많은 것을 배우고 잘살아가는 것이 바로 사부의 마음일 거야."

"네, 하지만 사부님과 사저, 사매들이 많이 보고 싶어요. 뒷산 계곡에 흐르는 냇물과 산새들의 지저귐도 그리워요."

"응, 그렇겠지. 봐라. 저기 언덕 높은 곳이 바로 양산박(梁山泊)이다. 때맞춰 내리는 비라는 별명을 지닌 급시우(及時雨) 송강(宋江)을 비롯한 백팔 호인이 강호를 질타했던 본거지가 바로 저기다."

급시우 송강이 어떻고, 양산박의 위치가 어디인지 모르는 려소명은 다만 철무극이 자신의 기분을 풀어주려 한다는 마음을 알고 일부러 방긋 웃어주었다. 이틀을 더 운항하여 정주에 이르렀을 때는 그녀도 쾌활함을 되찾았다.

"너희들은 여기서 기다려라."

홍염과 홍루를 선착장에 남겨둔 철무극은 려소명과 함께 숭산으로 향했다.

등평현(登封縣)에서 이른 점심을 먹고 출발할 때 보니 소림사를 찾는 향객과 강호인들이 심심찮게 눈에 띄었다.

"특별한 일이 없음에도 사람들이 자주 찾는 것을 보니 소림사의 명성은 과연 대단하구나."

"우리는 소림사로 가는 것이 아니죠? 사부님께 들으니 소림사에는 고

승대덕들이 많아 승단에서는 물론 강호 무림에서도 중추적 역할을 맡는 다고 하셨어요."

"소림사는 무림에서 제일가는 특별한 곳이다. 우리는 물론 그곳에 가는 것은 아니야. 가봐야 마도의 고수인 나 같은 사람을 반겨줄 리 없다. 무슨 일로 왔는지 눈을 흘기며 경계할 것이 뻔해. 괜한 사고만 터진다."

"네."

소실봉을 지나쳐 동쪽 태실봉을 오르니 인적이 확연히 줄었다. 인근 사찰의 승려들과 화전(火田)을 일구며 사는 산골 사람들만 간혹 눈에 띌 뿐이다.

청련사가 위치한 태실봉(太室峯) 중턱에 이를 무렵이었다.

"저기 좀 봐요. 우리 말고도 절에 분향하러 가는 분들이 계시네요."

앞서 가는 사람들의 모습은 조금 특이했다.

양쪽에 몸집이 큰 두 여인이 면사로 얼굴을 가린 한 명의 귀부인을 호위하고 있었다.

행색으로 보면 대단한 집안의 며느리 같은데 이리저리 살피는 모습은 어딘지 모르게 어색했다. 뒤를 돌아보던 여인이 화들짝 놀라는 표정만 봐도 그렇다. 철무극과 려소명을 발견한 여인들은 서둘러 산길을 올라 사라졌다.

"갑자기 바쁜 일이 생긴 모양인데요?"

려소명의 순진한 말에 철무극은 피식 웃고 말았다.

"좋은 거 배우러 가는 길이라서 바쁜 게지."

"좋은 것을 배워요? 뭘 배우는데요? 사찰에 불공 드리러 가는 것이 아니었나요?"

"청련사에 드리는 불공은 특별한 것이야. 우리도 그걸 배우러 가는 길이잖아?"

"어머, 세상에! 그럼 저 여자 분도 그걸……?"

려소명은 그제야 청련사라는 곳이 일반 사찰과는 크게 다르다는 사실을 떠올렸다. 환희불(歡喜佛)을 모셔두고 성적 쾌락을 연구하는 승려들이 모인 곳이 바로 청련사다. 그곳을 찾아가는 사람들도 분명 성적인 것과 연관되어 있을 것은 뻔한 일이다.

려소명은 얼굴을 붉히기보다는 오히려 남몰래 안도의 한숨을 내쉬었다.

그녀는 요즘 자신이 남과 다르게 성적 욕망에 집착하고 있다는 사실을 느끼고 있었다.

여염의 사람들은 먹고살기 바쁜 관계로 성적 욕망에 매달릴 시간도 없고, 홍염과 홍루 같은 그 방면에 능통한 여인들마저 하루에 몇 번씩 남자를 끌어안지는 않는다는 사실을 알았다.

자신의 욕망이 과하다는 것을 알고 고민 중이던 그녀는 험한 산길을 오르는 것도 마다 않고 그 일을 배우러 가는 사람이 있다는 사실에 묘한 동질감을 느낀 것이다.

'그럼 그렇지. 그토록 즐거운 일을 마다할 사람이 있겠어?'

그런 생각을 하며 홀로 웃었다.

"왜 웃어?"

"아, 아니에요. 우리도 어서 가자고요."

려소명은 자신이 품은 생각을 들키지 않으려고 재빨리 고개를 저으며 부지런히 걸었다.

모퉁이를 돌아보니 그곳이 바로 청련사였다.

"어, 이놈들 보게? 아주 그럴듯한데?"

청련사의 그 깔끔하고 고아한 풍경에는 철무극도 놀라지 않을 수 없었다.

속마음이 검은 자들은 겉모습을 더욱 그럴싸하게 꾸민다. 그와 마찬가지였다.

청련사의 겉모습은 마치 수행만 일삼는 성실한 승려들의 거처보다 오히려 우아했으며, 잔잔하게 흐르는 독경 소리는 절로 신심이 생길 정도로 깊고 그윽하게 들려왔다.

"이처럼 꾸며놨으니 바로 옆이 소림사인데도 버젓이 장사를 해먹지."

"장사를 해요? 청련사에서는 뭘 파나요?"

"중놈들 모여 산다고 다 사찰이더냐? 선의(善意)에서 우러 나온 헌금이 아니면 그게 다 장사지. 이놈들은 그중에서도 선의를 가장해서 성적 쾌락을 팔고 사는 악질적인 놈들이다. "

"즐거움을 팔고 사는 것이 악질적인 건가요?"

"너, 잘 들어둬라."

"네."

"성적 쾌락은 오로지 남녀 간의 은밀한 즐거움이다. 거기에 제삼자가 끼어들면 그것은 남녀 간의 지극히 개인적인 공간을 침범당하는 것이고 변태적인 쾌락으로 흐르기 쉽다. 이것을 경계하기 때문에 성적 쾌락을 팔고 사는 행위를 금지시키는 것이야."

"그럼 우리도 불법적이고 변태적인 배움을 구하러 가는 것인가요?"

"그거하고는 달라. 우리는 너와 나만의 문제를 해결하기 위해 온 것이야. 이것은 의학적 문제이지 상술과는 관계없는 것이거든."

"……."

"문제는 이러한 성적 쾌락을 이용하여 치부를 일삼거나 개인적인 목적 달성을 위해 이용되기 쉽다는 거야. 여자가 남자를 휘어잡는 가장 빠른 길이 바로 성적 쾌락을 도구로 삼는 것이지."

"전 잘 모르겠어요."

"알 필요 없어. 알면 문제가 되는 일이야. 우린 우리가 바라는 것만 얻어 가면 돼."

"네."

철무극과 려소명은 곧 청련사 산문 앞에 당도했다.

"어디서 오신 뉘신지요? 저희 청련사는 수행하는 승려들의 거처일 뿐 향객은 받지 않습니다. 분향을 위해 오셨다면 죄송하지만 다른 사찰을 찾아주시기 바랍니다."

겉모습만 그럴듯하게 꾸며놓은 것이 아니었다. 외인에 대한 경계도 심해서 아는 자가 아니면 사찰 안으로 들여놓질 않는다.

철무극은 피식 실소를 흘리며 말했다.

"우리가 바로 그 수행을 목적으로 온 사람이야. 능엄에게 지존보가 왔다고 일러라."

정중한 태도로 철무극과 려소명을 돌려보내려던 문지기 승려는 대뜸 주지스님의 이름이 튀어나오자 흠칫 놀라며 재차 철무극을 살폈다.

"선약은 되어 있으신지요?"

"말이 많다. 가서 전하면 알 것이야."

철무극이 워낙 거드름을 피우는지라 문지기 승려는 혹시 자신이 모르는 약속이 있는지 생각하느라 고개를 갸웃거렸다.

"잠시만 기다려 주십시오."

문지기 승려는 서둘러 안으로 달려들어 갔다.

곧 부산한 움직임이 시작되더니 사찰의 분위기가 급속도로 냉각되었다. 보이지 않는 곳에 살기까지 일었다. 하지만 철무극은 자신과는 전혀 상관없는 일이라는 듯 주변 경치만 돌아보았다.

곧 문지기 승려 대신 오십 초반의 승려가 나타났다. 양옆으로 사천왕처럼 생긴 커다란 체격의 두 승려를 대동했다.

"명성이 자자하신 철 시주께서 본사를 직접 방문해 주시다니 영광입니다. 주지 스님께서 직접 영접을 해야 마땅하지만 그분은 지금 출타 중이라⋯⋯. 억!"

상대의 명성이 워낙 높고 주지인 능엄이 크게 당한 바 있다는 사실을 잘 아는지라 그토록 조심했건만 철무극이 언제 어떻게 손을 썼는지도 보지 못했다. 승려는 말도 끝내지 못하고 비명을 지르며 나뒹굴었다.

빡빡!

사천왕처럼 생긴 두 승려가 크게 놀라며 다급히 손을 쓰려 했지만 그들 역시 이마가 깨진 채 뒤로 꽈당 넘어졌다.

"으으⋯⋯."

비교적 공력이 강했던 초로의 승려는 배를 움켜잡은 채 고통을 참지 못하고 데굴데굴 굴렀다.

철무극이 말했다.

"능엄이 그리 시키든? 당장 기어나와 영접하지 않는다면 이 요사스런 절을 당장 불태워 없애고 말 테다!"

철무극의 호통은 승려의 혼백을 놀라 달아나게 만들었다. 당장 시행하지 않는다면 정말로 귀한 사찰이 불에 타버릴 것 같은 공포가 승려의 정신을 마비시켰다.

"네, 네! 당장 전해 올리겠습니다!"

승려는 창피한 것도 잊고 엉금엉금 기어서 안으로 향했다.

"엉덩이에 뿔 난 것들은 꼭 매를 맞아야 정신을 차리거든."

철무극이 홀로 중얼거리며 주변을 돌아보았다.

청련사의 주지승 능엄은 한참 후에야 겨우 나타났다. 이리저리 눈치를 보는 모습이 철무극을 보기가 두려운 모습이었다.

능엄은 본래 철무극이 나타났다는 사실을 전해 듣고는 즉시 도망치려

했다. 말이 통하지 않는 무식한 자와는 단 한 마디도 나누고 싶지 않았던 것이다. 하지만 자신이 도망치면 철무극이 또 무슨 짓을 할지 모르는지라 눈치만 보고 있었다.

아니나 다를까.

그냥 도망쳤더라면 온갖 보물을 숨겨놓은 청련사는 잿더미가 될 뻔했다. 수행을 목적으로 왔다는 말에 기대를 걸고 쭈뼛쭈뼛 모습을 보인 것이다.

"지존보께서 어떻게……?"

"응, 뭐라고?"

"어떤 분부가 있으시기에 누처까지 왕림하셨는지……?"

"내가 여기 왜 왔지?"

멀뚱멀뚱.

철무극이 그새 건망증이 발동하여 눈만 끔뻑이고 있자 려소명이 옆구리를 찌르며 말했다.

"그거 배우러 왔잖아요."

"응, 뭐라고? 왜 속삭여? 무슨 죄 졌어?"

"아니에요. 우린 그냥 그걸 배우러 왔다고요……."

"그게 뭔데? 중놈들에게 뭘 배울 게 있다고?"

려소명은 얼굴을 붉히면서도 철무극의 귀를 끌어당겨 작게 속삭였다.

"방중술(房中術)을 배우러 왔다고요. 문제가 있다면서요?"

"응?"

고개만 갸웃거리던 철무극은 소매를 걷어붙이고 팔뚝에 달아놓은 책자를 보고서야 청련사를 찾아온 목적을 기억했다.

철무극은 문득 매서운 눈으로 능엄을 노려보았다.

"늙은 땡초는 이 애가 지닌 특질과 그에 대한 해법을 알고 있으렷다?

우린 그걸 배우러 왔어."

특별한 능력을 지닌 혜명을 발견했기에 관일문까지 쳐들어가서 납치했으니 모를 리가 없는 일이다. 둘이 함께 나타나자 어느 정도 짐작은 했지만 뭔가 필요해서 왔다면 기가 죽을 이유가 없다.

이유를 알아낸 능엄은 대뜸 비굴한 표정을 거두고 거만한 모습으로 입을 열었다.

"아하, 본래 그 이유 때문이시구먼. 강호상에는 실로 그 해법을 아는 자가 드물거든. 취락동의 곡운이 제법 아는 척하지만 사실은 쥐뿔도 모르면서 나대는 꼴이지. 이 능엄이 아니면……."

"아랫것들 앞에서 한 대 얻어맞고 싶어? 잔소리 많은 건 좋지 않아."

"응? 에, 그 머시냐. 그럼 일단 안으로……."

청피하고 수치스런 일은 한 번 당한 것으로 족하다. 청죽장 지하에서 철무극에게 얻어맞은 사실을 아는 자들을 쥐도 새도 모르게 슬그머니 처리했는데 본거지에서 또 못난 꼴을 보인다면 주지승 짓도 못해먹을 것이다.

능엄은 제자들이 볼까 두려워 거만함을 꾸며가며 철무극과 려소명을 은밀한 거처로 안내했다.

차를 준비시킨 능엄은 제자들을 멀리 물리고 심각한 표정으로 입을 열었다.

"한 가지만 약속해 준다면 비법을 그대로 전수해 주겠소이다."

"말해봐."

"비법을 전수받은 이후로는 절대 다시 찾아오지 않겠다는 약속을 해주시오. 그리고 누구에게도 우리 청련사의 비밀을 토설하지 않아야만 합니다."

"늙어 죽기 전까지는 재미도 보고 돈도 벌어보시겠다?"

"가진 재주가 그뿐이니 낸들 어쩌겠소? 약속하시겠소?"

"비법만 확실하다면 더 볼일도 없어."

"그럼 좋소. 내가 아는 대로 전수하리다. 방중의 비술에 대해서는 어느 정도 알고 있소?"

"비술도 알아야 하나?"

"그야 당연하지요. 몸만 섞는다면 후대를 얻기 위해 교접하는 짐승들과 다른 것이 무엇이겠소? 오직 인간만이 생산이 아닌 쾌락을 목적으로 교합을 치르는 것이외다. 그렇다면 진정한 쾌락은 어디서 오느냐? 이것을 연구하여 대성시킨 비술이 바로 나의 춘요방(春要房)이외다."

전설상의 신선인 팽조(彭祖)와 서왕모(西王母)의 방중술이 어떻고, 그들을 이은 사람인 동현자(洞玄子) 선생이 무엇을 했으며, 또 후대의 연구가 어떻게 능엄 자신까지 이어졌는지 구구절절 설명하는 것을 일일이 듣고 있자니 짜증만 날 뿐이었다.

"본론을 말하란 말이야, 본론을! 누가 음양방중술의 역사를 듣자고 했어?"

"에, 그게 그러니까……. 아무튼 그런 계통을 통해 전해지고 집대성된 것이 바로 춘요방이란 말이외다. 자, 그럼 지금부터 본론으로 들어갈 텐데 직접 실습을 해보시겠소, 아니면 실습생들을 따로 부를까요?"

"실습도 해야 한단 말인가? 그냥 말로 하면 안 돼?"

"천만의 말씀. 그 기묘하고 세밀한 자세와 기술들을 어찌 말로만 설명할 수 있단 말이외까. 충분한 연습과 실행만이 최상의 쾌락을 이끌어내는 첩경이지요. 험, 그렇다면 실습생들을 시켜놓고 직접 보면서 설명해드리리다."

"낯뜨겁게 어찌 남의 정사를 지켜본단 말인가?"

"허, 모르시는 말씀. 이것은 어설픈 육욕의 향연이 아니외다. 깊은 신심과 사명감을 갖춘 연구가 목적이지요. 춘요방을 한낱 육욕의 대상으로 본다면 어찌 쾌락의 궁극을 경험할 수 있겠소?'

엄숙하고 진지한 표정이 제법 그럴듯했다. 쾌락을 팔아 치부를 일삼는 강호의 기생충 같은 인간의 모습이 아니다. 춘요방에 대한 믿음과 자부심이 그만큼 깊다는 뜻이리라.

철무극은 새삼스런 눈으로 능엄을 바라보았지만 정사를 나누는 모습을 직접 보고 싶은 마음은 없었다.

"그렇다면 옆방에서 작은 유리를 통해 볼 수 있도록 준비하지요."

능엄이 결국 방법을 찾아주었다.

철무극과 려소명은 그때부터 장장 보름에 걸쳐 능엄이 보여주는 남녀의 교합과 방중술에 대한 깊은 지식을 전수받았다. 물론 실습생들의 정사를 보고 나면 꼭 복습을 통한 체득을 실행해야 했다.

려소명은 매번 얼굴을 붉히며 부끄러워했지만 일단 복습이 시작되면 그 어떤 여인보다 뜨겁게 변해 절정을 향해 치닫곤 했다. 철무극이 오히려 그녀의 힘에 밀려 먼저 항복하기 일쑤였다.

철무극은 혀를 내두르며 부지런히 능엄이 가르치는 기술과 구결을 배우고 익혔다.

"인간의 호기심과 재주는 진정 놀랍다는 것을 새삼 느낄 수 있었던 시간이었다."

감탄사를 연발하는 철무극을 바라보는 려소명의 표정은 태양처럼 밝게 빛났다.

능엄의 춘요방은 기대 이상이었다.

그가 전수한 춘요방의 기술과 자세들은 대부분 옛것을 그대로 모방한 것에 불과했지만 한 가지만은 실로 독창적이고 세심한 연구가 깃들인 것이었다.

무공에서 가장 중요시 여기는 것은 균형과 조절이다. 심신 양면에 걸친 균형을 유지하고 그것을 능히 조절할 수 있어야만 고급 무공으로 들어갈 수 있는 것이다. 능엄의 춘요방도 마찬가지였다.

춘요방의 요결을 한마디로 말하자면 '힘 조절'이었다. 나의 과한 힘으로 상대의 약함을 보완해 주고 상대의 거친 힘으로 나의 나약함을 보완해 주는 것이다.

"려 시주의 탁월한 능력은 상대하는 남자를 절정의 쾌락으로 인도하지만 그 결과는 끔찍하지요. 양기를 빼앗긴 남자는 곧 시름시름 앓다 죽을 테니까요. 여기서 조절이 필요한 겁니다. 빈도의 방법은 바로 준 것을 다시 되찾아오는 것이외다. 일단 주게 되면 절정의 쾌락을 맛볼 수 있고, 잃었던 양기를 되찾을 수 있다면 부작용에 시달릴 일도 없지요. 알아듣겠소?"

갈수록 거만해지는 능엄의 태도가 눈에 거슬리기는 했지만 철무극은 묵묵히 듣고 따라주었다.

"비록 추잡한 방법으로 돈을 벌지만 그 재주만은 놀랍다. 한 가지 방면에 그만한 열정을 지니기도 쉽지 않은 일이거든."

"네, 그 스님은 과연 재주가 비상해요. 사람이 느낄 수 있는 모든 쾌락을 이끌어낼 줄은 몰랐어요."

"좋았어?"

"네."

이제 완연한 여자가 된 려소명은 더 이상 남녀의 일을 부끄러워하지 않았다. 좋아하는 사람과 더불어 맘껏 즐길 수 있다면 그것이 바로 행복이라고 믿게 되었다.

철무극은 그런 려소명을 보면서 음흉하게 미소 지었다.

'너는 모를 것이다. 너의 염기가 갈수록 강해지니 나조차도 감당하기 힘들어. 그래서 수작 좀 부렸지.'

철무극이 아무리 반로환동을 이룬 고수라 해도 본래의 나이는 속일 수 없는 법이다. 려소명의 색정(色精)이 너무 강해서 진원진기(眞元眞氣)마저도 건드리기 때문이었다.

철무극은 그것을 방지하는 방법으로 쉽게 임신하는 방법을 능엄에게 귀띔으로 들었다. 일찌감치 아이를 낳게 함으로써 그녀의 성적 욕망을 육아(育兒)의 모성 본능으로 돌려놓기 위해서였다.

"왜 웃어요? 또 좋은 일이 있나요?"

"있지. 암, 있고말고."

"뭔데요?"

"곧 알게 된다. 어, 벌써 봄이 이토록 깊어졌구나. 산과 들이 온통 푸르렀는걸. 신선 놀음에 도끼자루 썩는 줄 모른다더니 춘요방의 즐거움에 빠져 봄이 깊어가는 줄도 몰랐구나."

"어머, 정말 그렇네요. 봄꽃이 온통 만발했어요!"

철무극의 속을 모르는 려소명은 산등성이에 만발한 봄꽃을 보고 크게 기뻐했다. 즐거움이 온통 마음을 차지하고 있는지라 무엇을 보든 기분이 좋은 것이다.

꽃들을 구경하느라 산을 내려가는 데 반나절이 걸렸다.

선착장에 내려와 보니 고옥려가 기다리고 있었다.

"대체 어디 숨어 있었던 거예요? 급한 일 생기면 어쩌려고 표지조차 남기지 않고 다니냐고요!"

이번에는 필요할 때 나타난 것도 아니므로 철무극은 한참 후에야 고옥려를 알아보았다.

"네가 바쁜 것이겠지. 난 바쁜 일 없다."

철무극의 냉담한 반응에 고옥려는 당장 쌍심지를 켜고 노려보았다. 물론 철무극 대신 려소명을 향한 눈초리였다.

"요 못된 것, 남자 후리는 재주가 보통이 아니구나! 네가 감히 지존보를 독차지하여 즐겨보겠단 말이냐?"

순진한 혜명은 누군가 야단을 치면 자신이 무엇을 잘못한 것은 아닌지 먼저 반성하느라 기가 죽었지만, 지금 그녀는 혜명이 아닌 려소명이다. 강호의 인심도 알아가는 중이고, 여자들 간의 질투와 시기심도 눈치채기 시작했다.

"나는 그대에게 욕을 들을 이유가 없어요."

려소명의 반응은 의외로 냉정했다. 순진했던 것이지 바보는 아니었다는 말이다.

그 한마디가 고옥려의 울화통을 터뜨렸다.

"이런 처죽일 것, 며칠 지존보를 차지하고 있었다고 눈에 뵈는 것이 없어졌구나! 너처럼 앙큼한 년은 매가 약이다!"

당장 달려들어 보기 좋게 따귀를 올려붙였다.

경쾌한 소리가 울려야 정상일 텐데 고옥려의 손바닥은 그만 허공을 후려치고 말았다.

"어, 이년 봐라? 감히 피해! 오냐, 너 오늘 나한테 죽어봐라!"

철무극이 어디로 사라졌는지 몰라 애를 태우고 있던 고옥려는 려소명이 반항하자 참지 못하고 분노를 폭발시켰다. 당장 칼을 뽑아 들고 미친 듯이 휘두르기 시작했다.

"어머!"

그 기세가 얼마나 야멸차고 독한지 려소명은 그만 기가 먼저 질렸다. 악독한 칼날이 당장이라도 몸을 갈가리 찢을 것만 같았다.

정파의 무공이란 본래 공격보다 수비에 치중하기 마련이고, 후발선지(後發先至)의 묘미를 살리는 데 중점을 둔다.

려소명은 이미 어려서부터 관일문의 무공을 배우고 익혔으며, 기초는 반석처럼 다져진 상태다. 다만 강호인들을 만날 기회가 없었고, 남과 다툴 일이 없어 무공을 쓰지 않았을 뿐이다. 스스로 위기에 처하자 몸은 자연스럽게 반응했다.

스윽.

생각보다 빨리 몸이 움직였다. 고옥려의 미친 듯한 칼질이 아슬아슬하게 몸 주변을 스쳤다.

"죽여 버리고 말 테다!"

려소명의 몸놀림이 매끄럽고 유연하여 자신의 미친 듯한 칼질을 피해 내자 고옥려는 더욱 광분하며 버럭버럭 소리를 질러댔다. 곤두선 눈썹과 벌겋게 상기된 눈빛이 진짜 미친 여자 같았다.

려소명은 고옥려의 미친 듯한 칼부림에도 놀랐지만 스스로의 몸놀림에도 적이 놀라지 않을 수 없었다.

무의식 중에 칼질을 피하고 이어지는 몸놀림은 분명 관일문의 무공 사부들로부터 배운 사행보(蛇行步)였다. 관일문의 제자라면 누구나 배우는 보법이지만 이렇듯 효력을 발휘할 줄은 생각지도 못했던 일이다.

상대의 험악한 칼부림을 간단한 사행보로 피할 수 있다는 사실을 알게 된 려소명은 다소 마음이 안정되었다. 두려움이 사라지자 상대를 파악할 수 있는 여유가 생겼다.

뜻밖에도 고옥려의 칼부림에는 곳곳에 허점이 노출되고 있었다. 기세가 거칠고 잔인한 면이 있지만 초식의 흐름이 매끄럽지 못했다. 초식과 초식이 이어지는 부분에 있어서는 여지없이 빈틈이 엿보였다. 그 빈틈을 노려 일격을 날린다면 틀림없이 승리를 쟁취할 수 있을 것 같았다.

하지만 려소명은 감히 그 빈틈에 일격을 가하지 못했다. 고옥려의 표정이 너무 험악해서 엄두가 나지 않는 것이다. 할 수 있는 일은 오로지 사행보에 의지하여 칼부림을 피해내는 것뿐이었다.

"죽어라, 죽어! 망할 년이 잘도 피하는구나!"

고옥려는 마구 욕지거리를 내뱉으며 칼부림을 했다. 그러나 아무리 날뛰어도 려소명의 사행보를 따라잡지는 못했다. 시간이 갈수록 호흡이 가빠지고 맥이 빠질 뿐이다.

"이 계집, 죽일 년이… 헉헉!"

숨을 몰아쉬느라 욕이 제대로 나오질 않았다.

"이젠 그만 해요. 그대는 나를 이길 수 없어요."

려소명의 말이 비웃음으로 들려 참기 힘들었지만 더 이상 날뛸 힘이 없었다.

"아이고, 내가 못살아!"

터지는 울화통을 참지 못한 고옥려는 칼을 아무렇게나 휙 집어던지고 털썩 주저앉았다.

"지존보, 나도 저년 같은 무공을 가르쳐 줘요!"

하소연할 곳은 철무극밖에 없었다. 하지만 아무리 둘러보아도 철무극은 보이지 않았다. 구경하기도 지루해서 먼저 배에 올라 홍염을 상대로 농담이나 하고 있었다.

"지존보!"

화를 참지 못한 고옥려는 벌떡 몸을 일으켜 배로 뛰어올랐다.

"정말 이러기예요? 내가 남들한테 업신여김당하는 것을 보고도 가만 있을 것이냐고요!"

철무극은 멀뚱멀뚱 고옥려를 바라보았다.

"네가 남한테 업신여김을 당했단 말이냐? 내가 볼 땐 네가 남을 업신

여기는 것 같은데?"

"정말, 정말 이러기예요? 저년을 언제부터 알았다고 저를 팽개치고 저년만 편드냐고요!"

"난 누구 편든 적 없다. 너희들끼리의 일을 왜 내게 와서 늘어놓고 그래? 너, 철부지 어린애냐? 자기 일은 자기가 알아서 해야지."

"으앙!"

할 말이 없어진 고옥려는 그만 서러움이 복받쳐 울음을 터뜨리고 말았다. 여자라는 존재는 본래 불리할 땐 울음부터 터뜨리는 것이 특징이자 특기인 것이다.

철무극은 물론 우는 아이를 달래줄 만큼 자상하지 못했다.

"배 띄워라. 회남으로 가자."

"네."

홍염과 홍루가 곧 사공들을 재촉하여 배를 띄웠다.

모두들 자기 할 일에 바쁜데 오로지 고옥려만 더욱 서럽게 꺼이꺼이 울었다.

보다못한 려소명이 슬그머니 고옥려에게 다가갔다.

"언니, 울지 말아요. 내가 잘못했어요."

마음 약한 려소명은 자신이 무엇을 잘못했는지도 모른 채 사과했다.

"알긴 아는 거야?"

물론 알 리가 없다. 그래도 대답은 했다.

"네……."

"내 앞에서 까불지 마. 지존보는 본래 내가 먼저 알았단 말이야. 찬물을 마시는 데도 순서가 있는 거 알지?"

"네……. 본래 그런 것이군요?"

"물론 그런 거지. 앞으로 내 말 잘 들을 거야?"

"네……."

"좋아, 그럼 내가 언니 된 입장에서 잘 봐줄게. 무공 좀 한다고 까불면 그땐 정말 끝장이다?"

"네……."

"좋아, 그럼 이제부터 나는 저 무정한 지존보와 말 좀 해야겠으니 너는 밖에서 기다려."

고옥려는 언제 그토록 서럽게 울었느냐는 듯 눈물을 훔치며 철무극에게 다가갔다.

려소명은 지금 무슨 대답을 했는지도 모르는 상태로 멀뚱멀뚱 고옥려만 쳐다보았다. 뭐가 잘못되긴 한 것 같은데 그것이 무엇인지 아리송했다. 고옥려가 무공으로는 더 이상 자신을 괴롭히지 못할 것임은 짐작할 수 있었지만 그래도 뭔가 손해 본 것 같았다.

고옥려는 물론 더 이상 려소명을 상대하지 않았다. 관일문의 무공은 과연 범상치 않아서 무공으로는 옥박지를 수가 없게 되었다. 은근슬쩍 능을 쳐서 언니 동생 사이를 확실히 구별해 놓은 것으로 만족했다.

고옥려는 려소명이 보란 듯 철무극을 잡아끌어 선실로 향했다.

"지존보."

"응?"

"일이 이상하게 돌아가고 있어요. 지존보가 벌인 일이죠?"

"뭘?"

"사파연합이 시작한 도발이 워낙 격렬하고 급해서 처음에는 정신이 없었어요. 목표가 된 우리 군마맹은 몸을 사리기에도 벅찼단 말이죠. 당시만 해도 사파연합이 강호를 장악할 것을 의심하지 못했어요. 그런데 언제부터인가 이놈 저놈 나타나서… 아니, 지존보는 빼고요. 아무튼 여러 인물들이 끼어들면서 일이 꼬이기 시작했단 말이죠. 현재는 누가 강호의 싸움을 이끌고 있는지조차 아리송할 지경이에요. 이쯤에서 상황을 정리해 봐야겠어요."

"정리해 봐라."

"지존보가 나타나자 사파연합은 즉각 위협을 느끼고 강한 자들을 내보내 일찌감치 죽여 없애려 했어요. 물론 나오자마자 박살이 났지만요. 그때부터 사파연합은 갈팡질팡 길을 잡지 못하고 헤매기 시작했어요. 그 틈을 노려 황보존일 같은 자도 나서서 욕망을 드러낸 것이고요. 그에 동조하는 자들이 모이기 시작할 무렵, 급기야는 천외천의 고수까지 등장했어요. 이쯤 되면 나타날 놈들은 다 등장한 셈이죠?"

"그런데?"

"천외천까지 등장하자 사파연합이 꼬리를 감추는 것이야 당연한 일이겠지만 기세등등해야 할 황보존일까지 된서리를 맞고 있단 말이에요."

"무슨 된서리?"

"장호명 집안이 난데없는 불 세례를 당해서 사업채 세 곳이 불타 버렸어요. 장호명은 그 뒤처리에 골머리를 앓고 있는 중이에요. 세 명의 복면인이 들이닥쳐 불만 지르고 달아났다는 거예요. 그 복면인들, 혹시 호연삼괴 아닌가요?"

철무극은 팔뚝에 매달린 책자를 살펴보고야 대답했다.

"돌아가는 길에 불장난 좀 하라고 시켰구나."

"그럴 줄 알았어요. 그자들만한 고수였으니 정체를 발각당하지 않았겠죠. 황보존일의 뒷조사는 누구에게 시킨 것이에요?"

"뒷조사? 그놈 혼내줄 생각은 하고 있다만 지존보께서 어린놈 뒷조사나 시키겠느냐?"

"그럼 누구죠? 어떤 자들이 황보존일의 구린 뒷조사까지 하고 있다는 소문이 들리고 있는지라 그를 돕고 있던 다른 자들까지 눈치를 보며 몸을 사리는 판이란 말이에요."

"난 몰라."

"지존보가 아니면 누가 있겠어요? 혹시 깜빡 잊고 적어놓지 않은 것 아니에요? 무당파 고수를 만났다더니 혹시 그들일까요?"

"몰라."

"정파 놈들이 자신들 동지를 뒷조사할 리는 없을 텐데…… 황보존일 이놈이 그만큼 구린 구석이 있다는 뜻일까요? 이유야 어떻든 그 덕분에 천사교와 우리 군마맹이 한숨 돌리게 되었어요."

"그놈하고 너희들은 또 무슨 관겐데?"

"망할 놈! 사파연합이 꼬리를 말자 기회를 놓치지 않고 세력을 불려 자신의 입지를 굳히려 했죠. 텃밭인 안휘에서 마도사파의 세력을 모조리 쫓아내겠다고 큰소리 치던 놈이라고요. 찬사교야 본래가 신양을 비롯한 대별산맥(大別山脈) 인근에서 활동하고 있으니 그놈과 부딪치지 않을 수 없었고, 우리 군마맹은 호북을 중심으로 안휘로 뻗어나가려던 참이었으니 역시 한바탕할 수밖에 없는 상황이었단 말이에요."

"좋게 풀렸으면 다행이잖아?"

"다행이긴 한데 영 꺼림칙하단 말이에요. 중대한 일이 벌어지고 있는데 우리 군마맹의 정보망에는 걸리지 않는 것이 문제죠. 천외천의 움직임까지 잡아채려면 정보 조직을 더욱 강화할 필요가 있겠어요."

"겨우 그거 얘기하려고 찾아온 거야?"

"이게 얼마나 중요한 문제인지 정말 몰라요? 천외천이 나섰다면 우리도 생각을 달리할 수밖에 없는 입장이잖아요. 그들의 행보가 어디까지 미칠지를 미리 알아야 그에 대비할 수 있고요."

"천외천 고수들이 할 일이 없어서 애들 노는 데 끼겠느냐? 몇 놈 잡아서 처리하면 곧 사라질 게다. 강호에서 벌어지는 자잘한 일까지 신경 쓰겠어?"

"천외천 고수들이 볼 때는 우리 군마맹도 잔챙이에 불과하단 말이죠?"

"군마맹이 잔챙이가 아니라 큰 욕심을 부리는 자가 없다는 뜻이야. 강호 전체를 휘둘러 풍파를 일으키려는 야망을 지닌 자가 문제라는 뜻이야."

"사파연합을 장악한 자 말인가요? 허담자라는 이름만 있을 뿐 정체를 알 수 없는 그자의 야망이 그토록 크다고요?"

"천외천이 내게 시비를 걸지 않는 이유가 바로 그것이다. 내게서는 그런 야망을 읽지 못했기 때문이지. 하지만 그놈은 달라. 한바탕 풍파를 일으키지 않고는 죽음조차 뒤로 미뤄둘 놈이거든."

"홍의문의 혈연귀노 그자가 분명하단 말인가요?"

"무당동로가 알아보고 있으니 곧 밝혀지겠지."

"그렇군요. 하긴, 무당동로까지 나선 것을 보면 뭔가 있긴 있는 것 같아요."

고개를 끄덕이면서도 고옥려는 내내 인상을 펴지 못했다.

"뭐가 걱정인데?"

"우리는 어쩌면 좋을지 걱정하고 있어요. 천외천까지 출동했는데 함부로 나섰다가는 큰코다칠 것은 뻔하잖아요. 조용히 숨어서 내실이나 다지고 있어야 할지……."

"시찬이가 크기 전까지는 아무 일도 못할 게다. 일이십 년은 걸리겠지."

"세상과 한바탕 해보려면 기다리는 수밖에 없겠군요?"

"아쉽냐?"

"네. 사실 저는 지존보를 만난 그 순간, 나를 망쳐 놓은 세상을 향해 복수를 할 수 있다고 생각했어요. 지존보를 꼬드겨 한바탕 미친 피보라를 일으키고 싶었죠. 하지만 세상 일이란 것이 바란다고 다 되는 것은 아닌가 봐요."

"본래 그런 것이다. 내가 바란다고 세상이 변하는 것이 아니라 세상이 바라야만 내가 변하는 것이야. 대충 맘 접고 살아라."

"역시 그럴까요? 그럼 지존보 아기나 낳아야겠네요. 그렇게 사는 것도 재미있을까요?"

"아니, 너는 한 달도 버티지 못할걸? 그냥 하고 싶은 것 하면서 살아라. 그게 젤 편해."

"그렇죠? 역시 그래요. 나도 본래 그렇게 생각하고 있었어요. 내 식대로 세상을 향해 한바탕 소리쳐 보는 것이 가장 재미있을 거예요. 나는 그렇게 살래요. 남자를 만나면 모두 사랑하고 나를 막는 것들은 모조리 부숴 버릴 거예요. 그것이 바로 내가 사는 방식이에요."

"마음대로 해라."

"호호, 좋아요. 내 맘대로 할래요. 지금 하고 싶은 일은 물론 지존보를 차지하는 일이죠. 고 앙큼한 계집애가 온통 차지하기 전에 내 것도 챙겨 둬야죠."

고옥려는 본래 제멋대로 한세상 살아가는 여인이다. 어린 나이에 마음의 상처를 받아 세상을 미워하기 시작했고, 그 복수심으로 남자들을 만나고 살인을 일삼았다. 그것이 아니면 그녀에게 남는 것이 없다.

"나도 며칠은 지존보를 놓아주지 않을 거예요!"

고옥려는 마구 소리를 지르며 철무극을 끌어안았다.

려소명만으로도 은근히 부담이 되던 철무극은 그만 고옥려의 육탄 공세가 시작되기도 전에 벌써 혀를 내둘렀다.

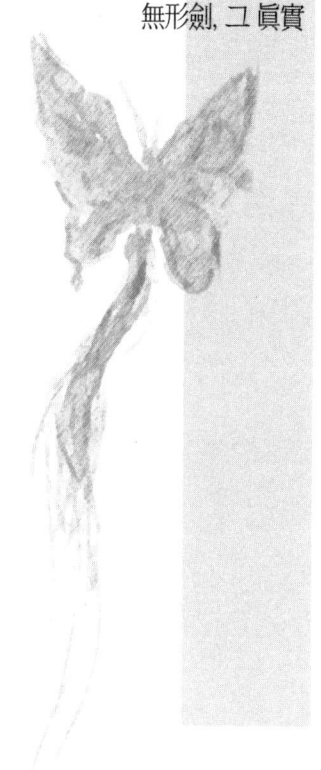

第九章

無形劍, 그 眞實

無形劍, 그 眞實

"지존보."

"응?"

"왜 또 시무룩한 표정을 짓고 있는 거요? 소명 낭자의 일도 속 시원히 해결을 보았다면서요? 이제 황보존일 녀석을 골려주는 일만 남았는데 뭐가 또 문제냐고요?"

"지존보께서 마음대로 못하는 일은 세상에 딱 한 가지뿐이다."

"또 사마영문입니까? 이번엔 무슨 일인데요?"

"오다가 잠깐 천사교 졸개들을 만나 구름이를 찾았는데 급한 일이 있다고 만나기를 거절하더구나."

"으이그, 그럼 아직도 사마 낭자를 잊지 못하고 있단 말요? 사근사근 말 잘하는 려 낭자와 느닷없이 달려와 품에 안기는 고 낭자로는 모자란다는 거요?"

"몰라."

"첫사랑이 본래 아픈 법이라지만 지존보는 좀 심한 것 같은데요? 잊어 버리라고 몇 번이나 말해도 알아듣질 못하니……. 려 낭자가 알면 속상할 일이외다."

"자경아."

"네?"

"너 정말 많이 컸다. 이젠 대놓고 지존보를 가르치려 드니 말이다."

"에, 뭐… 다른 일은 몰라도 여자 문제에 있어서는 그래도 제가 선배 아닙니까? 충고를 하다 보니 그런 투로 들렸나 보지요. 듣기에 좀 거북했수?"

"오냐."

"에이, 역시 사마 낭자는 일찌감치 잊고 다른 일에 신경 씁시다. 황보존일 그 녀석 말입니다."

"알아봤냐?"

"웬걸요. 이놈, 아주 요상한 구석이 있는 놈입니다. 너무 깨끗해서 파고들 구멍이 없어요. 금전 관계, 친구 관계는 물론 여자 문제에 있어서도 흠잡을 곳이 없더군요. 달랑 과수원 한곳에서 나오는 돈으로 먹고 사는 놈입니다. 그만한 위치에 있는 자치고는 지나치게 소박한 생활을 하고 있어요. 특별한 것이 있다면 수많은 친구와 강호의 주요 인물들과의 친분 관계입니다. 그처럼 소박한 생활을 하는 자치고는 너무 광범위한 친분 관계를 맺고 있어요. 친구를 만날 때 필요한 것이 돈 아니겠습니까."

"가난하다고 야망이 없으란 법은 없다."

"그럴 수도 있죠. 하지만 확실히 묘한 놈입니다. 뭔가 깊이 감추고 드러내지 않는 것이 있을 텐데 더 파고들 여지가 없더란 말입니다. 또 한 가지 묘한 일이 생겼어요."

"뭔데?"

"저 말고도 어떤 자들이 그놈의 뒷조사를 하고 있더란 말입니다. 얼마 전부터 그놈 주변을 어슬렁거리는 자들이 있기에 살펴봤더니 과연 저와 같은 목적을 지닌 자들이지 뭡니까. 하지만 어떤 자들인지는 알 수가 없었어요. 그자들도 어지간히 신비하고 은밀한 자들이라 제 무공으로는 따라잡을 수조차 없더라니까요. 그냥 그런 자들이 있구나 싶은 정돕니다."

"그자들이 더 빠르다면 더 이상 네가 나설 필요는 없겠다. 그 녀석이나 잡아서 물건이나 되찾도록 하자. 어디 있는지는 알겠지?"

"그놈 잡으려면 서둘러야 합니다. 이상한 자들이 뒷조사를 한다는 것을 눈치채고 천산파로 숨어들려는 눈치였어요."

"가자."

"그냥 쳐들어갑니까? 정파와 부딪치는 것은 좋지 않다면서요?"

"그것이 천산파까지 흘러 들어가면 더 좋지 않다. 마도의 밑천이 들통나는 꼴이 된다."

"그런 놈들은 그러기에 기회있을 때 확 잡아 족쳐야 한다니까요. 미적거리다가는 뒤통수 맞기 딱 좋은 유형의 인간입니다. 이크!"

"어라, 이놈 보게? 감히 지존보의 매를 피해? 너 정말 많이 컸다?"

"므헤헤헤헤, 제가 요즘 발바닥에 땀나도록 무공 수련에 열심인 것을 몰랐죠? 식구들 먹여 살리려면 뭐든 해야 할 것 같아서 땀 좀 빼고 있단 말입니다! 으액……."

한 번은 피했지만 어찌 두 번을 피하랴. 잘난 척하던 장자경은 그만 이마빼기를 된통 얻어맞고 나가떨어졌다.

"두 번째도 피할 수 있도록 더 열심히 해라."

"으으, 아파라! 별이 반짝거리고 하늘이 뱅뱅 도는구나!"

장자경은 마구 이마를 문지르고 고개를 내두른 후에야 정신을 차렸다.

"정말 너무하는 거 아녜요? 열심인 것도 죄라고 시시때때로 후려팹니까? 내가 동네북이냐고요!"

"자경아."

"뭐요!"

"가자."

"네."

황보존일은 요즘 뼈아픈 좌절을 겪고 있었다.

타고난 총명과 무공에 대한 열정, 강호를 향한 끝없는 열망을 지니고도 남보다 더욱 노력해서 일찍이 재능을 인정받았다.

천산파 어른들의 총애를 한 몸에 받았고, 장로인 염백지로부터는 전폭적인 지지를 얻어낼 수 있었다. 염백지를 통해 광범위한 친분 관계를 맺을 수 있었으며, 결국 강호를 향한 열망을 실현시킬 기반을 마련했다.

장호명을 내세워 강호의 젊은 청년들을 규합하면 강호상에 날뛰는 마도사파를 단숨에 제압하여 더욱 큰 명성을 얻고, 튼튼한 기반을 마련할 수 있으리라 여겼다. 자신의 무공과 총명함이면 능히 해낼 수 있다고 자신했다.

물론 그가 생각하고 있던 것만큼 강호라는 세계가 그리 만만한 곳은 아니었다.

사파연합의 고수들의 무공이 생각 밖으로 강했으며, 난데없이 나타나 강호를 시끌벅적하게 만든 지존보라는 위인은 무공이나 말로도 통하지 않는 괴물이었다. 이간질과 음모를 꾸미고서야 상대해 볼 수 있을 정도였던 것이다.

장호명의 집안에 벌어진 갑작스런 화재와 생각지도 못했던 천외천의 등장은 발목을 움켜잡는 올가미와 같았다.

장호명은 가장 믿고 부릴 만한 사람인지라 자리를 비우면 당장 일에

차질이 발생한다.

더욱이 정파의 대부분의 문파들은 천외천을 경외시하고 있으며, 그들이 출동할 때면 많은 면에서 양보하고 협조해 왔다. 모두들 그들의 움직임에만 촉각을 곤두세우기 때문에 활동이 제한적일 수밖에 없다.

그처럼 좋지 않은 상황에 더하여 불쑥 뒷조사를 하는 자들까지 나타났다. 털어봐야 먼지 한 톨 떨어지지 않겠지만 기분이 나쁜 것은 사실이다. 그러한 사실이 주변에 알려지기라도 한다면 괜한 오해를 받아 활동에 지장을 받을 것이 분명했다.

모든 사정을 종합적으로 정리한 황보존일은 결국 천산파로 돌아가 당분간 근신하는 한편 장로 염백지와 앞일을 상의해 보기로 했다.

일단 모든 활동을 중단한 황보존일은 곧 천산파를 향해 북으로 길을 잡았다.

강호는 결코 만만치 않다.

자신이 살피고 있다고 믿던 상대가 불쑥 눈앞에 나타나는 것만 봐도 절감할 수 있는 일이다.

"지존보……."

상대를 향해 지존보라는 극존칭을 사용한다는 것이 자존심 상하는 일이지만 달리 알려진 이름이 없으니 쓸 수밖에 없었다.

황보존일은 철무극이의 출현에 놀라면서도 인상부터 팍 찡그렸다.

철무극이 피식 웃었다.

"죄 짓고 도망치기가 쉽지 않지?"

황보존일의 표정이 더욱 일그러졌다.

"말조심해. 너 따위에게 욕먹을 본인이 아니다."

말로써 자존심을 세워보려 했지만 그것도 통하지 않았다.

"네 녀석이 아무리 깨끗한 척해봐야 내 물건을 가졌으니 도둑놈일밖에. 내놔."

발끈 화를 터뜨리려던 황보존일이 흠칫 놀라며 날카로운 눈빛으로 철무극을 살폈다.

"설마 네가 나의 뒷조사를 했단 말인가?"

"네 녀석은 하는데 나는 못할까? 말 돌리지 말고 내놔. 순순히 내놓으면 다리 하나 부러지는 고통쯤으로 끝내주마."

"닥쳐라!"

황보존일이 참지 못하고 버럭 화를 터뜨렸다. 그렇지 않아도 되는 일이 없건만 도둑놈 취급까지 당하는 것을 참을 수가 없었던 것이다.

철무극은 그런 황보존일의 비위를 더욱 비틀어놓았다.

"쥐꼬리만한 자존심 살려보겠다고 까불면 사지가 부러져. 더 말하기 싫으니 썩 물건이나 내놔라!"

"이익!"

황보존일은 더 참지 못하고 주먹을 말아 쥐며 공력을 끌어올렸다. 하지만 부들부들 손을 떨 뿐 당장 일격을 날리지는 못했다. 자신이 없었던 것이다.

황보존일은 물론 스스로의 능력과 피땀으로 이뤄낸 무공을 믿었다.

철무극이 비록 사파의 강한 고수들을 연파하고, 정파의 후기지수로서 명성을 쌓던 숭무관의 허자의는 물론 소림사 출신인 견무겸이나 검에 미처 강호를 떠돈다는 고죽선생 같은 쟁쟁한 고수들을 물리쳤지만 두려워하지는 않았다.

그럼에도 불구하고 함부로 출수하지 못하는 것은 상대를 알 수 없다는 이유 때문이었다.

상대가 어디 출신이고 누구에게 무공을 배웠으며 바라는 것이 무엇인지 알면 비록 무공이 높다 해도 두려울 것은 없다. 그에 따른 허점을 찾으면 어려움을 극복하고 승리를 쟁취할 수 있다. 하지만 지존보라는 별명만 알려진 철무극에 대해서는 알려진 것도 없고, 알아낸 것도 없다.

고죽선생 같은 고수를 물리친 정도라면 출수를 망설이지도 않았다. 그 뒤에 감추어진 상대의 진짜 무공, 그 깊이를 알 수 없어 섣불리 나서지 못하는 것이다.

철무극이 빙글빙글 웃으며 말했다.

"뭘 망설여? 너의 무공을 시험할 수 있는 절호의 기회가 온 거라고 생각해."

"으으……."

계속되는 도발에 황보존일은 미칠 지경이었다. 초인적인 인내심을 발휘하여 입술을 깨물며 참았다. 그러면서도 자신이 왜 이토록 참고 있는지 몹시 궁금했다.

'내가 정말 죽음을 두려워하고 있는 것일까, 아니면 상대에게 당할 모욕과 수치심을 견딜 수 없어서 승부를 피하고 있는 것일까?'

정파의 호걸이라 자처하는 사람들이 가장 중요시하는 덕목은 바로 긍지와 자부심이다. 그것이 무너지면 더 이상 호걸이라 자처할 수 없으며, 정파의 제자라고 떳떳하게 말할 수도 없다.

'비장의 일격이 혹시 성공할 수 있을지도 모른다. 떳떳하게 싸우다 죽자!'

그것이 자존심을 지킨 최선의 길이다.

"으드득."

이를 갈아붙이며 결심을 했지만 몸이 마음대로 움직여 주지 않는다. 너무나 긴장한 탓인지 온몸이 마비된 듯 움직일 수가 없었다.

"청성파의 그 녀석은 얼마나 깨달음이 빠르더냐. 자신의 모자람을 알고 그것을 보충하려는 생각이 바로 곧은 길을 걷는 자의 마음가짐이다.

하지만 네 녀석에게는 그것이 보이질 않아."

"……."

"그래서 죽일 가치가 없는 것이야. 더 머뭇거린다면 내가 먼저 공격을 가할 테다. 어찌 되었든 네 녀석의 다리 하나는 부러져야 해."

인내심마저도 바닥난 황보존일은 급기야 될 대로 되라는 심정으로 몸을 날리려 했다.

"존일아, 그토록 서두를 필요가 있느냐? 그가 우리 천산파의 무공을 보고자 한다면 기꺼이 상대해 주도록 해라. 마음을 안정시키고 차분히 대처하면 길이 보일 것이다."

목소리를 듣는 것만으로 들끓는 마음이 안정되고 기혈이 가라앉았다. 가장 존경하며 믿고 따르는 분의 목소리였다.

"염 장로님……!"

천산파가 배출해 낸 최고의 귀재로서 가장 무공이 강한 염백지가 왔다. 너무도 뜻밖의 출현이라 크게 기쁘면서도 어리둥절하지 않을 수 없었다.

부드러운 미소와 강인한 의지가 엿보이는 염백지의 모습은 언제 봐도 든든하고 존경스럽다. 황보존일은 고개를 숙여 인사하면서 상대에게 무너져 가던 자신감을 되찾았다.

"제자가 천산파의 명성에 누를 끼쳤습니다. 목숨을 바쳐서라도 실수를 만회하도록 하겠습니다."

"상대를 너무 과대평가하는 것도 삼가해야 할 일이지만 스스로를 극단으로 몰아가는 것도 좋은 일이 아니다. 마도의 무공이라는 것이 과격함과 험난한 기세를 위주로 펼쳐진다는 사실을 명심하면 될 것이다."

"네, 명심하겠습니다. 그럼 제자가 저자의 무공을 상대해 보도록 하겠습니다."

염백지가 부드러운 표정으로 고개를 끄덕이는 것을 보고서야 황보존일은 다시 철무극을 향해 돌아섰다.

"내가 잠깐 이성을 잃고 실수를 했는데 차근차근 풀어보도록 하지."

조심스럽게 접근한 염백지를 살피고 있던 철무극은 힐끗 황보존일을 바라보며 피식 웃었다.

"정파의 마음 수양은 과연 남다른 데가 있구나. 우리 같았으면 벌써 폭발하여 죽든 살든 끝장을 보았을 게야. 그리고 한 가지는 취소하마. 넌 도둑이 아니야. 비록 남의 물건을 손댔지만 직접 보진 않았으니까. 자, 이제 천산파의 무공을 볼까?"

거만한 표정을 되찾은 황보존일이 여유롭게 입을 열었다.

"당연하지. 우리가 무엇이 모자라 마도사파의 무공을 훔쳐 배운단 말이냐? 다만 마도사파의 무리들이 함부로 날뛰지 못하도록 막기 위하여 그들의 무공을 연구할 뿐이다. 흥, 천산파의 무공을 보고 싶다면 기꺼이 상대해 주겠다."

자신만만한 모습과는 달리 공력을 끌어올리면서도 섣불리 출수하지 못했다. 상대가 상대인만큼 극도로 신중을 기하는 것이다.

철무극이 고개를 저었다.

"의심이 들 때 물러서지 못하면 크게 다친다. 빨리 결정하는 것이 이로울 게야."

"찻!"

철무극의 비웃음이 떨어지기가 무섭게 황보존일은 땅을 박차고 앞을 향해 쏘아져 나갔다.

번쩍.

허리춤에서 새파란 광망이 솟구치며 단번에 철무극의 심장을 노렸다. 연검(軟劍)이다.

천산파의 무공은 다방면으로 연구되고 수련하지만 가장 중점을 두는 것은 역시 검법이다.

황보존일 역시 검법에 중점을 두어 무공을 수련하였다. 아직 검법을 겨룰 만한 상대를 만나지 못해 연검을 선보인 적은 없지만 일생일대의 강적 앞에서 감히 태만할 수 없는지라 천산파에서 가장 강한 검법인 추풍검법(追風劍法)을 시전했다. 그중에서도 위력이 가장 강한 초식인 풍운만장(風雲萬丈)이 펼쳐져 질풍노도처럼 철무극을 노렸다.

순식간에 사위가 짙은 살기와 강력한 공력의 기세에 휩싸여 옴짝달싹 못하는 것 같았으며, 한줄기 광망은 공간을 쩍 가르며 한 점을 향해 쏘아졌다. 한 수의 초식에 혼신의 힘과 공력을 쏟아 부은 것이다.

"잘한다!"

철무극의 입에서 탄성이 터졌다.

그가 본 것은 초식의 강력함이나 공력의 정순함이 아니다. 상대를 경시하지 않고 혼신의 정력을 쏟아 붓는 그 강인한 의지를 보고 감탄한 것이다.

그것은 목숨을 걸고 덤비는 것과는 다르다. 자신의 모든 것을 오로지 한 점에 응축시켜 폭출시키기 위해서는 그만한 수양과 의지가 발현되어야 가능하다. 분노로 인해 이성을 잃고 덤벼드는 불나방과는 차원이 다른 것이다.

철무극이 문득 왼손을 내밀었다가 일순간 잡아끌었다. 그와 거의 동시에 오른손을 들어 단호하게 내려쳤다. 일순 붉은 기운이 허공을 갈랐다.

짜앙!

거대한 유리판이 깨지는 소리가 울렸다.

질풍노도처럼 들이닥치던 황보존일의 풍운만장이 쩍 갈라져 나갔다.

"크억!"

처참한 비명 소리가 울리며 황보존일의 몸이 허공으로 떠올랐다가 저만치 날아가 땅으로 곤두박질쳤다.

"으으으……!"

황보존일은 일어설 생각도 못하고 신음을 흘렸다. 일격에 패퇴당한 수치심을 느낄 겨를도 없이 몰려드는 극심한 고통을 참을 길이 없었다.

염백지가 달려와 재빨리 손을 놀렸다.

허벅지에서 흐르는 피가 문제가 아니다. 단 일격에 뼈가 조각나 밖으로 튀어나오는 중상을 당했다. 자칫 잘못하면 평생 불구로 살아야만 할 것이다.

염백지는 조각난 뼈를 제자리에 끼워 넣고 찢어진 살을 눌러 지혈을 시키면서 자신의 경솔함에 후회했다. 철무극이 설마 자신이 보고 있는 앞에서 단 일격에 이런 중상을 입힐 줄은 생각지 못했던 것이다.

후회는 곧 분노로 변해 타올랐다.

간신히 응급조치를 끝낸 염백지는 황보존일을 나무에 기대놓은 후 철무극을 향해 돌아섰다. 분노로 타오르는 눈길에 싸늘한 살기가 피어올랐다.

"이로써 네가 죽을 이유가 한 가지 더 늘었구나. 준비는 되어 있겠지?"

고개를 갸웃거리던 철무극이 멀뚱멀뚱 염백지를 바라보았다.

"방금 전의 초식이 뭐라고? 분명 천산파의 무공이렷다?"

풍운만장의 일 초식은 강인하고 단호했다. 그러면서도 광폭하게 느껴지지 않았던 것은 그 안에 담겨진 천산파의 정종의 내가 공력이 작용했기 때문이다.

물론 처음 대해보는 초식이다. 그런데 어쩐지 낯설지가 않다. 분명 누군가의 무공과 닮아 있다.

염백지의 눈가에 잔 경련이 스쳐 지나갔다. 하지만 입을 열지는 않았다.

철무극이 말을 이었다.

"설마 고죽선생이라는 자도……?"

"쓸데없는 소리 지껄이지 말아라!"

염백지가 호통을 내지르며 불쑥 일장을 내질렀다.

그것은 일종의 경고용이었지만 장력에 담긴 기세가 결코 만만치 않았다. 철무극은 한 발 뒤로 물러서며 들이닥친 장력을 슬쩍 잡아끌어 옆으로 흘렸다.

"네가 비록 무공을 잘 배웠다마는 마음속의 불안을 끝내 떨쳐 내지 못하니 대성에는 이르지 못할 것이다. 그만한 실력으로 내 입을 막아보려는 게냐?"

진득한 살기를 쏟아내던 염백지의 눈빛이 일순 차분하게 가라앉았다.

"네가 무엇을 알고 있든 우리 천산파와는 관계 없다. 확실한 것은 네가 이 자리에서 죽어야 한다는 것이다."

"옳거니, 도와줄 사람을 충분히 데려왔단 말이지? 또 누가 왔는지 보기 전에 내가 왜 죽어줘야 하는지 이유나 들어볼까?"

"강호를 걱정하고 올바름을 지키려는 곳이 천외천만은 아니다. 네가 이미 강호에 풍파를 일으켜 여러 명숙들을 해치고 세간의 풍습을 어지럽히는 짓을 일삼는 것만으로도 죽을 이유는 충분하다."

"오호, 천외천이 하지 못하는 일을 대신 떠맡고 나선 것이로군. 좋다, 그것으로 충분하다. 바라는 것이 있으면 방해물을 치우는 것은 당연한 일, 무슨 이유가 더 필요하랴. 이제 누가 죽고 누가 살지 결과를 보자."

"건방진 놈!"

호통은 다른 쪽에서 들려왔다.

힐끗 고개를 돌리던 철무극의 눈이 가늘게 좁혀졌다.

"낯이 익은 녀석인데?"

체격이 곰처럼 우람하고 쭈뼛쭈뼛 창처럼 곤두선 텁석부리 수염을 지닌 인물의 생김새는 세월이 흘렀어도 변함이 없었다. 넉 자에 이르는 커다란 중검(重劍)을 등에 짊어진 모습도 같았다. 다만 머리가 하얗게 세었고, 얼굴에 주름살이 가득해졌을 뿐이다.

"이름이 뭐였더라? 그 당시 군마맹을 때려부숴야 한다고 목소리를 높이던 곰이 한 마리 있었는데?"

곰처럼 우직하게 생긴 노인은 바로 감숙성(甘肅省) 천수(天水) 지방에서 명성을 날리는 풍비(馮飛)라는 인물이다.

본래 위수가(渭水家)의 가난한 뱃사공의 아들로 자랐는데 그 장대한 체격과 타고난 힘에 호감을 느낀 천산의 이인(異人)이 몇 가지 무공을 전해주었다. 성실하고 근면하여 이십대 중반에 이르러 이미 고수라는 소리를 들었다.

재주를 내세워 타인을 억압하지 않았으며, 어려운 사람을 만나면 힘을 아끼지 않고 도왔다. 그 명성이 차츰 알려지자 정파의 인물들은 그를 동지로 여기기 시작했다. 풍비의 무공이 천산의 이인에게서 전해졌다는 사실이 알려진 후로는 천산파 제자들과 각별한 사이가 되어 함께 무공을 연구하고 수련했다.

본래가 순박하고 성실한 풍비였지만 유독 마도사파의 무리들은 싫어했다. 어릴 때부터 물가에서 강도들에게 당한 기억이 뼈에 사무쳤기 때문이다.

풍비가 한창 명성을 날릴 무렵, 철무극은 천마신군으로 악명을 날리며 사파연합을 때려부수고 군마맹을 강호제일방파로 키워내고 있었다.

풍비는 마도의 인물들이 득세하는 것을 참지 못했다. 동지들을 설득하고 천외천의 인물들에게 군마맹을 박살 내야 한다고 역설(力說)했다.

하지만 그의 역설은 무마되고 말았다. 군마맹의 맹주 천마신군 철무극이 돌연 은퇴를 선언하고 잠적했기 때문이다. 풍비의 역설은 동조자를 얻지 못한 채 스러지고 말았다. 그 후 풍비는 고향으로 돌아가 무공에만 전념했다.

세월은 흘렀지만 풍비의 성격은 변하지 않았다.

사파연합이 득세하여 군마맹을 박살 내며 강호를 위협하자 즉시 고향을 떠나 동조자를 구했다. 물론 자신의 주장을 받아주지 않았던 천외천을 찾지는 않았다. 풍비의 주장을 듣고 위로해 준 사람이 바로 천산파의 염백지였다.

죽기 전에 뭔가를 이루어 후대에 전하고 싶었던 풍비는 염백지의 은근한 초청을 거부할 이유가 없었다. 군마맹의 마인과 사파연합을 무찔러 명성을 얻을 수만 있다면 더 바랄 것이 없는 상태였다.

풍비는 물론 철무극을 기억하지 못했다. 천마신군 철무극을 직접 보기는 했지만 그때의 철무극은 이미 육십을 넘은 노인이었다. 새파란 청년으로 변한 철무극을 알아볼 리가 없는 것이다.

철무극도 굳이 기억을 떠올리려 노력하진 않았다. 어떤 자인지 생각난 것으로 족했다.

철무극은 풍비를 살피는 것을 그만두고 다른 두 명을 차례로 돌아보았다.

초로의 인물들은 누군지 알아볼 수 없지만 몸에서 느껴지는 기세만큼은 대단했다. 차분하고 유연한 염백지에 비해 손색이 없는 자들이다.

철무극은 다소 긴장감을 느끼며 꼴깍 침을 삼켰다.

무당동로도 인정했듯이 현재의 강호에서 철무극을 이겨낼 만한 고수는 없다. 물론 한 사람 한 사람을 따로 놓고 볼 때의 이야기다. 무당동로의 말처럼 명분을 앞세워 다수로써 덤벼든다면 제아무리 지존보 철무극이라도 생각이 달라질 수밖에 없다. 절정고수의 합공을 받고는 절대 버터낼 수 없는 것이다.

"넷이라⋯⋯. 해볼 만하겠군."

"귀때기 새파란 애송이 녀석이 기고만장해서 눈에 뵈는 것이 없구나!"

풍비가 성질을 이기지 못하고 그 커다란 검을 뽑아 들고 성큼 나섰다.

"네놈의 무공이 제법이라는 소리는 들었다만 나는 믿지 않는다! 기고만장하여 무림의 선배 고인들조차 안중에도 없으니 내가 오늘 네놈의 버릇을 고쳐 놓고야 말 테다. 어디 내 검을 받아본 후에 큰소리쳐 보려무나!"

쿵!

대검으로 땅을 한 번 찍자 지축이 흔들리는 착각이 들었다.

철무극이 음흉하게 웃었다.

"정파의 고수들은 과연 남다른 곳이 있구먼. 이런 상황에서도 규칙을 따지고 선후를 가리자니 말이야. 그것 참 좋은 일이다. 그럼 어디 내 일장을 받아봐라!"

말이 끝남과 동시에 철무극이 땅을 박차고 앞을 향해 쏘아져 나갔다.

풍비와의 거리는 오 장. 하지만 일단 움직이자 그 거리는 순간적으로 좁혀졌다. 어느새 다가선 철무극이 일장을 내지르고 있었다.

백마류의 날카롭게 곤두선 일장이 비수처럼 풍비의 가슴을 향해 파고들었다.

"억!"

풍비는 기겁을 하고 말았다.

무림계의 선배로서 일장 훈계를 한 후 적당히 공력을 가다듬고 일전을 치르려던 생각이 먼지처럼 흩어지며 당혹감과 분노만 솟구쳤다.

스윽.

발끝에 힘을 가해 뒤로 물러서며 몸을 팽이처럼 돌렸다. 손에 들린 검도 함께 회전하며 들이닥친 철무극을 쪼개내려 했다.

팍!

철무극이 땅을 박차고 솟구쳤다.

일 장 높이로 솟구친 철무극은 훌쩍 몸을 돌려 머리를 땅으로 향했다. 그런 상태를 아래를 향해 재차 일장을 내질렀다. 흑마류의 강력한 일격이 그대로 풍비의 머리통을 노렸다.

"으랏차!"

풍비가 우렁찬 호통을 내지르며 더욱 빨리 몸을 회전시켰다. 허리를 따라 돌던 대검이 위로 솟구치며 떨어져 내리는 철무극이 내지른 흑마류와 충돌했다.

쩌엉!

강한 쇳소리와 함께 흙먼지가 풀썩 피어올랐다.

"끙!"

풍비가 압력을 버티지 못하고 답답한 신음을 토하며 뒤뚱뒤뚱 몇 걸음 밀려났다.

철무극은 틈을 주지 않았다.

몸을 뒤틀어 재빨리 땅에 내려서며 밀려나는 풍비를 쫓아 들어갔다. 오른손을 들어 일지를 퉁겨내니 송곳처럼 날카로운 오화혈살지가 뇌전처럼 빠르고 악독하게 풍비의 인후(咽喉)를 노렸다.

"엇?"

놀라 부르짖은 사람들은 염백지였다. 그가 보기에 철무극의 이번 한 수는 빠르고 독하기 짝이 없어서 풍비가 피해내지 못할 것처럼 보였다.

풍비를 돕고 나선 사람은 왼쪽에 선 빼빼 마른 초로인이었다. 세심한 성격의 초로인은 두 사람의 일거수일투족을 예의 주시하고 있었다. 풍비가 위험에 처하자 초로인은 즉각 싸움판으로 뛰어들었다.

초로인이 사용한 무기는 한 자 길이의 금빛 자였다. 사각 면에 각기 다른 척도의 눈금이 새겨져 있는 평범한 금척(金尺)이었지만 초로인의 손에 들려 초식이 발휘되자 무서운 점혈필(點穴筆)로 바뀌었다.

예리한 지력이 곧장 철무극의 명문혈(命門穴)을 습격했다.

철무극의 인상이 꽉 일그러졌다.

그는 본래 오늘 일진이 그다지 좋지 않음을 느끼고 있었다. 이자들이 몰려온 까닭이 어떻게든 자신을 죽여 없애려는 속셈임을 진작에 알아보았다.

네 명 모두 나름대로의 이유가 있겠지만 가장 중요한 이유는 바로 무당동로가 흐지부지 넘겨 버린 철무극을 죽여 기강을 바로잡자는 것이리라. 철무극을 죽임으로써 자신들의 단호함을 보여주고, 천외천의 우유부단함을 성토하려는 것이 분명하다.

그런 속사정을 짐작했기에 풍비가 혼자 나섰을 때 맹공을 가하여 일단 머릿수 하나를 줄이자는 생각이었다. 초로인 또한 철무극의 마음을 짐작하고 재빨리 싸움에 끼어들어 풍비를 구했다.

철무극이 인상을 찡그리며 물러서자 풍비 또한 저만치 물러났다.

초로인이 급히 눈짓을 던져 기회를 놓치지 말고 합공을 가하자는 뜻을 밝혔지만 풍비는 못 본 척 움직이지 않았다.

풍비는 철무극만 매섭게 노려보았다.

"네놈의 세 번에 걸친 공격은 참으로 놀랍도록 빠르고 독하여 내가 정신을 차릴 수가 없었다. 과연 군마맹과 홍의문 무공의 정수를 깨우치고 있음이 분명하다. 마지막 일지는 그야말로 혼백이 달아날 정도로 빨라서 어쩌면 나는 피하지 못했을지도 모른다. 일전의 패배를 인정하는 바이다. 하지만 나에게는 이번 싸움에 목숨을 걸어야 하는 피치 못할 사정이 있다. 나는 이번에 그동안 갈고닦은 모든 공력을 쏟아 부을 생각이다. 네놈이 받아보겠느냐?"

"얼마든지!"

"음흉한 마도 놈도 시원시원한 면이 있구나! 좋다, 받아봐랏!"

우렁찬 호통과 함께 풍비는 그 커다란 검과 함께 땅을 박차고 솟구쳤다.

"이것이 바로 창천무한(蒼天無限)이다!"

풍비의 자존심이자 긍지인 창천검법의 마지막 초식이 바로 창천무한이다.

대검 자체의 강력한 힘과 풍비의 천생 신력, 거기에 더해 천산의 이인에게서 전해진 공력이 보태진 일검은 산이 무너져 내리는 것처럼 강력했다.

철무극이 껄껄 웃으며 소리쳤다.

"곰처럼 느린 녀석의 검기가 자못 대견하구나. 좋다, 누가 이기나 한 번 힘 대결을 해보자."

철무극은 망설이지 않고 위를 향해 일장을 내질렀다. 오행마류의 제일 초식인 흑마류다.

흑마류는 본래 강력한 힘의 분출이다. 공력만 받쳐 준다면 무엇이든 부숴 버리지 못할 것이 없을 정도로 강한 힘을 낼 수 있다.

창천무한과 흑마류의 충돌은 그야말로 힘의 대결이다. 무식한 방법이지만 그 결과만은 결코 속일 수 없다. 힘센 놈이 이기는 싸움이다.

쿵!

지축을 뒤흔드는 진동이 사위를 휩쓸었다.

"끙!"

"흠."

허공에서 일검을 내지른 풍비는 강한 반탄력을 견디지 못하고 휘휘 날아가 땅에 처박혔으며, 철무극은 그 힘을 발밑으로 흘리는 바람에 땅이 패여 발목이 파묻혔다.

그때였다.

스윽.

마치 이런 때를 기다리고 있었다는 듯 금척을 쓰는 초로인과 다른 한 명의 초로인이 번개처럼 빠른 속도로 철무극을 향해 달려들었다. 기회를 잡은 김에 일찌감치 죽여 없애려는 것이다.

철무극의 눈빛이 일순 붉게 타올랐다. 귀화처럼 번뜩이는 눈빛은 마주 보는 것만으로도 기가 질리고 공포가 몰려왔다. 그와 동시에 양손을 위로 쳐들었다가 앞을 향해 뿌렸다.

"앗, 저것……!"

두 개의 새하얀 빛 줄기가 철무극의 손을 벗어나 허공을 가르는 것을 본 염백지가 놀라 부르짖었다.

염백지는 이미 고죽선생의 시신을 조사한 바가 있었다.

전신의 뼈마디가 가닥가닥 끊겨 처참한 최후를 맞은 고죽선생의 시체는 도저히 사람의 힘으로 만들어낸 흔적 같지 않았다. 경파를 일으킬 만한 고수가 현 무림에 존재한다는 생각조차도 해보지 못했다. 무형의 공력을 몸으로부터 이탈시켜 그 위력을 발휘하는 탄강의 힘이라면 가능할 것이다.

그 놀라운 장면이 눈앞에서 펼쳐지고 있다는 사실조차 믿기 힘들었다.

염백지만 놀란 것이 아니다.

두 명의 초로인도 새하얀 빛 줄기를 본 순간 일이 잘못되었음을 깨달았다. 부딪치면 끝장날 것 같은 공포가 벌써 그들의 심장을 억압하기 시작했다.

파박!

앞으로 달려나가던 걸음을 멈추고 발끝으로 땅을 찍으며 몸을 뒤로 젖혔다. 초로인들의 몸이 화살처럼 빠르게 뒤를 향해 튕겨 나갔다. 그와 함께 스스로를 보호하기 위해 각자의 병기를 무섭게 휘둘렀다.

싹.

소리는 없었다. 초로인들은 다만 자신들의 몸에서 무언가 베어져 나가는 느낌만 받았을 뿐이다.

"크흠."

비명은 뜻밖에도 철무극의 입에서 흘러나왔다.

날카로운 검끝이 등을 뚫고 들어와 옆구리로 빠져나갔다. 호신강기가 발동한 상태가 아니고, 무의식 중에 몸을 비틀지 않았다면 그대로 명문혈을 꿰뚫려 즉사를 면치 못했을 것이다.

철무극은 귀화처럼 타오르는 눈길을 돌려 상대를 찾았다. 염백지가 날렵한 검을 쥔 채 저만치 물러서고 있었다.

"무형검, 역시 그랬군."

무형검이 아니라면 이토록 소리없이 들이닥치진 못했을 것이다.

염백지의 검은 종잇장처럼 얇았으며 저항력을 줄일 수 있는 특수한 홈집이 검신에 패어 있었다. 검과 초식이 완벽하게 어우러진 무형검이다.

철무극은 당장이라도 집어삼킬 듯 염백지를 노려보았다.

"혈영귀노는 어디 있느냐?"

"……."

염백지는 말이 없었다.

회심의 일격은 결국 실패했다. 넷이면 충분할 줄 알았건만 결과는 참담했다.

유독 군자연하기를 좋아하는 풍비의 단독 행동과 초로인들과 함께 합공을 펼치지 않고 망설였던 자신을 탓할 마음도 일지 않았다.

지존보라고 자처하는 마도의 악당과 강호를 피로 물들인 원흉 사파연합을 박살 내어 천외천 말고도 강호를 책임질 사람이 있음을 알리려 했던 자신감 대신 소름 끼치는 공포가 스멀스멀 마음을 갉아먹기 시작했다.

염백지는 자꾸만 떨리는 손끝을 진정시키느라 두 초로인이 다가와 옆에 서는 것도 느끼지 못했다.

"저자는 과연 악마의 무공을 지녔구려. 이렇게 된 이상 옥쇄(玉碎)를 각오하고 끝장을 보는 수밖에요!"

이대로 물러선다면 정파의 최고수 넷이 한 사람을 합공했다는 비난보다도 더 큰 모욕과 환멸이 네 사람을 따라다닐 것이다. 그것은 죽는 것보다 더한 수치다.

동강난 금척을 움켜쥐는 초로인과 잘려 나간 팔을 살피는 초로인을 바라보며 염백지는 마음을 다졌다.

금척노인 말대로 물러설 길은 없다. 오직 누가 죽든 끝장을 보는 수밖에.

철무극이 다시 물었다.

"혈영귀노는 어디 있느냐?"

염백지는 검을 움켜잡으며 고개를 저었다.

"난 그런 사람 몰라."

"흐흐, 그렇겠지. 네가 죽고 나면 또 누군가 나설 테고, 나는 또 그놈을 죽이면 된다."

음침하게 중얼거리는 철무극의 눈빛이 더욱 붉게 타올랐다. 시뻘건 핏물이 당장이라도 뚝뚝 떨어져 내릴 것 같은 공포스런 눈빛이었다. 역혈수라공이 극한으로 운용되고 있는 것이다.

금척의 초로인이 공포스런 철무극의 모습에 질려 소리쳤다.

"저자, 저자가 마공을 극한으로 끌어올리는 것 같소! 늦기 전에 공격합시다!"

옳은 말이었다.

역혈수라공이 극한에 이르면 어떤 일이 벌어질지 아는 사람은 없다. 역혈수라공을 창안했던 당사자도 겨우 칠 단계를 익혔을 뿐이다. 팔 단계를 넘어선 사람은 오직 철무극뿐이며, 마지막 구 단계에 이르면 또 어떤 변화가 일지는 철무극 자신도 모른다.

"지금!"

염백지가 공격을 명했다. 두 초로인이 마지막 힘을 짜내어 철무극을 향해 몸을 날렸다.

염백지는 한순간 늦게 몸을 날렸다. 무형검 자체가 본래 기척을 남기지 않는 검법이다. 정면 승부보다는 습격에 어울리는 검법이기에 두 초로인이 앞서 철무극의 공격을 받고 난 후 기회를 노리려는 생각이었다.

"흥!"

낮은 코웃음 소리가 천둥처럼 염백지의 귀에 파고들었다.

슈악!

강한 지력이 화살처럼 날아들었다. 철무극의 오화혈살지에 비하면 어린애 장난 같은 위력이지만 지금의 상황이라면 지극히 커다란 화를 불러올 수 있는 경우다. 철무극을 향해 일검을 날리기도 전에 지력의 의한 공격에 적중될 것이기 때문이다.

염백지는 순간 망설이지 않을 수 없었다.

"아……!"

낯선 코웃음 소리와 갑작스럽게 날아든 지력을 느끼고 흠칫하는 그 짧은 순간 염백지는 실로 놀라운 광경을 보게 되었다.

퍽!

철무극을 향해 몸을 날렸던 두 초로인의 몸이 한순간에 폭발했다. 어떤 강력한 힘이 초로인들 내부에서 작용한 듯 폭발은 그들 몸 안에서 이루어졌다.

염백지는 직접 보면서도 믿을 수가 없었다. 어떻게 저런 일이 일어날 수 있는지 그의 지식으로는 이해할 수가 없었다. 철무극이 대체 무슨 수법을 썼는지조차 알 수 없었다.

뜨끔.

어깨에서 뜨끔한 통증이 일었다.

윙.

머리 속은 하얗게 비어버리고, 귀에서는 윙윙 이명(耳鳴)이 울렸다. 공포가 이성을 잡아먹었다.

"으으… 으아악!"

두려울 것이 없는 무공을 지녔다고 믿었던 긍지가 무너지는 고통은 실로 끔찍했다. 온통 공포만이 머리 속에 가득했다.

"으아아악!"

공포를 이겨내지 못한 염백지는 더 이상 견디지 못하고 검을 들어 자신의 목을 찔러 버렸다.

퍽!

그전에 강력한 일격이 뒤통수를 후려쳤다. 염백지는 자살조차 하지 못한 채 정신을 잃고 쓰러졌다.

염백지가 쓰러지는 사이 철무극은 비틀거리며 뒤로 물러섰다. 단전이 텅 빈 것 같아서 힘을 쓸 수가 없었다. 당장 쓰러질 것처럼 사지가 후들거렸다.

하지만 불타오르는 눈빛만은 여전했다. 당장이라도 사람의 살점을 뜯어먹을 것처럼 허연 이빨을 드러내며 사방을 휘휘 돌아보았다.

"네놈들, 네놈들도 죽여 없애고 말 테다!"

철무극은 눈앞에 나타난 사람들이 누군지 분간하지 못하고 양손을 들어올렸다.

"지존보! 나예요! 자경입니다!"

"지존보, 소명이에요!"

걱정과 관심이 가득한 목소리, 애정이 담긴 염려가 철무극의 정신을 일깨웠다.

"소명이라고? 자경이냐?"

"네, 내가 소명이에요. 많이 다친 거예요?"

"자경이 여기 있소, 지존보! 저런 녀석들 좀 상대했다고 정신까지 잃은 겁니까? 어서 공력을 거두고 정신을 집중하세요!"

마도사파의 내가기공은 그 자체에 함정을 품고 있는 경우가 많아서 자칫 잘못하면 주화입마에 들기 쉽고, 자칫 정신 이상이 될 수도 있다.

철무극의 지금 상태가 꼭 그런 것만 같은지라 장자경은 서둘러 정신부터 일깨웠다.

"이놈아, 내가 왜 정신을 잃어? 미친놈, 별꼴이네?"

후들후들 몸을 떨고 고개를 마구 흔들면서도 철무극은 호통 치는 것을 잊지 않았다.

장자경이 손뼉을 쳤다.

"므하하하, 그럼 그렇지! 천하의 지존보가 그깟 네 놈을 상대로 정신을 잃었다면 누가 믿겠소! 그냥 장난 좀 친 건 줄 내가 다 압니다. 그래도 잠깐 앉아서 쉬는 것이 좋겠어요. 그렇죠?"

"응, 그래. 내가 지금 공력이 소진돼서 그런 것이 아니다. 햇볕이 강해서 잠깐 현기증이 난 거야. 그거 알지?"

"물론 그렇죠. 자자, 여기 좀 앉아요. 뒤처리는 제게 맡겨두면 됩니다."

"응, 네놈이 알아서 처리해라."

"네, 푹 쉬세요."

철무극이 나무에 기대어 앉자 려소명이 재빨리 부축하며 안아주었다. 려소명의 따뜻한 가슴을 느낀 철무극은 이내 잠에 빠져들었다.

"어, 이것참, 사람의 몸이 천 조각 만 조각으로 갈라져서 수습할 방법이 없구나. 뭐 이런 무공이 다 있담?"

장자경의 혀를 내두르는 소리가 봄바람에 흩어졌다.

"지존보?"

"왜?"

"그놈들, 왜 그냥 보내신 겁니까? 한 놈이라도 살아 돌아가면 후환이 무궁무진할 텐데요."

"무섭냐?"

"정파와는 되도록 얽히고 싶지 않단 말입니다. 지존보도 그래서 황보존일 그 자식을 때려죽이려 하지 않았잖아요. 애송이 황보존일은 고사하고 천산파의 일인자라는 염백자와 강호의 명숙들을 잡아 죽이고 개 패듯 패버렸으니 다른 놈들이 가만있겠느냐고요. 좀 더 신중했어야 옳지 않았나 후회됩니다."

"그놈 참, 걱정도 많다. 염가 놈의 무형검이 어디서 나왔는지 네놈도 들었잖아. 그런 사실만 알려진다면 천사파는 물론 그놈들과 어울린 놈들마저 고개조차 들고 다니지 못할 게다."

"그 옛날 홍의문의 혈영귀노와 백만당이라는 자가 지녔던 무형검이 사실은 천산파의 무공이라지 않았습니까. 염백지가 결국 혈영귀노와 손을 잡고 강호를 말아먹으려 했다는 사실을 실토했지만 그건 이후에 얼마든지 둘러댈 수 있는 일입니다. 혈영귀노가 오히려 무형검을 훔쳐 갔다고 둘러댈 것이 분명하다니까요."

"둘러대 봐야 사실은 사실이지."

"으이그, 태평도 하셔라. 정파 놈들이 어떤 심보를 지녔는지 정말 모른단 말요? 지저분한 비밀을 숨기려고 날뛰는 꼴은 마도사파의 잡놈들보다 심하단 말입니다!"

"천외천의 고수들은 바보가 아니다. 그들도 곧 사실을 알게 될 게야."

"그들마저 모른다고 잡아떼면 어쩝니까? 동료의 수치를 드러내느니 마도 인물인 지존보 하나 잡아 죽이면 비밀을 지킬 수 있는데요."

"자경아."

"왜요?"

"그만큼 떠들었으니 배고프겠다. 저녁 마련해라."

"여자가 둘씩이나 있는데 내가 왜요?"

"네놈이 그토록 아끼고 애지중지하는 화운이 참혹한 꼴을 보고 토하지 않았더냐. 눈물까지 쏙 빼던 모습을 보고도 마음이 안 아프더냐?"

"에, 그건 좀 그렇군요. 화운은 본래 그토록 비위가 약한 여자가 아닌데 말입니다. 요즘 통 기운이 없는 것 같더니 자꾸 집 생각만 하는 것 같습니다."

"그러니 네놈이라도 더 신경 써줘야지."

"지존보가 별걸 다 신경 써주시는구랴? 여자에 대한 또 다른 깨달음이라도 있었던 겁니까?"

"노력 중이다."

"크크, 그건 좋은 일이로군요. 하긴 내 여자 내가 아껴야지요. 밥 먹고 의원이라도 찾아봐야겠어요."

"그래라."

장자경은 곧 점심을 준비했다.

남녀 두 쌍이 나란히 앉아 점심을 먹는데 최화운은 통 음식에 손을 대지 못했다. 철무극의 마지막 한 수가 펼쳐 냈던 처참한 광경이 자꾸만 떠오르는지 음식 냄새를 맡으며 코를 싸쥐고 고개부터 저었다.

장자경은 걱정을 떨치지 못하고 최화운을 이끌고 곧 의원을 찾았다.

려소명의 무릎을 베고 잠간 낮잠을 즐기던 철무극은 장자경이 잡아 흔드는 바람에 눈을 떴다.

"이놈이 실성을 했나? 왜 자는 사람을 잡아 흔들면서 눈물을 짜? 너, 누구한테 맞고 왔냐?"

"지존보, 내가, 내가……!"

"네놈이 뭐?"

"내가, 이 장자경이 곧 아버지가 된답니다! 화운이, 화운이 애를 가졌대요! 의원이 말하기를 벌써 한 달이 되어간답니다! 피를 보고 비위가 상한 것이 아니라 임신 때문에 헛구역질을 한 거래요! 내가, 이 장자경이 곧 아버지가 된단 말입니다!"

"그런데 왜 울어?"

"너무 기쁘잖아요! 강호의 파락호였던 내가 물건까지 잘린 주제에 언감생심 꿈이나 꾸었던 일이겠습니까? 흐어엉! 너무 좋아서 자꾸 눈물이 납니다! 엉엉! 흐어엉! 아이쿠!"

"네 이놈!"

"아니, 왜 때리고 그래요? 소리는 왜 지릅니까?"

"이런 고약한 놈! 찬물 한 사발을 마시는 데도 정녕 아래위가 있거늘 네놈이 감히 지존보를 앞서 애를 낳을 속셈이냐? 이런 버릇없는 놈 같으니라고!"

"아이쿠, 아파라! 자꾸 왜 때려요! 무하하핫! 알았다, 알았어! 지존보?"

"부르지도 마라!"

"무흐흐흐흐, 샘난 거죠? 그렇죠? 커흠, 지존보?"

"왜 자꾸 불러!"

"노력하십쇼. 내가 그동안 화운에게 쏟은 정성이 어땠는지 지존보도 알지 않소. 그런 노력이 있었기에 오늘의 결과가 나온 겁니다. 둘이 좋아 죽는다고 매일 밤 즐겨봐야 뭐 합니까? 결과가 나와야지요."

"커흠."

"이 참에 내가 좋은 의원 한 명 소개시켜 주리다. 애를 들어서게 하는 데는 둘째가라면 서러워한다는 용한 의원이에요. 나도 그 의원에게 벌써 몇 첩의 약을 지어 화운에게 먹였어요."

"정말이냐? 그런 용한 의원이 있어?"

"그렇다니까요. 말로만 할 게 아니라 오늘 당장 갑시다. 여기서 멀지도 않아요. 아니, 아니다. 나는 먼저 화운부터 살펴야겠습니다. 의원은 내일 찾아갑시다."

"저런 저 고약한 놈 같으니!"

최화운을 살핀다며 쪼르르 달려가는 장자경을 보며 철무극은 부럽고 존경스런 눈빛을 보냈다.

철무극은 힐끗 려소명을 돌아보았다.

"너도 죄다 들었지? 오늘밤부터 재미는 그만두고 애 만드는 일에만 전력해야겠다."

"아이참, 애가 마음대로 생기나요?"

"그래도 해봐야지. 자경이 저놈도 부단한 노력 끝에 마침내 이루었다지 않느냐. 아니다. 당장 시작하자. 밤까지 어떻게 기다린단 말이냐."

철무극은 덥석 려소명의 손을 잡아끌고 객방으로 향했다.

"호호, 정말 이런 대낮에 애를 만들고 싶어요? 지존보만 좋다면 저 또한 언제라도 좋아요!"

둘은 더욱 즐거이 히히덕거리며 서둘러 방 안으로 들어갔다.

〈終〉

호화군림보를 보내며

　창궁벽파를 끝내고 새로 시작하려는 글은 본래 제목이 절대무쌍이었습니다. 복수를 근간으로 한 주인공의 성장을 그려보려 했었어요. 주인공과 주변 인물, 줄거리까지 잡아놓은 상태였는데 그중 한 명의 캐릭터가 철무극과 비슷한 상태였고요.

　그날도 인터넷상에서 늘 만나 이런저런 이야기를 나누는 동료작가 외솔(이종우)과의 대화 중에 철무극이라는 캐릭터에 대한 말이 나왔지요. 외솔이 그러더군요.

　"맘에 드는데, 철무극으로 한번 해보는 게 어때요?"

　성장형 글을 주로 써온 저에게 나이가 백 살인 반로환동의 고수를 주인공으로 한 이야기는 다소 생소한 감이 있었지요. 하지만 철무극이 워낙 엉뚱하고 재미있는 성격이라 해보고 싶은 마음이 들더군요. 그렇게 시작한 것이 바로 호화군림보랍니다.

　초반에는 철무극의 성격이 워낙 자유분방하여 글의 속도가 굉장히 빠르더군요. 아마도 일이 권을 쓰는 데 한 달이 조금 더 걸렸을 겁니다.

순식간에 일이 권을 썼지만 더 나갈수록 앞이 깜깜해지더군요. 철무극의 성격 규정과 사건의 발단을 써내는 데는 문제가 없었지만, 그것을 유지하고 끌고 가는 역량이 부족했던 모양입니다. 백 살이 넘은 인물의 자유분방함을 적절히 표현하지 못했던 것 같습니다.

글이 나가질 못할 때면 늘 외솔을 불렀습니다.

"네가 시작하라고 한 것이니 아이디어 좀 내놔라!"

그렇게 신세진 것이 한두 번이 아닙니다.

일단 끝을 내고 철무극의 마지막 모습을 내놓긴 했지만 많이 부족하다는 것을 절감합니다. 후반부로 갈수록 초반의 재미를 놓친 것 같아서 아쉽고요.

읽어주신 모든 분들께 고마움을 전합니다.

늘 잔소리를 해가며 도와준 외솔에게는 술 한잔 사는 것으로 보답해야죠.

책으로 만들어 독자들과 만나게 해준 출판사 여러분들께도 감사드립니다.

늘 건강하세요.

고명윤. 배상